Prinz Eisenherz

IN DEN TAGEN KÖNIG ARTHURS
KÄMPFT GEGEN DIE HUNNEN
IM MITTELMEER

Von Harold Foster
und Max Trell

Gondrom

Lizenzausgabe für Gondrom Verlag GmbH & Co. KG, Bindlach 1993

Einbandgestaltung: Werbestudio Werner Ahrens

ISBN 3-8112-1067-X

In den Tagen König Arthurs

In der Burg seines königlichen Vaters Aguar kannte der junge Eisenherz zuerst nur Spiele und Lachen und die zärtliche Liebe einer Mutter. Bis dann der dunkle Tag anbrach, da sich in der Ferne ein unheilkündender Waffenlärm erhob und immer lauter wurde und immer näher rückte. Die Abenddämmerung sah den Feind schon über die Mauern steigen, und dann wurde die Klage der Überfallenen vom Triumphgeheule fremden Kriegsvolkes übertönt.

Sligon, ein Verräter aus den eigenen Reihen, hatte sein falsches Spiel gewonnen, und der rechtmäßige König von Thule mußte sein Land bei Nacht und Nebel verlassen. Dabei begleiteten ihn nur die Königin, sein Sohn Eisenherz und einige Getreue, die ihrem geliebten Herren auch fürderhin die Treue halten wollten.

Auf dem Wege zur Küste wurde das Häuflein von Sligons Knechten hart verfolgt. Doch die Flucht gelang. Im Morgengrauen stand Eisenherz schon auf dem Deck eines kleinen Schiffes neben der Mutter, die zwar vor Müdigkeit und Schrecken erschöpft war, den Kopf aber immer noch standhaft hochhielt. Als der Prinz auf seinen Vater schaute, erkannte er in dessen Augen den Blick des Adlers. In dieser Stunde ahnte der Knabe, daß ihm die Heimat noch nicht für immer verloren sei.

Vom windumrauschten Thule weg trieb das Schiff nach Süden. Tag für Tag verging im einsamen, tosenden Nordmeer. Der Schaum der Wellenkämme mischte sich mit tief dahinjagenden Wolkenfetzen; Himmel und Wasser verschmolzen im Sturme zu einem.

Die Fahrt endete plötzlich. Irgendwoher kam aus Regen und Nebel der warnende Ruf: „Brandung voraus!“ Im nächsten Augenblicke wurde das Schifflein von einer starken Welle hochgerissen und gleich darauf aufs feste Land geschmettert.

Die Schiffbrüchigen retteten vom Wracke, was sie konnten, und das war nicht eben viel. Während sie noch dabei waren, ihre kärgliche Habe auf den Strand zu bergen, erklang von den Dünen dahinter ein Hornsignal. Auf den Sandhügeln standen die keltischen Bewohner Britanniens, an dessen Küste das Schifflein gescheitert war. Als der König sah, daß seine kleine Schar vom Meere und den Briten eingeschlossen war, da wandte er sich grimmig an seine Begleiter: „Gegen die See können wir nicht mehr kämpfen, aber hinter den Männern dort gibt es auch für uns Brot und Fleisch und ein

Dach über dem Kopfe." — Sie ertrotzten sich also gegen die ausweichenden Kelten den Weg landeinwärts, bis sie an den Rand eines großen Sumpfes gerieten.

Ehe es zu einem wirklichen Kampfe kam, schlugen die Briten den furchtlosen Fremdlingen aber vor, sich mit einer Insel inmitten der Sümpfe zu begnügen, da sie sonst einen aussichtslosen Kleinkrieg gegen die Überzahl zu führen hätten. Aguar dachte an die todmatte Königin, an seinen jungen Prinzen . . . und wählte den Frieden.

Wie nun die Briten hörten, daß die Männer aus Thule nicht als Feinde, sondern nur aus Not zu ihnen gekommen seien, da verwanden sie ihr Mißtrauen gegen die Fremden und zeigten sich sogar hilfsbereit. Lebensmittel und Kleider wurden herbeigeschafft. Erfahrene Jäger versprachen, die Flüchtlinge durch das Gewirre der Rinnsale zu führen, die den einzigen Zugang zur Sumpfwelt bildeten. Der König bestieg mit den Seinen einige Boote und war gespannt darauf, wie sich die neue Heimat zeigen werde.

Die Kähne drangen in das Dickicht ein. Zu beiden Seiten der glucksenden Wasser standen manneshohe Wände aus speerigen Gräsern; dazwischen moderten knorrige Baumstämme als Zeugen vergangener Tage. Auch Wasserrosen blühten da und dort.

Um die Mittagszeit erreichten sie eine Stelle, wo sich der schmale Wasserlauf zu einem See verbreiterte. Sie kochten sich in den Booten aus frischgefangenen Fischen ein reichliches Mahl. Als Herde benützten sie dabei große, sandgefüllte Schildkrötenschalen, in denen Torffeuer glühten. Bis sie dann ihre Insel endlich erreicht hatten, sank der Tag schon in die Dämmerung. Eisenherz sah das unberührte, von dunklen Erdhügeln durchsetzte Land, das nun seine Heimat werden sollte, zum ersten Male im ungewissen Zwielicht. Er war indessen zufrieden mit dem Geschauten und erwartete von den nächsten Wochen viele Abenteuer.

Gleich am anderen Morgen begannen die Vertriebenen mit dem Bau eines Daches. Bäume wurden gefällt und zurechtgehauen. Das neue Königshaus inmitten der Sümpfe nahm langsam Gestalt an.

Für Eisenherz gab es freilich wichtigere Dinge, als beim Bauen zu helfen. Tag für Tag verließ er die Insel, um Wildpret für alle herbeizuschaffen und den Geheimnissen des Sumpfes nachzuspüren. Einmal hatte er sein Boot in die Nähe einer kleineren Nachbarinsel gelenkt, als er ein Rascheln hörte. Er warf das Paddel hin und griff zu Pfeil und Bogen. Da teilte sich das Rohr: Eisenherz stand einem eingeborenen Knaben seines Alters gegenüber, der ihn voller Neugier anstarrte.

Nach dem ersten Mißtrauen vergaßen die beiden schnell die Verschiedenheit von Sprache und Herkunft. Eisenherz lernte von seinem neuen Freunde, wie der Hecht mit dem Speere erlegt, die Schnepfe mit dem Wurfnetz gefangen und die Ente im Fluge geschossen wird.

Dieses Tun war indessen gar nicht gefahrlos. Einige Wochen später, nachdem die wagemutigen Burschen schon so manches Abenteuer gemeinsam bestanden hatten, mußten sie das fast am eigenen Leibe erfahren. Sie hielten mit ihrem Kahn im flachen Wasser vor einer Landstelle, als neben ihnen ein krokodilähnliches Ungeheuer drohend aus dem Sumpfe auftauchte und das Boot angriff. Der Pfeil des Prinzen schwirrte zwar augenblicks von der Sehne; das hinderte den vorweltlichen Riesen aber nicht daran, das Schifflein auch weiterhin als seinen Feind zu betrachten. Die Freunde konnten gerade noch mit knapper Not ans feste Land springen und auf einem Baume wenigstens vorläufige Sicherheit gewinnen. Die stumpfsinnige Geduld des Drachens hatten sie freilich nicht eingerechnet; die ganze Nacht über lungerte das Tier unter dem Baume herum und ließ sich durch nichts vertreiben.

In diesen ungemütlichen Stunden machte Eisenherz von seinem luftigen Sitze aus eine Entdeckung, die noch recht bedeutsam für sein ganzes Leben werden sollte: über dem unzugänglichsten Teile der Sümpfe stand ein winziges Flackerlicht.

„Dort lebt niemand", meinte der darum befragte Freund verlegen; aber Eisenherz hatte das Gefühl, als scheue der andere nur eine genaue Antwort, und beschloß deshalb im stillen, der Herkunft des Lichtes gelegentlich alleine nachzuspüren.

Bei Tagesanbruch war die hartnäckige Panzerechse immer noch da. Weil die Freunde nicht bis an ihr Lebensende auf dem Baume ausharren konnten, berieten sie, wie das Ungeheuer zu überlisten sei. Ein Weg war bald gefunden: sie zerschnitten ein Lederwams zu zähen Riemen und krümmten zwei zusammengebundene Äste so zu einem doppelten Bogen, daß dieser in der Mitte durch einen Holzstab gespannt werden konnte. Diese einfache Falle, die manche Blase und Schramme an den Händen gekostet hatte, wurde dem Drachen über das hochgereckte Haupt geworfen. Der Spannbügel sprang heraus, und der Bogen schnappte zu. Das Tier begann zuerst zu toben, als wolle es die ganze Insel in Stücke reißen; schließlich floh es aber mitsamt der lästigen Halskrause in die Geborgenheit seines Sumpfes.

An diesem Abend folgte der Prinz nur sehr oberflächlich dem Unterrichte des betagten Lehrers, der ihm das Wissen eines künftigen Königs beibringen sollte. Was ihn wirklich beschäftigte, das waren das ferne Licht in den Sümpfen und vor allem der Weg dorthin.

Sobald dann anderntags die üblichen Waffenspiele mit den Mannen des Vaters beendet waren, nahm Eisenherz sein Boot und lenkte es in den Irrgarten der Wasserwege hinein, die seiner Meinung nach in die Richtung des spukhaften Lichtes führen mußten.

Gegen Abend, da er sich schon dicht beim Ziele glaubte, trieb eine Nebelbank vom Meere her. Eisenherz suchte sich ein trockenes Plätzchen zum schlafen.

Als er in der Morgenkühle erwachte, sah er eine verzerrte Gestalt durch den Nebel schwanken. Flink wie ein Wiesel stürzte sich Eisenherz über den Schatten, bis dieser ächzend am Boden lag und zu stammeln begann. Der Prinz war an einen mißgestalteten Menschen geraten, der sich Thorg nannte und angab, der Sohn der alten Horrit zu sein, die in einer nahen Schilfhütte hause. Eisenherz brachte den schwachsinnigen Krüppel zu dessen Mutter. Diese keifte: „Was hast du getan? Thorg wollte doch nur jagen, damit wir zu essen haben!“ — Der Prinz sah sein Unrecht ein und besänftigte die Alte, indem er sein eigenes Wildpret für ein gemeinsames Mahl hingab.

Nach dem Essen wies Horrit mit ihrem Knochenfinger auf das schwelende Torffeuer und sagte: „Du bist heute gut und böse zugleich gewesen. Nun sollst du durch mich deine Zukunft schauen . . . sie ist auch gut und böse zugleich . . . hihihi!“

Unklar zuerst, aber dann immer deutlicher sah sich Eisenherz in den Rauchschwaden als Ritter in glänzender Rüstung . . . er schaute eine Burg, einen großen Heerbann . . . einen König und eine Königin . . .“

„Ja“, kicherte die Hexe dazwischen. „Viele Abenteuer werden dem Herren widerfahren, aber nie wird er Zufriedenheit finden. Noch ehe die Sonne aufgeht . . . hihihi . . ., wird ihm auch Frau Sorge begegnen . . ., kehre jetzt heim zu den Deinen!“

Die letzten Worte klangen so seltsam befehlend und auch so drohend, daß Eisenherz voller Unruhe zu seinem Boote ging. Ohne Pause ruderte er die Nacht hindurch, erreichte das Vaterhaus aber doch erst im Morgengrauen. Als er die Halle betrat, sah er den Vater gebrochen dasitzen und schweigend auf den Raum der Königin deuten. . .

Lange kniete Eisenherz am Lager der toten Mutter und konnte nicht begreifen, daß

er sie verloren habe. Noch wehte das letzte, gute Lächeln um die Lippen, die nun für immer schweigen mußten und die ihn nie mehr küssen konnten...

Verwirrt und erschrocken hatte der Knabe die Stube der Mutter betreten; schweren Herzens, aber um Jahre gereift, kam er heraus.

Eisenherz blieb noch ein Jahr lang bei seinem Vater und übte sich im Waffenhandwerk weiter, aber die Sümpfe hatten ihren Zauber für ihn verloren; es trieb den Jüngling nach dem verbotenen Inlande, und er beschloß eines Tages, dorthin zu gehen, möge auch kommen, was da wolle. —

Als Eisenherz sein Boot am Rande des Sumpfes verborgen hatte, wanderte er landeinwärts. Eine Schafherde lief bei seinem Näherkommen blökend davon. Der Hirte, ein handfester Bursche, erhob sich blinzelnd aus dem Schatten eines Wacholders und ging mit seinem Stabe auf den Prinzen los. Der Schäfer wußte mit seinem Stecken geschickt zu fechten. Des Prinzen Speer fiel jedenfalls klirrend zu Boden, noch ehe dieser ihn überhaupt recht erheben konnte.

„Dieb!" schrie der Hirte und schlug so hart drein, daß Eisenherz endlich die Geduld verlor. Waffenlos und nur mit seinen starken Schultern ausgestattet, stürzte er sich auf seinen Gegner und riß ihn mit einem flinken Griffe zu Boden. Dort ging der Kampf so lange weiter, bis der Schäfer nicht mehr konnte. In diesem Augenblicke erkannten sich die Hitzköpfe: das edle Freundespaar aus den Sümpfen hatte sich wiedergefunden.

„Eisenherz, du?" keuchte und staunte und lachte der Hirte. „Ja, warum hauen wir uns denn? Weißt du noch, wie wir den Hecht gestochen und die Ente gejagt haben? Denkst du noch an den Drachen, der uns ans Leben wollte?"

„Ein nettes Wiedersehen", schmunzelte der Prinz, „aber um so größer sei darum die Freude". Er gab dem Freunde einen Klaps und half ihm auf die Beine. „Du hast mir den Gebrauch des Wurfnetzes gezeigt und das Fischen mit dem Speere. Nun lehre mich bitte auch noch, mit dem Stecken so wie du zu fechten."

Beim Üben mit grasumflochtenen Stangen waren sie so eifrig, daß keiner bemerkte, wie ein Ritter mit seinem Knechte näherkam und belustigt zuschaute.

„Nicht schlecht", räusperte sich der Ritter, als das Spiel zu Ende ging. „Wenn ihr so weitermacht, werdet ihr noch zu tüchtigen Waffenknechten heranwachsen."

„Ich will aber nicht Knecht sein, sondern ein Ritter wie Ihr", versetzte Eisenherz stolz und trotzig.

„Knäblein", mischte sich da der Knecht gekränkt hinein, „wenn du mit dem Ritter Lancelot sprichst, so sage wenigstens Herr!"

„Und wenn der Prinz von Thule vor dir steht, so hältst du am besten den Mund!"

Herr Lancelot, ein Ritter von König Arthurs Tafelrunde, lachte schallend ob dieser kecken Antwort. Sein grober Knecht indessen hob sich in den Steigbügeln, um Eisenherz zu schlagen. Damit kam er freilich nicht weit. Noch ehe er überhaupt richtig ausholen konnte, hatte ihm Eisenherz schon den Ellbogen unter den Fuß geschoben. Ein mächtiger Ruck warf den schlagfertigen Reitersmann ins Gras; der Prinz stürzte sich wie eine Wildkatze auf sein Opfer.

„Halt!“ donnerte da Herr Lancelot dazwischen. „Meinen Knecht läßt du leben, aber . . . beim Himmel, in diesem Burschen steckt ein echter Kämpfer.“ Darauf spornte er sein Pferd an und trabte schmunzelnd von dannen. Dem zerknirschten Knechte blieb nichts anderes übrig, als seinem Herren maulend zu folgen, denn noch einmal wollte er mit dem flinken Burschen ohnedies nicht zusammengeraten.

In dieser Stunde beschloß Eisenherz endgültig, ein Ritter nach dem Vorbilde des Herrn Lancelot zu werden. Dazu brauchte er jedoch zuerst ein Pferd, das stark genug war, einen Mann und seine volle Rüstung zu tragen. Woher aber ein solches nehmen, so nicht stehlen?

„Wenn du kein Geld hast, eines zu kaufen“, riet der junge Schäfer, „dann mußt du eben ein wildes fangen.“

„Ein Pferd fangen? Ja, wo denn?“

„In den Dünen gibt es ganze Herden.“ —

Zwei Tage brauchte der Prinz für die Wanderung zu den Dünen, einem Streifen aus Sand und Strauchwerk, der sich meilenweit an der Küste hinzog. Sosehr der junge Jäger aber auch den Horizont abspähte: wilde Pferde konnte er fürs erste nirgends ent-

decken. Als er dann endlich doch an eine Herde geriet, da bestand sie nur aus zottigen Ponies, viel zu schwach, um einen bewaffneten Ritter zu tragen. Tagelang mußte der Prinz weitersuchen, bis er schließlich doch einen jungen Hengst aufspürte, der ihm gerade der rechte zu sein schien.

Nun aber kam die Frage: wie fangen? Eisenherz schlich sich in die Nähe des Tieres und warf sein Fangnetz. Aber der Hengst sprang gewandt zur Seite und stob davon, als sei der Teufel selber hinter ihm her.

Hier stand offenbar Erfindergeist gegen Schnelligkeit. So machte sich Eisenherz denn ein einfaches Fanggerät zurecht. Zwei Steine in die Enden eines Riemens verknotet und das Ganze um die Beine eines fliehenden Tieres gewirbelt: das war, wenn es traf, ein wirksames Mittel, um auch ein Pferd an der Flucht zu hindern.

Eisenherz hatte Glück, denn der Hengst stürzte schon nach dem ersten Wurfe über die gefesselte Vorderhand. Als der Gefangene durch ein Halfter gesichert war, nahm ihm der Prinz die Fessel ab und achtete dabei sorgfältig der schlagenden Hufe. Nach einigen Tagen gelang es ihm mit viel Güte, dem unbändigen Rosse die größte Scheu zu nehmen. Dann setzte er sich hin, um mit seinen einfachen Mitteln das notwendige Geschirr zu fertigen. Bei diesem ungewohnten Werke machte er zunächst vieles falsch; am Ende war aber dann doch alles einigermaßen wohl geraten.

Größere Schwierigkeiten bereiteten dem Prinzen die ersten Reitversuche. Das zukünftige Schlachtroß war die Freiheit der Dünen gewöhnt und hatte wenig Verständnis für den Zwang, der ihm da auferlegt werden sollte. Aber Eisenherz war noch hartnäckiger als das Tier. Sooft ihn der Hengst auch abwarf, sprang er doch immer wieder in den Sattel, bis seine Ausdauer dann endlich belohnt wurde. —

Als sich der Sommer neigte, verließ ein seltsam gewappneter Knabe das Reich der Dünen, um in die Welt zu ziehen und ein Ritter zu werden.

Einige Tage später hatte Eisenherz das Glück, dem Herrn Gawain zu begegnen, der ebenso wie Lancelot ein Ritter von König Arthurs Tafelrunde war. Und das kam so: Mit dem Plane, sich dem auf Burg Camelot wohnenden König vorzustellen, war Eisenherz gemächlich landeinwärts getrabt. Eines Abends, während er an einem Waldrande gerade dabei war, seine Jagdbeute am Spieße zu braten, kam ein Ritter des Weges, hielt an und zog den leckeren Duft schnuppernd durch die Nase.

„Ich bin Gawain, ein Ritter des Königs Arthur", erklärte der Fremde, „und habe einen Bärenhunger." Mit diesen Worten sprang er aus dem Sattel und setzte sich neben das Feuer. Eisenherz fühlte sich geehrt, einen wirklichen Ritter als Gast zu haben, und

teilte sein Mahl von Herzen gerne; er vergaß auch nicht, dem Fremden in höfischer Form seinen Namen zu nennen.

„Du hast in der Tat das Benehmen eines Prinzen", bemerkte der Ritter lächelnd zwischen zwei Bissen, „aber deine Kochkunst wäre selbst eines Königs würdig."

Wie nun das Mahl schon zu Ende ging, spitzte der immer wachsame Prinz die Ohren, denn er hatte einen leichten Hufschlag vernommen. Gleich darauf trabte ein anderer Ritter mit seinem Knechte aus dem Walde. Als Gawain den Fremden erkannte, rief er zornig: „Das ist doch Negarth, ein falscher Ritter und ein Räuber dazu." Bevor er indessen das Schwert ziehen konnte, hatte ihn der andere schon mit der Keule zu Boden geschlagen.

Eisenherz raffte einen handlichen Stein auf. Negarth schaute den kleinen Störenfried geringschätzig an und ritt auf ihn zu. In diesem Augenblicke flog der Brocken, mit voller Kraft geschleudert, dem Gegner an die Schläfe. Herr Negarth sank ruhmlos ins Laub und regte fürs erste kein Glied mehr.

Der Knecht des Besiegten wollte zornig dazwischenfahren. Ehe es indessen so weit kam, hatte ihn des Prinzen sicherer Pfeil schon erreicht.

Eisenherz wandte sich nun helfend seinem Gaste zu. „Teufel, Teufel", brummte der und rieb seine Beule, „das ist zuviel für einen Tag: ein prinzlicher Küchenmeister, ein wackerer Beschützer und dazu noch ein Spaßmacher, mit dem kein Spaß zu machen ist . . . holt mir doch der Bursche einen ausgewachsenen Räuber mit einem einzigen, lächerlichen Steinwurf aus dem Sattel!"

Nach beendetem Mahle banden sie den Raubritter auf ein Pferd und trabten gemächlich auf Burg Camelot zu, um König Arthur über den Bösewicht richten zu lassen.

Während sie einen Ausläufer des Sumpfgebietes umritten, das Eisenherz so heimatlich vertraut war, begegneten ihnen einige Dorfbewohner, die um ihr Leben liefen. Herr Gawain hielt einen der zitternden Männer auf und fragte nach der Ursache des Schreckens. Der Verängstigte deutete nach rückwärts und keuchte: „Fliehet, fliehet, rettet Euch ... der Drache ist aus dem Sumpfe gestiegen.“

Für den tapferen Gawain war es nur eine selbstverständliche Ritterpflicht, den bedrängten Bauern zu helfen. Er gab seinem Rosse die Sporen und sprengte dem Untier entgegen, um ihm die Lanze in den Schlund zu stoßen. Der Drache war jedoch trotz seiner Größe gelenkig wie eine Katze und wich behende aus, so daß des Ritters Lanze kaum noch den dicken Schuppenpanzer ritzte.

Der mißlungene Angriff hatte die Wut der vorweltlichen Echse erst richtig geweckt. Ein einziger Ruck des unförmlichen Kopfes warf den Ritter mitsamt seinem Pferde zu Boden. Der zähnestarrende Rachen öffnete sich drohend über dem Gewimmel aus Tier und Mensch, und Gawain konnte zur letzten Abwehr nur noch seinen Schild erheben.

Des Ritters Lage war schon recht verzweifelt, als Eisenherz den Kampfplatz erreichte. Der Prinz wußte zwar, daß er den Drachen alleine und mit seinen unzulänglichen Waffen wohl kaum besiegen könne, aber er wollte die Aufmerksamkeit des Tieres wenigstens so

lange auf sich selber lenken, bis Gawain dem Bereiche des tödlichen Gebisses entronnen sei. Eisenherz schwang das Wurfnetz und traf das zustoßende Haupt des Ungeheuers. Durch eine Wendung des Pferdes wurde das Netz geschlossen.

Herr Gawain benützte die ihm vergönnte Atempause, um aufzuspringen und das Schwert zu ziehen. Inzwischen biß der Drache wütend in die hinderlichen Stricke. Eisenherz hielt das Zugseil, solange er es wagen durfte, und ließ sein Pferd erst im letzten Augenblicke zur Seite springen. Dabei entging er nur mit knapper Not den scharfen Tatzen und den Schwanzschlägen des Tieres. Als sich der Drache endlich von seinem Kopfschmuck befreit hatte, raste er mit schnappenden Kiefern im Kreise herum. Dabei entdeckte er ein neues Ziel für seine Wut: den Ritter Negarth, der hilflos auf seinem Pferde festgebunden saß. Das Ungeheuer richtete sich auf und äugte hinüber, wie wenn es etwas bedenken wolle. Dann stürmte es los.

Aber noch einmal entriß Eisenherz der Echse ein Opfer. Er überholte sie im Galopp und löste mit einem raschen Schnitte des Ritters Fesseln.

„Vielen Dank, Prinz Eisenherz! Diese Tat werde ich Euch nicht vergessen!"

Um den tollwütigen Drachen zu verwirren, sprengte Herr Negarth nach der einen und Eisenherz nach der anderen Seite. Das Tier machte jedoch unerwartet kehrt und wandte sich erneut dem immer noch hilflosen Gawain zu.

Der Ritter, nur mit Schwert und Schild bewaffnet, hielt auch diesem Angriff mutig stand; seine Schläge prasselten auf das Panzerhaupt der Echse, ohne es freilich ernstlich verletzen zu können. Damit schien Gawains Schicksal besiegelt.

Aber Herr Negarth, dem doch schon der Galgen drohte, wagte in dieser Gefahr, was kaum ein anderer gewagt hätte. Ohne jede Waffe stürmte er auf den Drachen zu, schwang sich vom Sattel aus auf dessen Nacken und bearbeitete den Knochenschädel mit der bloßen Faust. Das Tier erschrak vor diesem ungewohnten Angriff so, daß es den Reiter durch Drehen und Rollen abzuwerfen versuchte.

Eisenherz erkannte sofort, was hier zu tun sei. Kaum zeigte der Drachen einmal den unbewehrten Bauch, da fuhr ihm des Prinzen Lanze schon so tief ins Leben, daß ein schwärzlicher Blutstrahl hervorschoß . . .

„Hm", dachte Eisenherz hinterher, als das Untier tot und die Gefahr vorüber war. „Wenn in diesem Kampfe irgendeiner von uns ein Held gewesen sein sollte, dann der Herr Negarth."

Der Prinz ritt zurück, um den verängstigten Bauern die Nachricht vom Tode des Drachens zu bringen. Diese kamen herbei und betrachteten das reglose Ungeheuer voller Scheu von weitem; selbst jetzt wagten sie sich noch nicht ganz in seine Nähe.

„Welcher von den beiden Rittern hat denn dem Drachen den Todesstoß versetzt?" wollte ein alter Mann wissen.

„Keiner! Das Knäblein hier — Prinz Eisenherz von Thule — ist der Held!" beschied ihn Herr Gawain und konnte schon wieder scherzen.

„Möglich", gab der Prinz zu, „aber ohne den Herrn Negarth wäre ich selber hilflos und Ritter Gawain vielleicht gar tot gewesen!"

Nach diesen Worten verstanden es die biederen Dorfleute nicht, daß Negarth vor dem Weiterreiten wieder auf sein Pferd gebunden wurde. Und Eisenherz verstand es ebensowenig. Auf dem Wege nach Camelot bat er deshalb Gawain, den Gefangenen doch freizulassen.

„Nein, Bösewicht bleibt Bösewicht", verwies ihn der Ritter.

„Aber er hat das Herz eines Helden", sprach Eisenherz dagegen. „Keiner könnte tapferer sein!"

„Und keiner auch ein größerer Schurke."

„Immerhin hat er sein Leben unbedenklich für das Eure gewagt, Herr Gawain."

„Wofür ich ihm sehr verbunden bin; vorher wollte er mich jedoch erschlagen. Ich schulde ihm also weder Dank noch Gnade. Er ist eben ein Held und ein Schurke zugleich."

„König Arthur ist aber ein gerechter Richter", fügte der Ritter dann nach einigem Nachdenken und etwas milder gestimmt hinzu. Weiter wurde über den Fall kein Wort mehr gesprochen.

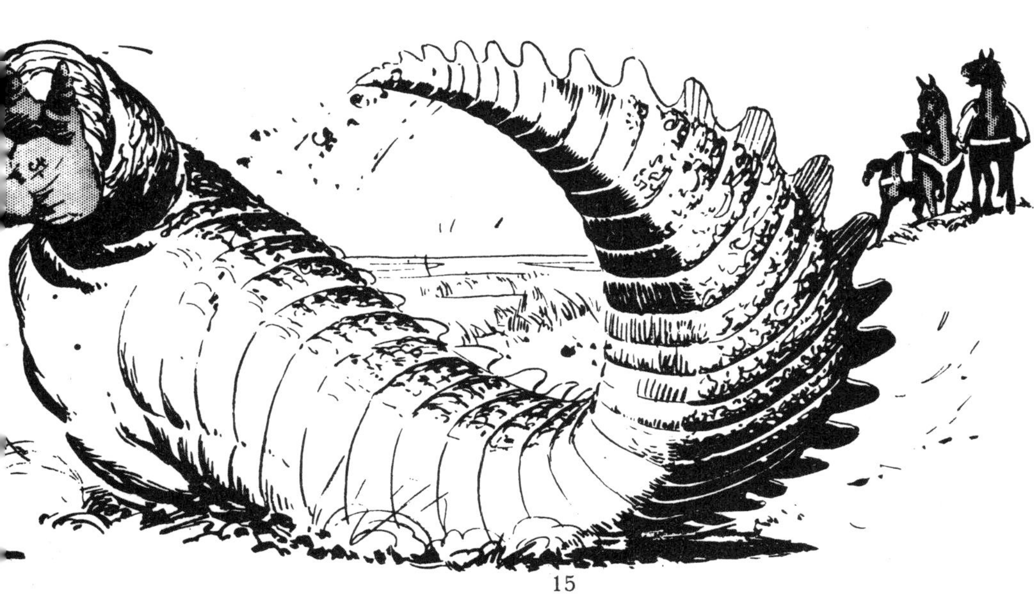

„Wenn die Stunde gekommen ist," gelobte sich Eisenherz im stillen, „so werde ich Gnade für den kühnen Herrn Negarth heischen." Es widerstrebte den Gefühlen des Prinzen, daß ein tapferer Mann, der sich als so selbstlos erwiesen hatte, auch noch eine harte Strafe oder gar einen schimpflichen Tod erleiden müsse. —

Sie ritten während der ganzen Nacht, kamen durch dichte Eichenwälder und trabten über die im Mondlicht schimmernde Heide. Immer näher rückte Camelot, die herrliche Burg, von der Eisenherz schon so vieles gehört hatte.

„Noch nicht, mein junger Freund, du mußt Geduld üben", lächelte Herr Gawain, als er sah, wie Eisenherz mit seinen Augen die helle Nacht zu durchdringen versuchte.

Am Morgen, als die Sonne gerade über den Horizont stieg, erreichten sie dann einen Hügelkamm. Und da lag das Wunder: fast zum Greifen nahe stand das herrliche Camelot, der Sitz des Königs Arthur, vor ihnen.

Turm an Turm und Mauer an Mauer strebte die Feste im rötlichen Lichte des Morgens zum Himmel, gerade als sei sie für alle Ewigkeit ins Land hinein gebaut. Von den Zinnen flatterten die bunten Fahnen des Königs, und Eisenherz dachte einen Augenblick lang, daß dieses zauberhafte Schloß doch nicht von Menschenhand allein geschaffen sein könne.

Niemand brauchte dem Prinzen zu sagen, daß er vor Camelot stehe. Von den Söllern meldeten Trompetenstöße die Ankunft der Reiter. Die breiten Flügel des Merlin-Tores sprangen auf; eine Zugbrücke fiel rasselnd nieder. Prinz Eisenherz hatte auf dem Wege zur Ritterschaft sein erstes Ziel, den Hof des Königs Arthur, erreicht.

Auf Camelot waren zu dieser Stunde all die berühmten Ritter von der Tafelrunde versammelt, deren Namen noch heute durch Sage und Geschichte klingen. Herr Gawain flüsterte Eisenherz diese Namen zu: Lancelot, Tristan, Parzival und viele andere mehr.

Nach der ersten Begrüßung brachte Gawain seinen Gefangenen in eine feste Zelle, wo dieser bis zur Stunde des Gerichtes verwahrt bleiben sollte. Alle Ritter freuten sich über die Gefangennahme des Räubers, von dessen Untaten sie schon soviel gehört hatten. Eisenherz aber war es vorbehalten, das wahre Wesen dieses geschmähten Mannes in aller Öffentlichkeit aufzudecken.

Schon um die Zeit des Sonnenunterganges verkündeten Herolde das Erscheinen des Königs in der Gerichtshalle. Die Ritter versammelten sich. Im Hintergrunde des Saales gesellte sich Eisenherz bescheiden zu den Waffenknechten, die das Schauspiel auch mit ansehen wollten. Der Prinz stand stirnrunzelnd da, denn er glaubte noch immer, daß Herr Negarth, so er überhaupt eine Schuld trage, schon mehr als genug gesühnt habe.

Links von König Arthurs Thron saß die liebreizende Königin Ginevra, rechts der weise Merlin Ambrosius, dessen Rat dem König auch noch im Mannesalter teuer war. Negarth wurde auf ein Zeichen des Königs hin gefesselt hereingeführt.

Herr Gawain und einige andere Ritter klagten den Räuber vor der versammelten Menge wegen seiner Taten an, aber dieser verschmähte es, auch nur ein einziges Wort zu erwidern, und hüllte sich in stolzes Schweigen.

Nun wandte sich König Arthur selber an den Gefangenen und fragte ihn, ob er nicht wenigstens etwas zu seinen Gunsten sagen wolle. Herr Negarth verneinte das. Bei dieser Antwort zappelte Prinz Eisenherz vor Ungeduld. Schon war er dabei, sein Wissen laut hinauszuschreien, als ihm ein Nachbar schroff bedeutete, daß in diesem Raume nur mit des Königs Erlaubnis gesprochen werden dürfe. In seiner Bedrängnis gewahrte der Prinz, wie sich Herr Gawain dem Throne näherte und dem König etwas zuflüsterte.

Arthur nickte, schaute auf die versammelte Menge und fragte: „Dann ist vielleicht unter Euch einer — Rittersmann oder Knecht —, der etwas zugunsten des Gefangenen aussagen kann?“

„Ja“, kam die glockenhelle Stimme des Prinzen aus dem Hintergrunde. Eisenherz trat beherzt vor die Stufen des Thrones und erzählte vom Kampfe mit dem Drachen. Als er geendet hatte, entschied der König: „Wir haben dem Herrn Negarth mancherlei vorzuwerfen und ebensovieles zu danken. Britannien aber braucht jeden tapferen Mann gegen die Feinde, die immer wieder seine Küsten bedrohen. So möge denn Herr Negarth frei von uns scheiden und wider die Normannen kämpfen, wo immer sie erscheinen. Dabei wird er nicht nur unsere Verzeihung, sondern auch seine wahre Ehre gewinnen.“

Negarths Fesseln fielen. Er dankte dem König mit einem verpflichtenden Handschlag, umarmte gerührt seinen prinzlichen Fürsprech und ritt als freier Mann davon.

Am meisten aber freute sich Herr Gawain für seinen jungen Freund, über den der König nun mehr zu erfahren verlangte.

Anderntags suchte Gawain den Prinzen auf dem Burghof von Camelot auf, wo sich der Jüngling gerade im Lanzenfechten übte.

„Tüchtig“, rief der Ritter, „aber mach' Schluß jetzt.“ Eisenherz wollte wegen dieser Unterbrechung zuerst etwas ungehalten sein; als er aber hörte, daß er vor Arthur und Ginevra zu erscheinen habe, da strahlte er übers ganze Gesicht.

Der Prinz wurde also dem Königspaare vorgestellt. Er erzählte von seiner Herkunft, von dem abenteuerlichen Leben in den Sümpfen und vor allem auch von seinem brennenden Wunsche, ein Ritter zu werden. „Und das so bald wie möglich, Herr König!“ fügte er drängend hinzu.

Arthur lächelte milde über soviel Ungestüm. Herr Gawain aber bat: „Lasset mir bis dahin den Prinzen als meinen Knecht."

Eisenherz zeigte sein Mißfallen an jeglicher Art von Knechtschaft auch jetzt sofort wieder ganz unverhohlen. Der König warnte gütig: „Bändige zuerst das Feuer in deinem Blute, Prinz Eisenherz. Erweist du dich selber der Ritterschaft als würdig, so wirst du eines Tages auch Ritter sein!"

Es verletzte des Prinzen Stolz nicht wenig, die Rüstung eines anderen pflegen zu müssen, aber er widmete sich der ungewohnten Pflicht mit Ernst und Eifer.

In dieser Nacht machten sich die anderen Knechte einen dummen Spaß daraus, den Knaben zum Weine zu verführen, dessen Wirkung er bis dahin noch nicht kannte.

Als er in seinem Unverstande genug getrunken hatte — und leider auch etwas mehr als das —, da höhnte einer der Tölpel: „Bitte, erzählet uns doch, Herr Sumpfprinz, was für ein tapferer Ritter Ihr so schnell werden wollet?" Auf diese einfältigen Worte hin erhob sich ringsum ein tobendes Gelächter.

Das war dem Prinzen nun doch zuviel. Der Kampf, der jetzt folgte, wäre einer besseren Sache wert gewesen. Die Knechte erfaßten kaum, was ihnen eigentlich geschah, denn Eisenherz tobte wie ein Wirbelwind unter ihnen und benützte alles als Waffe, was ihm gerade in die Hände kam.

Am Ende mußte die ganze Palastwache aufgeboten werden, um den Wildling aus den Sümpfen zu bändigen und in eine feste Zelle zu bringen, wo er seinen verletzten Stolz und den brummenden Kopf pflegen konnte.

In dieser Nacht gab es in der Burg so manchen anderen Knecht, dem auch der Schädel brummte und dessen Glieder zudem noch von den harten Schlägen des Ritters „Möchtegerne“ schmerzten.

Am Morgen wurde der Jüngling vor den Hauptmann der Palastwache geführt; ihm folgten die stöhnenden Zeugen, die alle noch recht sichtbar die Spuren des nächtlichen Kampfes an sich trugen.

Als Gawain von den Ereignissen hörte, begab er sich stracks zum König, um Gnade für seinen schlagfertigen Knappen zu erlangen. Während er noch sprach, stürzte aber schweißbedeckt und blutend ein Bote mit böser Kunde herein: „Die Wikinger sind wieder gelandet, Herr! Unsere Wachen an der Küste wurden erschlagen . . ., ich allein blieb am Leben!“ Mit diesen Worten brach er tot zusammen. Herolde riefen sofort alle wehrhaften Männer zu den Waffen.

Indessen wurde über Eisenherz schnell das Urteil gesprochen: „Während alle tapferen Krieger für Britannien kämpfen, wirst du auf Camelot zurückbleiben und lernen müssen, dein Ungestüm zu bändigen.“ So entschied der König, und damit hatte der Prinz die erste Möglichkeit verloren, sich als angehender Ritter im Kampfe gegen die gefürchteten Normannen zu bewähren.

„Nie wieder werde ich den Becher anrühren“, klagte der betrübte Knappe.

Aber Gawain lachte bloß: „Laß dir die Lehre zur Warnung dienen, dann ist das Opfer nicht umsonst gewesen. Jetzt freilich jammert's mich, daß du nicht mitkommen darfst.“ Dann bat er seinen Knecht noch, die Strafe mannhaft zu ertragen, und versprach, sobald als möglich heimzukehren. Einen Augenblick später bestieg er sein Pferd und ritt mit den anderen weg.

Einsam und reuevoll schaute der Prinz dem aufbrechenden Heerbanne nach. Als die letzten Reiter an einer Wegbiegung verschwunden waren, entdeckte er hinter seinem Rücken zwei Männer, die sich flüsternd unterhielten. Es waren Herr Osmond und Baron Baldon, die aus irgendwelchen Gründen zurückgeblieben waren. Eisenherz erfuhr erst viel später, daß die beiden eine Verschwörung planten, in die er auch selber verwickelt werden sollte. Die finstere Absicht bedurfte allerdings einer langen Vorbereitung und konnte vor des Königs Rückkehr ohnedies nicht verwirklicht werden.

Ahnungslos von dem, was da geplant wurde, verbrachte Eisenherz die Wintermonate auf Camelot bei den befohlenen Pflichten und übte sich während seiner Freizeit auch wieder fleißig im Gebrauche der Waffen.

Bis dann an einem Frühlingsmorgen die Hörner lustig aus der Ferne klangen und die Heimkehr eines siegreichen Heeres ankündigten.

Ein Wald von Lanzenspitzen, umflattert von wehenden Bannern, überragte den Zug.

an dessen Spitze der König ritt. Des Prinzen Auge ging suchend die staubbedeckten Reihen entlang, bis er seinen Ritter endlich an einem Platze entdeckte, wo er ihn nicht vermutet hatte. Herr Gawain trabte nämlich gleich hinter dem König.

„Herr Gawain, Herr Gawain — willkommen auf Camelot!" jubelte Eisenherz, und der Ritter winkte ihm freundlich zu.

Eine Weile später waren die beiden in des Ritters Stube vergnügt beieinander, und der Knabe hatte tausend Fragen nach Gawains Erlebnissen zu stellen.

„Kaum der Rede wert", meinte der Ritter achselzuckend, während ihm der Prinz aus der schweren Rüstung half.

„Was?" rief Eisenherz erschrocken. „Habt Ihr Euch denn im Kampfe gegen die Normannen nicht ausgezeichnet?"

„Hm, nur eben soso — lala", antwortete Herr Gawain leichthin.

„Woher kommen dann die Scharten und die Schrammen in Eurer Rüstung? Und die vielen Lanzenspuren auf dem Schilde?"

Aber Gawain lachte bloß und verleugnete jedes Wissen von einer besonderen Tat. Kaum hatte er sich jedoch höfisch gekleidet, als ein Bote eintrat und verkündete, daß der Ritter zu König Arthur gebeten werde.

„Wahrscheinlich soll ich jetzt für meine Nachlässigkeit und für mein Ungeschick getadelt werden", bemerkte Herr Gawain und setzte eine bekümmerte Miene auf.

Tief betroffen und klopfenden Herzens begleitete der Prinz seinen geliebten Herren zum König. Im Schlosse wandelte sich sein Kummer jedoch in Staunen, und dieses in glühenden Stolz, als Arthur dem Ritter vor der versammelten Menge sein höchstes Lob für die im Feldzug erwiesene Tapferkeit aussprach.

Diese Ehrung war es dann auch, die Baldon und Osmond bewog, sich für ihren ränkevollen Anschlag des Herren Gawain zu bedienen.

Der Plan war recht einfach. Unter dem Vorwande, einer vom Unrecht bedrängten Dame ritterlichen Beistand leisten zu müssen, sollte ein Liebling des Königs auf ein einsam gelegenes Bergschloß gelockt werden, das sie Eriwold nannten. Dort wollten ihn die Verräter gefangennehmen und so lange festhalten, bis der König ein hohes Lösegeld bezahlt habe.

Was diesen Plan so schändlich machte, war die Tatsache, daß sich die Schurken vorher arglistig das Vertrauen des Königs und die Freundschaft Gawains erschlichen.

Auch an Eisenherz machten sie sich heran und erzählten dem gutgläubigen Knaben von den Wundern der Burg Eriwold. Dieser trug die Kunde flugs zu seinem Ritter weiter, und beide unterhielten sich so lange über das vielgerühmte Schloß, bis sie schließlich darauf brannten, es selber zu besuchen.

Wie dann die Dinge soweit gediehen waren, trafen sich Baldon und Osmond mit einer Dame, die schon längst in das Ränkespiel eingeweiht war und eine wichtige Rolle darin zu übernehmen hatte.

Eine Gelegenheit, das Bubenstück ins Werk zu setzen, ergab sich einige Tage später bei der Feier des Sieges über die Normannen.

Als das Festmahl an der „Runden Tafel" seinen Höhepunkt erreicht hatte, trat eine Lady in die Halle und warf sich vor König Arthur weinend in die Knie.

Die heiteren Gespräche verstummten sofort, so daß ein jeder die leisen Worte der Bittenden verstehen konnte:

„Ich flehe Euch an, Herr König, helft mir. Ein schrecklicher Geist hat mich aus meinem Schloß Eriwold vertrieben."

Als Eisenherz den bekannten Namen hörte, schoß er einen Blick des höchsten Erstaunens auf Gawain ab. Dieser selber war über den Zufall kaum weniger verwundert.

Inzwischen hatte der gütige König die Lady vom Boden aufgehoben und wandte sich nun an die versammelten Ritter: „Ein Helfer wird verlangt!" sagte er ernst. „Wer von Euch will die Dame beschützen?"

Herr Gawain sprang sofort auf: „Ich werde reiten, Herr König!"

Eisenherz war begeistert von der Aussicht auf die Reise in ein fernes Bergland, das weder er noch Herr Gawain bis dahin kannten. Vor allem aber freute er sich auf die zu erwartenden Abenteuer. Die Dame, die sich Lady Morvyn nannte, trieb zur Eile; sie spielte ihre Rolle vortrefflich und erregte zunächst keinerlei Argwohn.

Trotz allem Drängen der Lady bedurfte es indessen einiger Vorbereitungen, bis Gawain und Eisenherz reisefertig waren. Des Ritters Rüstung hatte in dem Feldzug arg gelitten, und zudem mußte auch für den Prinzen eine Ausstattung besorgt werden, weil dieser außer seinen einfachen Waffen bis dahin doch kaum etwas Rechtes besaß.

Gawain führte seinen Knappen also in die Waffenschmiede von Camelot, wo die Meister des Handwerkes am klingenden Ambosse standen und alle Hände rührten, um die Schäden der letzten Kämpfe zu beseitigen.

Über seine Rüstung hatte der Knabe seine eigene Gedanken, die vom Herkömmlichen abwichen und mehr seiner flinken Art zu fechten entsprachen. Er verschmähte den langen, hinderlichen Kettenpanzer, wie er sonst von den Rittern getragen wurde, und wählte dafür einen leichteren Schutz, mit dem er beweglicher bleiben konnte.

„Das ist dumm und gefährlich", brummte der biedere Waffenschmied, der für Eisenherz arbeiten sollte, aber Gawain hieß ihn, dem Jungen seinen Willen zu lassen. So wurden die Wünsche des Prinzen also erfüllt.

Wie nun Herr Osmond und Baron Baldon erfuhren, daß die Abreise schon dicht bevorstehe, verließen sie eilends Schloß Camelot, und es kam niemanden in den Sinn, irgendeine dunkle Absicht dahinter zu vermuten.

An einem wetterwendischen Aprilmorgen traten Lady Morvyn, Gawain und Eisenherz dann ihre ungewisse Reise an. Während sie über die äußere Brücke von Camelot ritten, barg die Dame ihr Gesicht vor dem Regen in der Kapuze und lächelte verstohlen in sich hinein, denn besser hätte es bis dahin wirklich nicht gehen können.

Einige Meilen voraus ritten Osmond und Baldon, um die Falle zu stellen. Aber sie

hatten wenig Glück an diesem Tage. Mitten im Walde sperrten ihnen plötzlich drei schwerbewaffnete Ritter den Weg und zwangen sie zum Halten.

Nach den rauhen Sitten jener Zeiten forderten die drei Ritter die Verschwörer zum Kampfe auf. Sowenig diesen auch an einem solchen Zwischenfalle gelegen sein mochte, so hatten sie doch keine Möglichkeit, dem Treffen auszuweichen, denn die Fremden drangen ohne zu zögern auf sie ein.

Zwei gegen drei, das war kein gutes Vorzeichen für das entbrennende Gefecht, und den Verschwörern ging es in der Tat auch schon sehr schlecht, als Gawain und Eisenherz auf dem Kampfplatze erschienen.

Die Herren Baldon und Osmond vergaßen in ihrer Bedrängnis ganz, welche Niedertracht sie selber mit Gawain eigentlich vorhatten, und riefen die gutgläubigen Ankömmlinge laut um ihren Beistand an.

Im Nu hatte Gawain einen der Fremden aus dem Sattel gehoben, während sich Eisenherz des zweiten annahm. Dabei mußte der Prinz jedoch schmerzlich erfahren, daß er

noch kein ganz vollwertiger Gegner für einen ausgewachsenen Ritter war. Die volle Wucht der fremden Lanze traf zwar nur seinen Schild; der Anprall genügte aber, um Roß und Reiter zu werfen.

Ganz so leicht, wie es nach diesem Zwischenfalle scheinen mochte, war der Jüngling indessen doch nicht zu besiegen. Während der Ritter sein Pferd herumriß, um den Gestürzten vollends niederzutrampeln, rollte sich dieser flink zur Seite und richtete seine Lanze gegen die anreitende Gefahr. Der Ritter stürzte nun selber zu Boden und mußte sich von der Keule des Prinzen einen friedlicheren Geist einhämmern lassen.

Damit war der Kampf entschieden. Die drei Ritter wurden gebunden und durch einen Eid verpflichtet, dem König Arthur fortan in Treue zu dienen.

So hatten also Gawain und Eisenherz nichtsahnend ausgerechnet jene Männer gerettet, die ihnen selber so Böses antun wollten. Um ihre künftigen Opfer wieder loszuwerden,

erklärten sich Baldon und Osmond listig bereit, die besiegten Ritter nach Camelot zu bringen. Kaum waren sie aber ein Stück geritten, da ließen sie die Gefangenen frei und jagten auf Umwegen nach Eriwold weiter.

Inzwischen schützte Lady Morvyn Müdigkeit vor und zwang Gawain und Eisenherz auf solche Weise, langsam zu reiten. Dadurch gewannen Osmond und Baldon Zeit genug, um ihre in der Nähe von Eriwold lauernden Spießgesellen in alle Einzelheiten des Planes einzuweihen. —

„Ich traue der Dame nicht mehr über den Weg", bekannte Eisenherz, als sie vor einer Bauernhütte rasteten, in der die Lady gerade ein Schläfchen hielt. „Zuerst konnte es ihr nicht schnell genug gehen, doch jetzt verzögert sie ganz offenbar unseren Ritt!"

Gawain nahm den Argwohn nicht allzu ernst, aber Eisenherz hielt seine Augen trotzdem offen.

Schließlich, als es wieder einmal auf den Abend ging, gewahrten die Reiter in der Ferne eine klobige Burg.

„Hier steht mein herrliches Eriwold, das mir der böse Geist genommen hat", erklärte die Dame.

Eisenherz staunte: das konnte doch das Wunderschloß nicht sein, von dem man ihm so vieles berichtet hatte? Der Prinz, der jetzt erst recht Betrug und Verrat witterte, schaute seinen Ritter warnend an.

„Dieser Weg ist bewacht", fuhr die Dame im Vertrauen auf die Ahnungslosigkeit ihrer Opfer fort. „Aber ich weiß einen geheimen Pfad." Sie geleitete die Reiter zu einem schmalen Steige, der durch eine Felsenrinne zur Burg hinaufführte, hielt sich dann aber selber am Ende des Zuges.

Dieses Benehmen fiel dem Prinzen auf; er war überzeugt, daß sie nun bald an einen Hinterhalt kämen, und Gawain dachte allmählich genau so.

Vorsichtig umherspähend, entdeckten sie auf halber Höhe des treppenförmigen Pfades einige Männer, die sich hinter Büschen und Bäumen zu verbergen suchten.

Nun war es so weit — aber der Hinterhalt sah anders aus, als die beiden erwartet hatten. Lautlos fast und vorher unbemerkt fiel ein starkes Netz aus den Baumwipfeln über die Reiter, und im gleichen Augenblicke drangen auch schon Bewaffnete von allen Seiten auf sie ein. Gawain und Eisenherz saßen gefangen, so wie die Fliegen im Netze der Spinne. . . .

Um nicht erkannt zu werden, verfolgten Baldon und Osmond den Anschlag nur von weitem; sie waren beide gewiß, daß alles geglückt und fast schon vorüber sei.

Indessen, das schien nur so. Als das Netz noch nicht einmal ganz gefallen war, da hatte der Prinz schon den kurzen Dolch aus der Scheide gerissen und mit dem Zerschneiden der Stricke begonnen. Auch Gawain versuchte sich freizumachen.

Die fremden Knechte hielten ihre Opfer bereits für wehrlos, bis sie dann eines Besseren belehrt wurden. Einer der Knappen wollte sich auf Eisenherz stürzen, aber es wäre ihm ebensogut bekommen, einer giftigen Schlange den Zahn zu fühlen. Blitzschnell stieß der Prinz zu, und den nächsten Angreifern erging es bei ihm nicht viel besser. Das Triumphgeheul der Verschwörer wich rasch den Schmerzensschreien der Getroffenen. —

„Wenn einer von den beiden entkommt, so winkt uns allen der Galgen", knirschte Herr Osmond, denn er dachte an des Königs Zorn und Vergeltung.

Baron Baldon beruhigte ihn: „Wir sind doch ein halbes Hundert gegen zwei!"

Aber Eisenherz hatte sich inzwischen eben doch befreit und alle Angreifer abgewiesen. Zwei Schritte weiter trug Herr Gawain mit seinen schweren Waffen einen verbissenen Kampf gegen das Netz und die Übermacht aus, den er in der Enge dann schließlich doch noch verlor.

Eisenherz überlegte sich dieses: kämpfe ich jetzt weiter, so ist mindestens die Gefangenschaft uns allen beiden gewiß. Gelingt es mir aber, mich durchzuschlagen, dann kann ich Gawains Befreiung in Ruhe vorbereiten. Nach dieser Erkenntnis entzog er sich leichtfüßig seinen Gegnern und verschwand im schon dämmerigen Forste.

Als den Verschwörern, zu denen sich nun auch Lady Morvyn gesellt hatte, die Nachricht von dieser Flucht überbracht wurde, da war die Bestürzung groß.

„Einfangen oder totschlagen!“ brüllte der Baron in Angst und Wut. —

Durch das zunehmende Dunkel des Waldes kamen die Stimmen der Verfolger näher, aber Eisenherz wußte jetzt, daß er es nicht mit Geistern, sondern nur mit schlechten Menschen zu tun hatte, und diese fürchtete er nicht. Wenn auch der Ritter schon in ihre Hand gefallen war — den Knappen mußten sie erst noch fangen. Das jedoch sollte ihnen in dem fast schon nächtlichen Walde so leicht nicht gelingen.

Reglos hinter einem Baume verborgen, beobachtete Eisenherz einige berittene Knechte, die vorsichtig und Schritt für Schritt das Dickicht absuchten. Das brachte ihn auf einen gewagten Plan; er schnitt sich lautlos einen jungen Baum zurecht und legte ihn über den rasch gewählten Platz, auf den er einen der Reiter zu locken gedachte. Nach diesen Vorbereitungen zerbrach er einen trockenen Zweig zwischen den Fingern. Ganz wie erwartet, blieb der nächste Reiter lauschend stehen. Eisenherz brach den Zweig ein anderes Mal, worauf der Knecht sein Pferd anspornte und mit langen Sätzen in die Richtung des verdächtigen Geräusches trieb.

Die Falle arbeitete gut. Das Pferd stolperte über die hochgerissene Stange und stürzte mit seinem Reiter zu Boden. Ehe der Knecht noch begriff, was da in der Dunkelheit geschah, hatte ihn Eisenherz schon überwältigt.

Der Prinz vertauschte seine Rüstung gegen die des Knechtes. Dann klebte er sich mit Baumharz das aufgedrehte und zurechtgeschnittene Stück eines Seiles als Bart unter die Nase. Dieser Mummenschanz wäre bei Tageslicht sicher sofort aufgefallen, aber jetzt, im Finstern, durfte er hoffen, daß die Täuschung gelinge. Gewagt mußte sie auf jeden Fall werden, denn es ging ja um die Befreiung des Ritters. So ritt er also keck zu seinen Verfolgern hin und verkündete ihnen prahlend den eigenen Tod.

„Hier sind die Zeugen meiner Tat“, rief er und zeigte sein Schwert, seinen Gürtel und auch seinen Helm vor. Angesichts solcher Beweise kam niemand überhaupt nur auf den Gedanken, die Wahrheit dieser Worte anzuzweifeln.

Zu des Prinzen Überrachung begaben sich die Verschwörer aber nicht auf das nahe Eriwold, sondern ritten in westlicher Richtung davon.

Dem gefesselten Ritter blieben die Augen verbunden, damit er weder den Weg noch irgendeinen aus dem Haufen erkennen solle. Aus alledem schloß Eisenherz, daß Eriwold — wenn die Burg überhaupt so hieß — nur eine Falle gewesen sei.

Der Ritt dauerte die ganze Nacht hindurch. Als dann der Morgen eben zu grauen begann, enthüllte er eine ungastlich dreinschauende Burg, die in einem einsamen Tale verborgen lag. Auf dem äußeren Burghof wurde Halt geboten; man hatte offenbar den geheimen Schlupfwinkel der Bande erreicht.

Herr Gawain, dessen Augen immer noch verbunden waren, wurde in eine Zelle geworfen. Eisenherz hätte ihm gerne ein Zeichen gegeben und wäre ihm noch lieber gefolgt. Im zunehmenden Lichte des Morgens verbot sich aber beides von selber.

Der Prinz mußte jetzt daran denken, so schnell wie möglich zu verschwinden, und begab sich deshalb in einen dunklen Stall, auf dessen Heuboden er tagsüber Schutz vor fremden Blicken finden konnte.

Als die Nacht wieder hereingebrochen war, schlich er sich vorsichtig hinaus und spähte umher. Wenn er nun auch schon im vorderen Burghofe stand, so mußte er zuerst doch noch eine hohe Brustwehr überwinden, um in die Burg selber zu gelangen und womöglich die Zelle des Ritters zu finden. Durch Zufall entdeckte er im Stalle ein kräftiges Seil und auch einen zähen Stecken, von denen er sich bei der bevorstehenden Kletterei gute Dienste versprach.

Den äußeren Wall vom Dache des Stalles aus zu ersteigen, bedeutete für Eisenherz nur eine Kleinigkeit. Schwieriger war das Weiterkommen auf die Brustwehr der Burg, aber auch hier fand sich ein Weg. Eisenherz band das Seil an den Stecken, der sich schon nach drei oder vier gut gezielten Würfen in einer der oberen Schießscharten verfing. Behende wie ein Eichhörnchen erklomm der Prinz nun die Höhe der Brustwehr. Ohne mehr Geräusch zu machen, als es ein Schatten tut, schlich er sich von dort aus ins Innere der Burg. Ein einziger, rascher Schwertstreich trug ihm das Gewand eines Wachtpostens ein. —

Eisenherz hatte seit langem nichts mehr gegessen und wurde allmählich hungrig. Ein würziger Bratengeruch führte ihn in die Nähe der großen Halle, wo gerade ein Mahl aufgetragen wurde.

Hinter einem Vorhange verborgen, wartete er so lange, bis ein Küchenmeister mit einer großen Geflügelplatte vorbeikam. Der Prinz angelte mit der Schwertspitze eine Ente, so daß er sich für die kommenden Stunden stärken konnte.

Was er dann weiter unternahm, war allerdings ein wenig leichtsinnig. Er beseitigte den Wächter vor dem Rittersaale mit einem Keulenschlag und nahm dessen Posten selber ein. Wenige Augenblicke später betrat Baron Baldon die Halle. Eisenherz hörte, wie er einem Diener befahl, den gefangenen Gawain mit Essen zu versorgen.

Nichts hätte besser in die Pläne des Prinzen passen können denn dieser Befehl. Wie der Diener mit den Speisen aus der Halle kam, folgte ihm Eisenherz und tat, als habe er einen Auftrag dazu.

Auf dem Wege nach den Verließen gesellte sich der mürrische Kerkermeister zu ihnen und geleitete sie durch die Folterkammer zu Gawains Zelle. Er öffnete die eiserne Türe und erlaubte den beiden einzutreten.

„Es ist gut", brummte der Alte, „daß der Baron einen Knecht mitschickt; wenn der Ritter entkommt, ist es aus mit uns allen."

„Meinst du wirklich?" tat Eisenherz verwundert und trat keck in die Zelle.

Während nun das Essen hingestellt wurde, lockerte der Prinz seinen Gürtel und ließ ihn samt Schwert und Dolch zu Boden gleiten, ohne daß die anderen etwas merkten. „Morgen nacht komme ich wieder“, erklärte Eisenherz bedeutungsvoll.

Als Gawain die vertraute Stimme hörte, erkannte er endlich, wer bei ihm war. Er staunte und ... schwieg! Dann wurde die Türe wieder verschlossen. —

Der Prinz verschaffte sich neue Waffen von dem überwältigten Posten, den er in einer Truhe versteckt hatte. Für den Rest der Nacht beobachtete er die im Hause üblichen Gebräuche, denn er dachte, daß ihm solches Wissen bei der Flucht nur nützen könne.

Das Gelage dauerte bis in die graue Frühe hinein. Um Gawains Befreiung nicht zu gefährden, verbarg sich Eisenherz wieder. Der obere Teil eines Vorhanges schien ihm als Hängematte ebenso gut geeignet zu sein wie zum sehen und hören.

Baron Baldon, Herr Osmond und Lady Morvyn waren die letzten in der großen Halle. Die Nachrichten, die sie in dieser weinseligen Morgenstunde von ihrem Gefolge zu hören bekamen, waren nicht gerade erfreulich.

„Zwei Waffenknechte sind uns inmitten der Burg erschlagen worden! Ein dritter wird vermißt!" So lautete der aufregende Bericht der Männer.

„Dem werden wir auf den Grund kommen", lallte Herr Osmond, der um diese Zeit schon ziemlich trunken war. — Eisenherz hätte ihm am liebsten „Viel Glück" gewünscht, hielt es aber für besser, nur mit dem Kopfe zu nicken und leise zu lächeln.

Gegen Abend durfte es Eisenherz wagen, sein Versteck in der einfachen Vermummung wieder zu verlassen. Zum zweiten Male begleitete er den Diener auf seinem Wege zu Gawains Kerker, und alles wiederholte sich zunächst so, wie in der ersten Nacht. Bis sie

dann in der Zelle standen und Eisenherz den Ritter fragte, ob er sich von der Gegenwart des Dieners und des Kerkermeisters noch sehr viel verspreche?

„Genau, was ich denke", antwortete Gawain und griff zu dem verborgenen Schwerte.

Der Diener und der Kerkermeister wurden mühelos überwältigt, aber damit war nur der erste Schritt in die Freiheit getan. Die starken und gut bewachten Mauern der Burg bildeten ja für sich alleine schon ein Gefängnis, aus dem kaum zu entrinnen war.

Trotzdem war Gawain glücklich; er umarmte den Prinzen und sagte: „Kein Ritter in ganz Britannien hat einen besseren Knappen. Und wo in aller Welt gibt es einen Königssohn", so fügte er mit einem Blick auf des Prinzen Maskerade schmunzelnd hinzu, „dessen Herz kühner oder dessen Lippen bärtiger wären?"

Als sie den Kerker verlassen hatten, schlossen sie die schwere Türe sorgfältig ab. Um einer baldigen Entdeckung vorzubeugen, ließ Eisenherz den Schlüssel stecken, drehte aber den Bart mit Hilfe seines durch den Ring gesteckten Dolches ab. Dann stiegen sie die steinernen Treppen zur Burg hinauf.

Eisenherz wollte die Flucht gleich vollenden, aber Herr Gawain hielt es für klüger, noch ein wenig zu warten. „Lausche doch einmal", flüsterte er, „was hörst du?"

„Sie scheinen schon wieder beim Essen und Trinken zu sitzen", gab der Prinz zurück.

„Richtig! Baldon tafelt mit seinen Freunden, und die halbe Burg ist wach. Wir aber können etwas Ruhe wohl gebrauchen. Außerdem", so fügte Herr Gawain hinzu, „möchte ich mich waschen, gut essen und auch ein Schläfchen in einem weichen Bette halten."

So schlichen sie sich also ins Schlafgemach des Barons. Der Diener, dem Eisenherz gleich das Schwert an die Kehle hielt, zeigte keine Neigung, den Befehlen seiner neuen Herren zu widerstehen. Die beiden bekamen, was sie verlangten, und hielten dann unter den seidenen Decken des Barons das wohlverdiente Schläfchen, während der Diener gebunden dabeisitzen mußte.

Gegen Morgen verstummte der Lärm der Zecher. Ritter und Knappe verließen den gebundenen Knecht und begaben sich auf das Dach der Burg, wo noch das

Seil des Prinzen lag. Dort erklärte Eisenherz seinen Fluchtplan. Gawain sollte auf dem Dache zurückbleiben, während sich der Knappe an dem Seile möglichst geräuschvoll und sichtbar zur Mauer des Burghofes hinablassen wollte.

Und so geschah es. Wie erwartet, wurde der Prinz von den Wachen im Hofe alsbald entdeckt. Sie schrien: „Das ist doch der Kerl, den wir umgebracht haben!“ — Eisenherz aber lächelte leise.

Als die Knechte begriffen hatten, daß kein Geist an der Mauer schwebte, sondern nur ein Knabe aus Fleisch und Blut, da stiegen sie eilends die Treppe zum Walle hinauf, um den Frechdachs zu fangen.

Auf Gawain achteten die Knechte nicht. Der Ritter konnte sich an einer anderen Stelle unbemerkt auf den Burghof hinablassen und in einem der halbdunklen Ställe verschwinden, wo er sofort zwei Rosse sattelte.

Inzwischen brach die Hetze auf der Mauerkrone droben los. Die siegesgewissen Knechte dachten nicht daran, daß ihnen Eisenherz noch einmal entrinnen könne. Gerade aber als sie glaubten, ihr Wild schon beinahe gefangen zu haben, da schwang sich der Prinz auf die Brustwehr und sprang vor den Augen der Tölpel aus schwindelnder Höhe in den Wassergraben vor dem Burgwall hinein.

Tot oder lebendig, das galt den Knechten nun gleich; sie wollten den Flüchtigen unbedingt haben und stürmten schreiend zum Tore.

Als die Zugbrücke niedergerasselt und einen Augenblick lang unbewacht war, preschte Herr Gawain mit den beiden Pferden in die Freiheit hinaus. Einige Reiter des Barons nahmen die Verfolgung auf . . .

Derweilen suchten die anderen Knechte aufgeregt die Ränder des Grabens und auch das Wasser ab. Der Prinz war aber nicht mehr zu finden. —

Nach dem Sturze schwamm Eisenherz noch etwas benommen unter dem Wasser zu einem Schilfdickicht an der Burgmauer hin. Dort schnitt er ein hohles Rohr zurecht

und legte sich in das flache, schlammige Wasser, das ihn kaum einen Fuß hoch bedeckte. Durch das Rohr holte er die zum Atmen notwendige Luft herunter. So verborgen, konnte er abwarten, bis die Verfolger der Nachsuche müde wurden. Nach einigen schmerzhaft unbequemen Stunden wagte es Eisenherz, seinen Kopf so weit aus dem Wasser zu heben, daß er frei atmen und auch etwas sehen konnte. —

In der Dunkelheit stieg ein tropfender Schatten aus dem Graben und begann die Umgebung abzusuchen. Eisenherz sah aber ein, daß er Gawain in dieser Finsternis nicht finden könne. Im Morgenlichte stieß er dann bald auf ein unmißverständliches Zeichen des Ritters. Mitten im Walde lag ein Knecht, der die Verfolgung mit dem eigenen Leben bezahlt hatte.

Der Prinz folgte der weisenden Hand des Toten bis zu einer Lichtung, wo er seinen Ritter fand. Herr Gawain war schwer verwundet und konnte sich kaum noch rühren. „Nur ein Kratzer", hauchte er zwar und versuchte dabei, auch noch tapfer zu lächeln.

Nachdem die Wunde notdürftig versorgt war, ritten die beiden in leichten Tagesmärschen südwärts. Eisenherz wußte, was eine zweite Gefangennahme bedeutet hätte,

und vermied deshalb jede Begegnung mit Menschen. Eines Tages erblickten sie schließlich Camelot in der Ferne und freuten sich über die geglückte Heimkehr. Unweit des Schlosses hatten sich auf der Heide von Winchester viele Ritter und Edelfrauen versammelt. Bunte Fahnen wehten von den Zelten.

Als sie auf eines Steinwurfes Weite herangekommen waren, schallten ihnen herzliche Begrüßungsworte entgegen. Gawain hob kraftlos die Hand, denn die Verwundung und die Reise hatten ihn doch mehr geschwächt, als er zugeben wollte. Der Ritter lächelte traurig. „Sie halten ein Turnier zu Ehren der Königin ab und freuen sich auf einen Gang mit mir . . ., dabei ist mir im Augenblicke doch gar nicht nach kämpfen zumute."

Gawain war nahe daran, vor Schmerzen und Schwäche vom Pferde zu sinken, rit
aber mit letzter Kraft noch vor das Sonnenzelt des Königs hin.

Während dieser des Prinzen Worten lauschte, wurde das Turnier unterbrochen. Al Eisenherz geschlossen hatte, war Arthur bleich vor Zorn und befahl: „Der friedliche Kampf ist beendet. Die Herren werden ihren Frevel zu büßen haben!"

Der König zog noch am gleichen Tage mit seinen Rittern nach Norden, um die Verräter zu bestrafen. Eisenherz war zufrieden, denn er wußte jetzt, daß Baldon und Osmonc dem vergeltenden Schicksale nicht mehr entrinnen konnten.

Die Wunde des Herrn Gawain begann bei guter Pflege rasch zu heilen. Bis ihm Morgar Todd, der Leibarzt des Königs, allerdings erlauben konnte, das Bett zu verlassen unc untätig ein wenig in der Frühlingssonne zu sitzen, vergingen noch viele Tage, deren Müßegang dem Ritter keine Freude machte.

Inzwischen pflegte der Prinz mit den zurückgebliebenen Knechten wieder fleißig seine Waffenübungen. Abgesehen von diesen wenigen Männern, war Camelot in diesen Tagen von Kriegern entblößt.

An einem schönen Frühlingsmorgen erspähten die Wächter ein berittenes Mädchen, das sich der Burg näherte. Das Pferd war am Ende seiner Kräfte. Die Wächter führten das fast ebenso erschöpfte Mädchen zum Haushofmeister des Königs, dem es, um Beistand bittend, von Unrecht und Gewalt erzählte.

„Auf ganz Camelot", erklärte der Haushofmeister bedauernd, „weilt zur Stunde nur ein einziger Ritter, und dieser ist so schwer verwundet, daß er Euch nicht zu helfen vermag." Trotzdem brachte er das Mädchen zu Gawain, der gerade den Waffenübungen seines Knappen zusah.

Während die Fremde ihre Erzählung wiederholte, konnte Eisenherz keinen Blick von ihrem schönen Antlitz wenden. „Ich heiße Ilene", erklärte sie. „Ein Geist ist in unsere Burg eingedrungen und hält meine Eltern gefangen."

Eisenherz erinnerte sich bei diesen Worten sehr deutlich an Eriwold. Irgendwie schienen ihm aber die beiden Fälle doch verschieden zu sein. Auch glaubte er, noch nie in seinem Leben eine wundersamere Geschichte gehört zu haben . . . und das alles nur, weil sie an einem Frühlingstag von einem Mädchen erzählt wurde, an dem er sich nicht sattsehen konnte. Unter den bewundernden Blicken des Prinzen verlor Ilene den Faden ihrer Erzählung. Aber das störte niemand, denn Herr Gawain war inzwischen weggegangen, ohne daß es die beiden jungen Menschen überhaupt bemerkt hätten.

Als der Ritter wiederkam, trug er seine volle Rüstung. Eisenherz sagte erschrocken: „Aber, Herr Gawain, Ihr könnt doch mit Eurer Wunde nicht reiten."

Der Ritter lächelte: „Warum denn nicht? Ich kann mich ja immer auf dich stützen, so es nottun sollte!" Dann befahl er, die Pferde zu bringen, damit die Reise endlich beginnen könne.

Morgan Todd kam besorgt herbeigelaufen und verbot den Aufbruch. Er erinnerte daran, daß der Ritter versprochen habe, sich bis zur völligen Heilung zu schonen.

„Mag sein", beruhigte Gawain den fürsorglichen Mann, „aber damals lag ich im Fieber. Jetzt habe ich meine Sinne indessen wieder beisammen. Seid also vernünftig und lasset uns ziehen!" So ritten sie denn zu dreien von dannen und fragten nicht nach den kommenden Gefahren.

Wenn Eisenherz in das Gesicht des Mädchens Ilene schaute, dann dachte er, das Leben sei noch nie so schön gewesen wie jetzt in diesen Lenzestagen. Anfangs hielt er sich meistens bescheiden am Schlusse des kleinen Zuges, so wie es sich für einen Knappen

geziemt. Das Mädchen und Herr Gawain trabten denn Seite an Seite voraus. Aber der Zauber des Frühlings und der Jugend änderte diese Ordnung bald von selber.

Herr Gawain verstand das und blieb von da an schmunzelnd im Hintergrunde, während die Jungen munter plaudernd voranritten und sich gegenseitig all die kleinen Nichtigkeiten aus ihrem Leben anvertrauten, die ihnen gerade mitteilsam erschienen.

Dieser beglückende Frieden wurde gegen das Ende der Reise dann plötzlich gestört. Eine barsche Stimme rief die Träumenden in diese Welt zurück: „Gebt die Pferde und die Waffen her oder . . . kämpfet!"

Vor ihnen zügelte ein rotgekleideter Ritter sein Roß. Er war schwer bewaffnet und sah gar nicht danach aus, als spaße er nur. Der Rote wiederholte seine Aufforderung mit einem begehrlichen Blick auf Ilene.

„Wie Ihr wollet", rief Herr Gawain. „Wir werden also kämpfen!"

Die beiden Ritter machten sich schon bereit, als Eisenherz dazwischen sprang. „Herr Ritter", so wandte er sich an den Roten, „mein Herr ist von einer Wunde, die er in ritterlichem Dienste empfing, noch nicht ganz genesen und braucht in den nächsten Tagen seine Kraft, um gegen ein Unrecht zu kämpfen. Gerade jetzt sind wir dabei, nach der Heimatburg dieses Mädchens zu reiten, um seine Eltern aus den Händen eines bösen Geistes zu retten."

Der rote Ritter höhnte: „Wenn dein tapferer Herr zum Kämpfen zu müde ist, so

braucht er weder Pferd noch Waffe. Ich werde das Mädchen auch viel besser als er beschützen können.“

Ehe Eisenherz nach dieser Kränkung weiteres unternehmen konnte, entbrannte der Kampf. Der geschwächte Herr Gawain fiel schon beim ersten Zusammenprall aus dem Sattel und blieb mit wieder geöffneter Wunde liegen.

Der fremde Ritter freute sich des leichten Sieges und wollte Ilene an sich ziehen. In diesem Augenblicke stürmte jedoch Eisenherz herbei und begann den Angriff mit einem Wutschrei.

Der Zusammenstoß war so heftig, daß beide Reiter und auch ihre Pferde stürzten. Eisenherz und der Rote sprangen auf, um den Kampf zu Fuße fortzusetzen.

Von einer kalten, tödlichen Wut erfüllt, nahm Eisenherz den vierschrötigen Kämpen an. Wildkatze gegen Stier: das war ein Kampf, den nur einer von beiden überleben konnte. Der Prinz versuchte, seinen Gegner zu ermüden, indem er ihn zu wildem Dreinschlagen verführte. Als er merkte, daß der andere seinen Schild stets dicht unter dem Kinne hielt, schlug er mit dem eigenen immer wieder gegen den unteren Teil der gegnerischen Wehr. Wenn ein solcher Angriff glückte, erhielt der rote Ritter jedesmal einen Schlag auf die Kinnspitze, und das wirkte allmählich: seine Hiebe verloren immer mehr an Sicherheit und Kraft.

Seine Unfähigkeit, die wilde Katze zu zähmen, bewog den Ritter zu einer letzten, gewaltsamen Anstrengung; er machte einen Ausfall und versuchte, den behenden Feind mit einem einzigen Schwertstreiche zu erlegen. Das aber war genau die Stellung, auf

die der Prinz schon lange gewartet hatte. Blitzschnell schob er den Fuß unter die Wade des anderen und hob seinen Gegner mit einem kräftigen Ruck aus dem Stande. Noch im Fallen riß Eisenherz dem roten Ritter Helm und Visier vom Kopfe, damit sein Dolch sprechen könne. Und so wurde das Mädchen gerettet!

Inzwischen hatte sich Ilene um den bleichen, blutenden Gawain bemüht, der immer noch reglos am Boden lag. „Für den Ritter ist der Ausflug beendet", sagte Ilene bitterlich weinend. Ein Blick in das Antlitz seines Herren verriet Eisenherz, daß das Mädchen die Wahrheit gesprochen hatte. Durch die klaffende Wunde verrann unaufhaltsam das Blut. Trotz allem brachte es Gawain noch fertig, Ilene und Eisenherz anzulächeln und zu scherzen: „Es wäre ein Jammer, diese schöne Welt gerade jetzt im Frühling verlassen zu müssen, da sich alle anderen doch so sichtlich in Liebe zugetan sind." —

Eisenherz dachte mit Schrecken an die lange Heimreise nach Camelot, aber Ilene wußte Rat. „Ganz in der Nähe lebt ein frommer Einsiedler, der sich auf heilende Kräuter versteht; er wird uns gerne aufnehmen und dem Ritter helfen, so gut er kann."

Sie fertigten aus Lanzen, Zweigen und Riemen eine einfache Tragbahre, die zwei Pferden angehängt werden konnte. Darauf legten sie den wieder ohnmächtig gewordenen Ritter.

Der kleine Zug bewegte sich langsam durch den Wald, bis die Klause erreicht war. Der Ritter lebte noch. „Ich habe von Herrn Gawains guten Taten oft gehört“, sagte der Einsiedler und begann sofort mit seinem Werke. Die Wunde hörte bald zu bluten auf, und Herr Gawain versank nach einem Kräutertränklein in einen tiefen, heilsamen Schlaf.

Am anderen Morgen rief der Ritter den Prinzen und Ilene an sein Lager und erklärte flüsternd: „Ich gebe die übernommene Pflicht an meinen Knappen weiter. Vielleicht richtet sein flinker Geist in diesem Falle mehr aus als alle meine Erfahrung.“

Ilene dachte keinen Augenblick lang daran, daß dem Prinzen etwas mißlingen könne. Zum Zeichen dieses Vertrauens band sie Eisenherz ihr Halstüchlein um den Arm und sagte: „Bitte, trage das als meine Gabe.“

Als Eisenherz von Ilene die genaue Lage der väterlichen Burg erfahren hatte, ritt er in aller Eile dorthin. Schließlich entdeckte er von einem Hügelkamm aus sein Ziel, das inmitten des dichten Sinstarwaldes lag. An den Bäumen rechts und links des Weges hingen die Körper von Männern, die schon vor ihm versucht hatten, sich der Burg zu nähern. Dieser grausige Anblick bestärkte den Prinzen aber nur in seiner Absicht; er ritt unerschrocken weiter, bis er vor dem Burgtore stand.

Unter einem Totenkopfe hing eine Tafel mit der Aufschrift: „Wer sein Ende sucht, trete näher!“ Daneben war ein großes Horn angekettet. Eisenherz blies

mutig hinein. Langsam öffnete sich das Tor. Eine rauhe Stimme rief: „Welcher Narr wagt sich in die tödliche Gesellschaft des Geistes vom Sinstarwald?“ Am Torwege stand, begleitet von einem Zwerg, der häßliche Geist. — „Ich bin gekommen, die rechtmäßigen Besitzer der Burg aus Euren Händen zu befreien“, rief Eisenherz ihm zu.

Kaum hatte er gesprochen, als der Geist zur Seite trat und einige Reiter, die bis dahin im Burghof verborgen geblieben waren, auf den kecken Burschen hetzte. Die Jagd brach los. Der Prinz hatte indessen keine Mühe, seine schwerfälligen Verfolger abzuschütteln. Im Glauben, den ungebetenen Gast vertrieben zu haben, kehrten die Männer zur Burg zurück. Eisenherz schlug aber nur einen großen Bogen und suchte sich dann ein sicheres Plätzchen im Walde.

Dort überlegte er, warum der Geist wohl so abstoßend aussehe. Das Ganze schien ihm mehr eine Maske als echte Wirklichkeit zu sein. Und solche Erkenntnis brachte ihn wieder einmal auf einen guten Einfall.

„Wenn dieser sogenannte Geist schon durch Schrecken regieren will, so können wir ja das gleiche tun.“ Er bereitete sich also darauf vor, bei Nacht in die Burg einzudringen, um dort auf seine Weise Schrekken zu verbreiten. Als die Dämmerung kam,

ließ Eisenherz seine Rüstung und auch alle Waffen außer dem Dolche zurück; dafür nahm er einige Holzstäbe mit, von denen er sich größeren Nutzen versprach.

Draußen auf dem Burggraben schwammen noch einige Gänse. Eisenherz hütete sich wohl, die wachsamen Vögel zu beunruhigen, denn er wußte, wie laut sie zuweilen schnattern können. Um jeden Zwischenfall zu meiden, schwamm er unter dem Wasser auf die nächste Gans zu und zog sie so schnell in die Tiefe, daß sie keine Gelegenheit mehr hatte, die Burginsassen mit ihrem Geschnatter zu warnen.

Er überquerte den Graben bis zu einer Stelle an der hohen Burgmauer, wo zwei Strebepfeiler dicht nebeneinander standen. Dort schnitt er seine Stäbe auf die richtige Länge zurecht und klemmte sie so zwischen die Mauervorsprünge, daß eine brauchbare Leiter entstand. Indem er die unterste Sprosse immer wieder mit dem Seile nachholte und oben aufs neue einsetzte, kam er höher und erreichte schließlich das Ende der Pfeiler. Soweit war also alles gut gegangen.

Auf dieser Höhe befand sich nun in der Mauer eine Reihe von Schießscharten, durch die bei Belagerungen die Pfeile auf den Feind geschossen wurden. Die fensterartigen Luken waren so schmal, daß ein ausgewachsener Mann nicht hätte hindurchkriechen können. Für den schlanken Jüngling reichte der Platz aber; er schob sich mit Kopf und Brust durch eine Scharte und lauschte dann zuerst einmal.

Diese Vorsicht lohnte sich. Der Prinz hörte den gemessenen Schritt eines Wächters, der den Umgang auf der inneren Mauerseite entlangkam. Eisenherz kroch reglos in sich zusammen und wagte kaum noch zu atmen, als der Posten vorbeiging. Was ihm im Falle einer Entdeckung geschehen werde, war ihm klar.

Als die Schritte verhallten, überzeugte sich Eisenherz, ob die Luft sauber sei. Hätte sich der Posten in diesem Augenblicke umgedreht, so wäre er wahrscheinlich recht erstaunt darüber gewesen, eine schmale, dunkle Gestalt zu entdecken, die in der einen Hand einen Stecken und in der anderen eine tote Gans trug. Der Schatten huschte über

den Mauerumgang, sprang von dort auf das Burgdach und wurde schließlich von der Finsternis geschluckt.

Wohlgeborgen auf einem abgetrennten Teile des Daches, begann der Prinz an einer Maske zu arbeiten, mit der er sich zum fürchterlichsten Anblick diesseits der Hölle machen wollte. Zuerst zog er der Gans den Balg ab. Die nackte, gelbliche Haut, aus der die Maske werden sollte, hätte für sich allein schon schrecklich genug gewirkt, aber der Prinz tat noch ein übriges. Aus Zehen und Schwimmhäuten wurden Teufelsohren, zwei weitere Zehen ergaben niedliche Hörnchen, und einige zurechtgeschnittene Federkiele hatten ein greuliches Gebiß vorzutäuschen.

Das Ganze war so häßlich und gespensterhaft, daß sich Eisenherz schon beim Basteln auf die spätere Wirkung freute. Ehe der Prinz indessen ans Werk gehen konnte, galt es, noch eine andere Vorbereitung zu treffen. Er kroch zu der Dachkante hin, die den Burghof überragte, und knüpfte sein Seil an einen festen Vorsprung. Von da aus ließ er sich so weit hinab, daß er einen Blick durch die beleuchteten Fenster tun konnte. Durch vorsichtiges Suchen und Pendeln gelang es ihm, das Zimmer des Mannes zu finden, der sich selber der „Geist vom Sinstarwald" nannte.

Eisenherz stellte befriedigt fest, daß der Mann alleine war und das Fenster offenstand. Zunächst kletterte er aber noch einmal aufs Dach zurück, um sich die Maske über den Kopf zu stülpen. Das war zwar ziemlich widerlich, mußte aber doch getan werden. Nun galt es nur noch zu erproben, wie der „Geist" das Trugbild hinnehmen werde.

Der Prinz ließ sich also wieder auf die Höhe des Fensters hinunter. Dieses Mal führte er seinen Stecken mit, dem im beginnenden Spiele der Gespenster eine besondere Rolle zugedacht war.

Das Seil festhaltend, stieß sich Eisenherz mit beiden Füßen kräftig von der Mauer ab, pendelte weit hinaus und kam mit einem gellenden Schrei zurück . . .

Aus der Dunkelheit heraus ritt ein Dämon auf einem Stecken durchs Fenster. Der Mann in der Stube erstarrte vor Schrecken.

„Du sollst in der Hölle schmoren! Wenn ich wiederkomme, werde ich dich zu meinem Meister holen!" Nach diesen Worten stieg Eisenherz auf die Fensterbank und flog an seinem Seile wieder in die Nacht hinaus.

Der „Geist vom Sinstarwald" zweifelte bei diesem Anblick nicht mehr daran, daß des Satans eigener Sendbote bei ihm gewesen sei.

Inzwischen hatte Eisenherz draußen gedreht und schwang sich nun durchs Fenster zurück in den Raum. „Gnade, Gnade!" wimmerte der andere. „Ich bekenne alle meine Schuld!"

„Zu spät! Deine Zeit ist um! Mein Herr befiehlt, daß ich dich hole!" Der Dämon näherte sich kichernd seinem zitternden Opfer.

Kein Schauspieler hätte den gespenstischen Auftritt besser spielen können als Eisenherz in dieser Nacht des Grauens.

Mit einem letzten Stöhnen rutschte der Mann zu Boden. Das Herz, das keine Gnade kannte, hatte für immer aufgehört zu schlagen.

Der Prinz schaute nachdenklich auf den hingestreckten Körper und flüsterte: „Durch Schrecken hast du geherrscht; durch Schrecken bist du auch gestorben!" Dann wünschte er, daß Ilene sehen könne, welch guten Anfang er mit der Befreiung ihrer Eltern schon gemacht habe.

Indessen, es war eben doch nur ein Anfang, und vieles andere blieb zu tun. Die wüsten Gesellen des „Geistes", die bis dahin nichts vom Tode ihres Meisters ahnten, beherrschten die Burg noch immer.

Eisenherz entfernte sich auf dem gleichen Wege, den er gekommen war, um seinen Spuk an anderer Stelle fortzusetzen. Er flog auf den Schwingen des unsichtbaren Seiles durch die Nacht, sprang heulend aus dunklen Ecken und zeigte sich auf Wällen und Türmen. War er in diesem Augenblicke noch im Inneren der Burg, so geisterte er im nächsten schon über den Hofraum und verbreitete mit seinem Anblick Schrecken und Furcht unter den dummen, abergläubischen Knechten.

Ein einziger Schwertstreich hätte den Dämon bannen können, aber niemand wagte den Schlag. Die Knechte fürchteten sich zwar vor keinem Sterblichen; was sich hier jedoch zeigte, war in ihren Augen kein Mensch, sondern eben ein Gespenst, und deshalb dachte in dieser Nacht so mancher, daß er den Morgen nicht mehr heil erlebe.

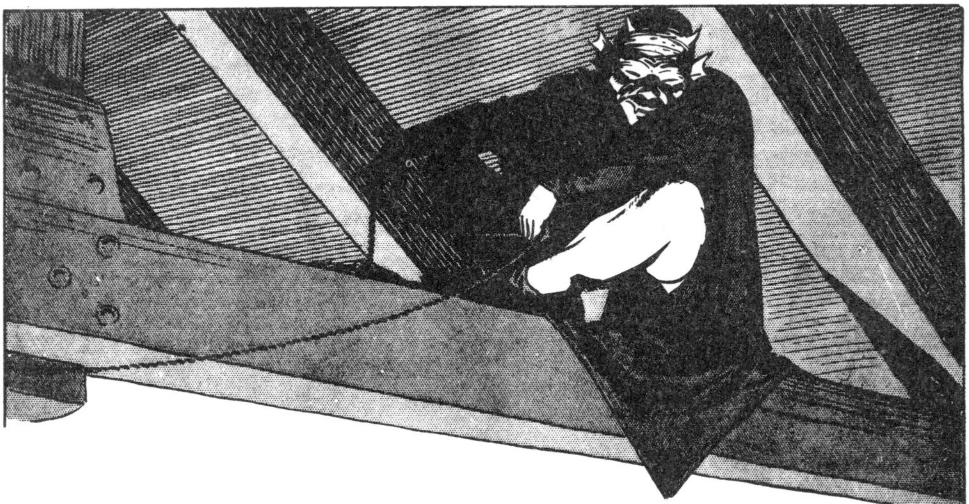

Ehe indessen die Dunkelheit wich, kletterte Eisenherz in das Gebälk des Rittersaales, wo er den ganzen Tag über saß: hungrig, durstig und auf die Nacht wartend, die das Ende des Schauspieles bringen sollte.

Am Abend traten die Knechte in die Halle und taten nach außenhin sehr zuversichtlich, weil das Gespenst nicht mehr erschienen war. Trotzdem herrschte beim Mahle zuerst eine gedrückte Stimmung. Je mehr aber der rote Wein in die Kannen floß, desto kecker wurden die Reden. Bald fingen die Knechte sogar zu witzeln an. „Das Gespenstchen hat wohl Angst bekommen, daß es nicht mehr erscheinen will", spottete einer. „Haha, soll doch seinen Meister selber herschicken; Burschen wie unsereiner fürchten auch den Leibhaftigen nicht!"

Diesen prahlerischen Worten spendeten die rüden Gesellen brüllenden Beifall. Und weiter kreisten die Humpen. Dann begab sich aber das Unfaßbare, das dem Gelage ein schnelles Ende setzte. Der Dämon flog mit einem höllischen Schrei aus dem Deckengebälk hervor und über die Köpfe der trunkenen Zecher weg. Die plötzlich ernüchterten Knechte stürzten Hals über Kopf davon. Nicht einer dachte mehr an die kühnen Worte von vorher; im Saale war nur noch ein Angstgeheul und ein Rennen ums eigene Leben.

Kaum draußen, widerfuhr den Knechten ein neuer Schreck. Ein Diener meldete bestürzt, daß der Herr tot in seiner Stube liege. Die zitternden Gesellen fanden ihren „Geist vom Sinstarwald" leblos auf den Steinfließen hingestreckt. Am ganzen Körper war aber noch nicht einmal die Spur einer Wunde zu entdecken. Nun gab es erst recht kein Halten mehr. Schon nach kurzer Zeit war die Burg, wie es schien, völlig geräumt.

Als die Männer noch einmal zurückblickten, sahen sie den Dämon auf der Spitze des höchsten Turmes hocken und ihre Flucht beobachten. „Das wäre geschafft", mur-

melte Eisenherz zufrieden, als er seinen Auslug verließ. „Wer anderen Schrecken einjagt, der fürchtet oft selber den Schrecken am meisten!“

Nachdem der „Geist vom Sinstarwald“ tot war und sein Gefolge vertrieben schien, konnte Eisenherz die lästige Maske endlich abnehmen. Dabei vernahm er hinter sich ein Schnaufen. Der Prinz drehte sich blitzschnell um. Zwei wüste Kerle, die zurückgeblieben waren, um noch Kostbarkeiten an sich zu raffen, hatten ihn bei seinem Tun beobachtet. Als sie nun sahen, daß ihr Gegner kein höllischer Geist, sondern nur ein Knabe aus Fleisch und Blut war, drangen sie wutschnaubend auf ihn ein.

Eisenherz konnte dem ersten Schwertstreiche gerade noch entgehen, mußte aber, da er selber ja unbewaffnet war, sein Heil zunächst in der Flucht suchen. Die beiden andern kannten die Treppen und Gänge der Burg jedoch besser als er und verlegten ihm schließlich von zwei Seiten her den Weg. Als es so weit gekommen war, stand Eisenherz freilich schon in dem Raume, vor dessen Fenster noch sein Seil hing. Er schwang sich hinaus und kletterte gleichzeitig nach oben, so daß ihn die schnaubenden Gesellen nicht mehr erreichen konnten. Einer der beiden, es war der jüngere, rannte aufs Dach, während der andere am Fenster Wache hielt. Der Jüngling geriet dadurch zwischen zwei Feuer.

Der Mann auf dem Dache begann bereits mit argem Vergnügen, das Seil zu durchschneiden, an dem der Prinz hing. Ein Zurück durch das Fenster gab es auch nicht, denn da stand ja der zweite Geselle immer noch mit schlagbereitem Schwerte. Und ein Sprung in die Tiefe? Eisenherz schauderte; er wäre auf dem Steinpflaster des Hofes zerschmettert liegen geblieben. Also schwang er sich unter den Dachvorsprung und erwischte einen der schrägen Stützbalken gerade noch in dem Augenblicke, als das Seil vollends riß. Der Knecht raste vor Zorn, daß ihm sein Opfer noch einmal entgangen war, und beugte sich mit seinem Schwerte weit über den Dachrand vor.

Eisenherz mußte sich hinter seinem Balken ganz klein machen, um den Schlägen zu entgehen. Wie aber sollte er den gefährlichen Gegner auf dem Dache loswerden? Da erinnerte sich der Prinz seines Seiles, dessen Rest er noch in den Händen hielt; er legte ihn doppelt zusammen und warf die Schlinge bei der nächsten Gelegenheit dem sich unvorsichtig herabbeugenden Feinde um den Hals. Ein kurzer, kräftiger Ruck genügte dann, um dem Knechte genau jenes Schicksal zu bereiten, das er selber dem Prinzen zugedacht hatte; auf dem Steinpflaster in der Tiefe fand er ein rasches Ende.

Als der zweite Mann das sah, lief er gleich auf den Hof hinunter, aber helfen konnte er da auch nicht mehr. Er ballte die Fäuste und drohte zu Eisenherz hinauf. „Ich werde dir zeigen, wie man bei uns die Eichhörnchen jagt“, knirschte er und schoß Pfeil um Pfeil in die Höhe.

„Armes Eichhörnchen“, murmelte der Prinz und überlegte, wie lange wohl der Balken noch Schutz vor dem schwirrenden Tode bieten möge. Etwas sicherer war er erst, nachdem er seine Kleider zu einem Knäuel zusammengebunden hatte und dieses als Schild benützen konnte.

Nach dem Mißerfolg mit Pfeil und Bogen versuchte der Kriegsknecht einen anderen Angriff. Zuerst entfernte er alle Waffen aus dem oberen Stockwerke, dann ließ er vom Dache aus ein brennendes Torfbecken herunter, bis es vor Eisenherz schwebte. Dieser duckte sich weg, so gut er konnte, aber die Flammen folgten ihm. Er wußte, daß er der neuen Gefahr nur entrinnen könne, wenn er dafür eine andere, vorläufig noch unbekannte auf sich nehme. Der Platz hinter dem Balken war indessen nicht länger mehr zu halten. Eisenherz ließ sich deshalb am Doppelseil so weit nach unten, bis seine Füße den Fenstersims berührten.

Bevor er in die Stube sprang, spähte er nach verdächtigen Zeichen. Es war ihm klar, daß sein letzter Feind kaum allzu weit sein könne, und dieses Wissen trog ihn nicht. Als er im Zimmer stand, erschien die ungeschlachte Gestalt auch schon unter dem Eingang und näherte sich, die Streitaxt fester fassend, dem waffenlosen Knaben.

Ehe jedoch die gefährliche Axt ihr Werk verrichten konnte, hatte Eisenherz ihrem Träger schon das mehrfach zusammengelegte Seil in die Augen geschlagen. Der Hieb der Waffe ging daneben und riß den Knecht im Schwunge fast zu Boden.

Eisenherz rannte auf den Gang, fand aber überall nur verschlossene Türen. Der noch halb geblendete Knecht folgt langsam und vorsichtig; er wußte, daß es für sein Wild irgendwann einmal kein anderes Ausweichen mehr gebe als auf das offene Dach.

In diesem Katz- und Mausspiel erreichten sie am Ende wirklich das Dach. Eisenherz konnte nur noch auf ein schmales Gesims flüchten, das sich vom Dach aus an einem Turme hinzog. Aber die steinerne Leiste hörte schon nach wenigen Schritten auf. Der Mann mit der Streitaxt schob sich näher. Das Ende schien gekommen. Eisenherz hätte seinen Gegner vielleicht noch mit sich selber in die Tiefe reißen können, doch das war nur ein schlechter Trost. Trotzdem brachte ihn die kurze Überlegung wieder auf einen Gedanken, der vielleicht die Rettung bedeuten konnte. Der Prinz hatte gerade noch Zeit, ein Ende des Seiles mit seinem Gürtel zu verbinden und das andere in die festen Eisenstäbe eines Fenstergitters zu schlingen.

Der einfältige Unhold schnaubte vor Freude über die scheinbare Dummheit des anderen. Eisenherz spannte das Seil und tat, als möchte er den Knoten an seinem Gürtel in aller Hast wieder lösen. Der Knecht, der das verhindern wollte, schob sich mit dem Rücken gegen die Mauer schnell am Fenster vorbei. Hinter seinem Rücken lag jetzt aber auch das zunächst noch so harmlos scheinende Seil.

Als er an sein Opfer auf Reichweite herangekommen war, hob er die Axt zum tödlichen Schlage. Und da geschah es. Das schon angestimmte Triumphgeheul wandelte

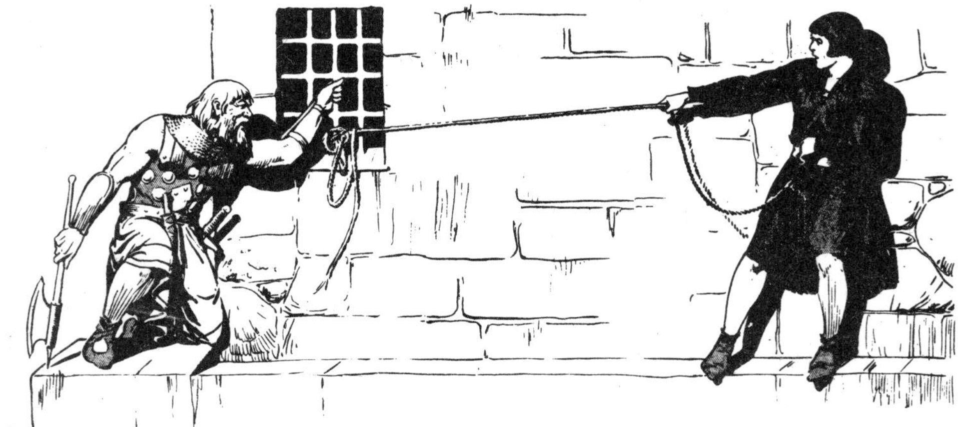

sich in einen Schreckensschrei. Eisenherz war in die Luft hinausgesprungen und hatte seinen Gegner mit dem gestrafften Seile vom Sims gefegt. Der Knecht flog brüllend in die Tiefe. Dann kam von unten der dumpfe Hall eines Aufschlages, und alles war vorbei.

Eisenherz hörte davon selber indessen nicht mehr viel. Als das Seil seinen eigenen Sturz aufhielt und ihm für einen Augenblick den Atem nahm, schlug er im Rückschwung gegen die Mauer, so daß es ihm schwarz vor den Augen wurde. Die kleine Ohnmacht dauerte indessen nicht lange. Der Prinz kam schon nach wenigen Minuten wieder zu sich, und es gelang ihm, sich allmählich auf die Umstände zu besinnen, die ihn in diese seltsame Lage zwischen Himmel und Erde gebracht hatten. Damit kehrte auch seine Tatkraft zurück. Eisenherz dachte, daß er um Ilenes willen am Leben bleiben müsse, und kletterte mit einer letzten, furchtbaren Anstrengung auf das Dach zurück.

Dort mußte er sich freilich zuerst einmal für eine Weile hinlegen, um wieder etwas zu Kräften zu kommen.

Leidlich gestärkt begab er sich dann in das Innere der Burg und suchte einen Eisenstab, mit dem er die verschlossenen Türen aufbrechen konnte. Als er alle Räume durchsucht und dabei festgestellt hatte, daß kein lebender Feind mehr in der Burg war, eilte er in den Kerker, um nach Ilenes Eltern zu forschen.

Ein festes Gitter versperrte den Weg. „Hallo!“ rief der Jüngling hinein. „Hier steht Prinz Eisenherz von Thule. Er ist gekommen, die Eltern Ilenes zu befreien!“ Schwache, aber glückliche Stimmen antworteten aus dem Dunkel, und durch die Stäbe reckten sich flehend die blassen Hände der Gefangenen.

Nach einigem Suchen fand Eisenherz eine Mauernische, in der er die Schlüssel vermutete. Die Nische war zwar verschlossen, aber das hielt den Befreier nicht lange auf.

Das Holz zersplitterte unter den Schlägen des Eisenstabes. Und da hingen tatsächlich die Schlüssel.

Im nächsten Augenblicke sprang das Gitter auf; die Gefangenen wankten ans Licht. Ilenes Vater, der Herr von Branwyn, dankte dem Retter, und die Mutter weinte vor Freude. „Wo aber“, so fragte der Vater und schaute ein wenig verwundert drein, „wo sind denn Eure Knechte geblieben, Herr Ritter?“

„Ich bin vorerst noch kein Ritter“, antwortete der Prinz bescheiden, „und habe deshalb auch keine Knechte. Der tapfere Herr Gawain, der Eure Befreiung übernommen hatte, liegt mit einer schweren Wunde in der Hütte eines Eremiten nicht allzu weit von hier. An seiner Seite wartet Schön-Ilene, die eines Tages“, so fügte er in Freimut und Hoffnung hinzu, „wohl einwilligen wird, die Gemahlin des Ritters Eisenherz zu werden, wenn es erst einmal so weit ist.“ Bei diesen Worten legte sich ein Schatten auf das Gesicht des Herren von Branwyn, was dem Prinzen in seiner Freude jedoch entging.

Eisenherz beschrieb den Weg zu der Klause. Er selber wollte die Burg vorerst nicht verlassen, denn immer noch bestand ja die Gefahr einer Rückkehr der Räuber. So sandte er denn einige Boten aus, um Ilene heimzuholen.

Des Mädchens Herz hüpfte und sprang, als die Männer berichteten, was ihr Freund vollbracht hatte. „Prinz Eisenherz, Prinz Eisenherz!“ so jubelte es, „ist er nicht herrlich?“

Inzwischen mußte der Prinz dem Herren von Branwyn genau erzählen, wie er den „Geist vom Sinstarwald“ fast nur mit einer Maske aus Gänsehaut bezwungen hatte. „Ihr habt einen flinken Geist“, lobte Ilenes Vater. Als er dann aber hörte, wie Eisenherz auch den Kampf mit den beiden letzten Gesellen des Geistes bestanden hatte, da fügte er ernst hinzu: „Und zu dem flinken Geist habt ihr noch ein tapferes Herz . . ., möge es immer auch glücklich bleiben!“

Am folgenden Tage beobachtete der Prinz von einem hohen Söller aus die Straße, auf der Ilene kommen mußte. Seine Geduld wurde indessen auf eine harte Probe gestellt. Endlich kam das Mädchen aber doch durch den hellen Frühlingswald geritten. Die glücklichen Eltern umarmten ihr Kind, von dem sie schon geglaubt hatten, es nie mehr wiederzusehen.

„Herr Gawain wird bald so weit genesen sein, daß wir ihn zu uns holen können“, erzählte das Mädchen später, als es mit dem Prinzen glücklich und alleine durch den sonnigen Tag wanderte.

Zur nämlichen Stunde beugten sich aber Ilenes Eltern kummervoll über eine Schriftrolle, deren Inhalt ihnen allen, den Alten wie den Jungen, noch viel Herzeleid bringen sollte.

Von diesen Sorgen ahnten die Kinder freilich nichts, und so vergingen ihnen noch einige Tage in ungetrübter Seligkeit. Als es dann an der Zeit war, wurden einige

Knechte frühmorgens mit Rossen und Wagen ausgeschickt, um den Herrn Gawain nach Branwyn zu holen.

Am Nachmittag fuhren Eisenherz und das Mädchen im schmalen Kahne durch die Wasserrosen auf dem Burgteich. Am Ufer erschien ein Bote und bat den Prinzen zu dem Herren von Branwyn. Ilenes Eltern schauten ernst und traurig drein. „Ihr habt uns einen großen Dienst erwiesen, Herr Prinz von Thule. Ich will Euch jeden Wunsch erfüllen und koste er auch mein halbes Gut," sagte der Herr von Branwyn.

„Ich begehre weder Geld noch Gut, Herr von Branwyn, aber bitte, ... gebt mir die Hand Eurer Tochter Ilene, wenn ich erst einmal ein Ritter bin.“

Des Edelmannes Antlitz wurde noch besorgter als zuvor. „Ihr fordert das einzige von mir, was ich nicht mehr zu geben vermag. Vor wenigen Wochen hat der König von Ord für seinen Sohn Arne um Ilenes Hand angehalten. Wir wurden uns einig und unterschrieben den Heiratsvertrag.“ Ilenes Vater wies die Rolle vor, aber des Prinzen Augen waren in dieser Stunde nicht mehr fähig, auch nur noch ein einziges Wörtlein zu lesen.

„Mein lieber, junger Freund“, tröstete ihn da der Herr von Branwyn, „Ilene wird eines Tages eine wirkliche Königin sein und ihre Jugendliebe im Glanze des höfischen Lebens vergessen. Auch Ihr werdet einmal vergessen, Prinz von Thule.“ —

„Nie und nimmermehr!“ kam es hart zurück.

Die ganze Nacht hindurch stand ein schlafloser Jüngling unter dem Fenster eines schlaflosen Mädchens und schwor sich, daß ein jeder, der ihm Ilene nehmen wolle, kämpfen müsse! Bis zum Tode kämpfen!

Am Morgen, der frostig der Nacht entstieg, näherte sich das Geräusch eines galoppierenden Pferdes. Der Reiter sprang ab. „Ich bringe Nachricht. Herr Gawain ist — “

„Tot?“ schrie Eisenherz, der in dieser Stunde alles schwarz sah.

„Wir wissen es nicht. Der Ritter ist verschwunden; eine Fee soll ihn entführt haben!“

Der Jüngling schwankte zwischen Pflicht und Liebe. Sollte er reiten, um nach Herrn Gawain zu forschen? Oder bleiben, um Schön-Ilene zu gewinnen? Was wog da schwerer: das eigene Glück oder das Leben des Ritters und Freundes? Eisenherz zögerte nur einen Atemzug lang; dann wußte er, was ihm die Pflicht gebot. „Ich komme wieder!“ rief er zu Ilenes Fenster hinauf. Und zu sich selber sagte er: „Trotz den Prophezeiungen der Sumpfhexe werde ich doch einmal zufrieden sein. Und trotz Ilenes Verlöbnis mit Arne will ich sie doch für mich erringen!“ Nach diesem Entschlusse sattelte Eisenherz sein Roß und ritt davon.

Der Prinz schonte das Pferd und sich selber so wenig, daß er die Hütte des Klausners noch vor Sonnenuntergang erreichte. Der Einsiedler berichtete ihm, was geschehen war. „Eine vornehme Dame ritt vorbei und sah den Ritter, der schlafend in der Sonne lag. Sie verzauberte ihn und schleppte den Wehrlosen mit sich fort."

„Habt ihr die Dame erkannt?"

„Ja, es war Morgana, die schöne und böse Beherrscherin geheimer Kräfte; die Fee hat den Ritter mit ihren Künsten betört."

Eisenherz gönnte sich keine Ruhe, sondern bestieg sofort das ausgeruhte Pferd des Ritters, um nach dem „Garten der Schmerzen" zu reiten, wie die Fee ihre Burg nannte.

Das düstere Bauwerk stand auf einer Insel im sumpfigen Marschenlande. Eisenherz betrachtete es schweren Herzens, denn er wußte, daß niemand freiwillig dorthin ging und selten einer wohlbehalten zurückkam. — Ein schmaler Dammweg führte über das sumpfige Land zur Burg. Eisenherz galoppierte im Morgengrauen darüber und hielt vor dem Tore.

Die Burg sah in der Nähe noch finsterer aus als von weitem. Die Tore waren seltsam verziert mit schielenden Dämonen und Kobolden, zwischen denen sich fratzige Ungeheuer drängten. Diese Ausgeburten der Hölle ließen den Besucher vermuten, daß die schöne Herrin der Burg mit den Mächten des Bösen im Bunde stehe.

Des Prinzen Sorge um den Freund nahm zu. Er griff entschlossen nach dem am Tore hängenden Horn und stieß hinein. Die Flügel sprangen alsbald vor Eisenherz auf. Im Hofe empfingen ihn schweigende, unheimliche Diener; sie brachten den Besucher zu ihrer Herrin, die sich die Bitte um Gawains Freilassung ruhig mitanhörte. Morgana wußte, daß ihre Schönheit und ihr verführerisches Lachen allein schon ein Zaubermittel seien, dem kaum jemand widerstehen könne.

„Euer Argwohn verletzt mich, mein lieber, junger Freund", gurrte sie schließlich, „denn ich schätze den Herrn Gawain schon seit Jahren und habe ihn nur hier-

her gebracht, um seine Wunden zu heilen. Warum soll ich denn einen Menschen, den ich liebe, kränken?"

Dann bat sie Eisenherz, ihr doch von seinen gemeinsamen Abenteuern mit dem Ritter zu erzählen. Während der Prinz nun berichtete, brachte ein Diener süße Kuchen und Wein herbei.

Der Wein enthielt jedoch einen giftigen Pflanzensaft. Kaum hatte Eisenherz davon gekostet, da war er auch schon nicht mehr Herr seiner eigenen Gedanken; er hörte nur noch ein spöttisches Lachen, das wie aus einer fernen Welt kam. Dann sprach die Frau, die durch hypnotische Gaben auf andere Menschen zu wirken vermochte, ihre Beschwörung über den Verzauberten hin. „Knaben sollten sich eben

nicht in meine Dinge mischen“, meinte sie böse lächelnd und begab sich in den Burgturm.

Einer der Diener mußte den fast bewußtlosen Prinzen mitschleppen. Vor einem vergitterten Zimmer hielten sie an.

Herr Gawain konnte durch die Eisenstäbe seinen Knappen sehen, und die grausame Frau erklärte ihm: „Wenn die Schmerzensschreie Eures Freundes heute Nacht in den Gängen hallen, so werdet Ihr die Ehre einer Heirat mit mir allmählich etwas mehr zu schätzen wissen.“

Darauf ging sie und ließ Eisenherz in eine dumpfe Kerkerzelle werfen.

Des Prinzen Leiden begannen noch in dieser Nacht. Die Fee saß in ihrem Zimmer und murmelte Beschwörungsformeln. Aus den Tiefen der Unterwelt stieg ein Knurren und Heulen; Morganas Dämonen drängten in die Zelle

Eisenherz hielt diese Erscheinungen für Wirklichkeit und preßte die Hand auf den Mund, um nicht schreien zu müssen. Er wich zur Mauer zurück, aber die höllischen Wesen folgten ihm so dicht auf, daß er ihre geifernden Mäuler und auch die rötliche Glut ihrer Augen zu sehen vermeinte. Einige hatten Geierkrallen und andere Fledermausflügel, mit denen sie den Knaben berührten. Diesen teuflischen Trugbildern konnte der Prinz nicht allzulange widerstehen. Schließlich verlor er die Selbstbeherrschung vollends ganz und schrie, daß es wie Todesnot durch die Gänge hallte.

Gawain hörte in seinem Turme den Jammer des Knaben und wollte zum Schwerte greifen, aber man hatte wohlweislich keine Waffe in seiner Nähe gelassen. Indessen saß die Fee zufrieden lächelnd in ihrem Gemache, denn sie hatte ja Zeit zu warten. —

Vor dem zunehmenden Lichte des Morgens, das durch ein kleines Gitterfenster in die Zelle fiel, wichen die Geister der Nacht. Der Jüngling sank fiebernd auf seine Pritsche, aber er ahnte nun allmählich, daß ihm Morgana ein betäubendes Mittel in den Wein gemischt habe, und quälte den brummenden Kopf um einen Ausweg, den er dann schließlich auch fand.

Eisenherz band einen Schuh an einige derbe, aus dem Mantel gelöste Wollfäden und warf ihn durch das Gitterfenster. Von draußen kam das Geräusch eines Aufspritzens. Jetzt wußte der Prinz, daß seine Zelle dicht über der Oberfläche des Sumpfwassers lag. Nun konnte er aus dem gefüllten Schuh das unvermischte Naß trinken und deshalb auf den vergifteten Wein verzichten, den man ihm immer noch in die Zelle reichte. Eisenherz tat aber, als stehe er weiterhin unter der Wirkung der lähmenden Droge. Sein einziges Gerät war eine metallene Gürtelschnalle. Damit lockert er den Stein, in dem die Gitterstäbe verankert waren.

In einer stürmischen Nacht verließ der Prinz dann seinen Kerker und erreichte glücklich auch das feste Land. Verbissen trabte er dahin, Meile um Meile, bis endlich Burg Camelot in der Ferne auftauchte.

Kurz vor dem Ziele kam Eisenherz an Merlins Turm vorbei. „Man bekämpft doch Feuer mit Feuer, warum nicht auch Zauber mit Zauber?“ Eisenherz hielt Einkehr und wurde sofort vorgelassen.

„Da kann nur ich dir helfen“, meinte der weise Merlin, als er die Geschichte gehört hatte. „Morgana ist zwar König Arthurs Schwester, aber eben doch ein bitterböses Weib.

Wärest du mit Bewaffneten zurückgekommen, so hätte sie Gawain sicher vorher ermorden und in den Sumpf werfen lassen.“

Dann schlug der Weise in seinen alten Schriften nach. „Ehe ich einen Gegenzauber ausüben kann, mußt du mir irgendetwas bringen, was der Fee gehört.“ —

Mit geliehenen Waffen und frisch beritten übernahm Eisenherz den gefährlichen Auftrag. Als er in die Sichtweite des „Gartens der Schmerzen“ kam, entdeckte er Morgana, die gerade mit einer Jagdgesellschaft zur Falkenbeize aufbrach. Eisenherz folgte vorsichtig, damit er selber nicht entdeckt werde.

Nach kurzer Zeit beobachtete er, wie die Fee ihren Lieblingsfalken auf eine Taube stoßen ließ. Der Zufall fügte es, daß das Tier und seine Beute auf den Prinzen zuflogen.

Der Jüngling beschloß, den einfallenden Jagdvogel zu ergreifen, noch ehe dieser auf die Faust seiner Herrin zurückkehren konnte. Der günstige Augenblick kam. Eisenherz faßte nach den Beinen des Falken und hielt ihn fest. Ein Verstecken ta jetzt nicht mehr not. Der Prinz sprengte offen über die Wiesen und schwang den Vogel vor den Augen

der Fee und ihrer Begleiter. Dann wendete er sein Pferd, zog dem Falken einen Mantelzipfel über den Kopf und galoppierte davon. Die Jäger Morganas verfolgten ihn und überließen es der zurückbleibenden Fee, über den kecken Dieb nachzudenken.

Eisenherz aber ritt mit dem Wind um die Wette und erreichte zunächst noch unangefochten Merlins Turm. Er schlug stürmisch an das Tor, denn Morganas Reiter waren

ihm jetzt hart auf den Fersen. Warum ließ Merlin denn nicht öffnen? Eisenherz trieb zur Eile und wehrte gleichzeitig die Verfolger ab.

Plötzlich fiel das Tor doch zurück. Es war ein sinnreiches Gebilde, ähnlich den vier Flügeln einer Windmühle, die senkrecht aufeinander stehen und sich um eine gemeinsame Achse drehen können. Im Stürzen wurde Eisenherz von starken Armen ergriffen und in Sicherheit gebracht. Einige der Verfolger aber rutschten auf der gleichzeitig niedergehenden Torbrücke gleich in Merlins Kerker, der unmittelbar unter der Falle lag. —

Eisenherz wies den Falken vor, und Merlin hielt ihn genau für das, was er brauchte. Während er seine Beschwörungsformeln gegen die Fee vorbereitete, erging sich Eisenherz im Zaubergarten des Magiers; sein Herz aber war so schwer von den Gedanken an Schön-Ilene, daß er sich selbst über die zahmen Drachen und die zierlichen Elfengestalten in dieser unwirklichen Blumenwelt nicht so recht freuen konnte.

Als Morgana erfuhr, in welche Hände der Falke geraten war, erschrak sie zutiefst, denn ihre Macht über die niedere Scheinwelt war den Kräften des weisen Merlins nicht gewachsen. Sie wütete und tobte in ihrer Besessenheit, den Prinzen noch einmal unter ihre Gewalt zu bringen, und wußte dabei doch, daß ihr das nie mehr gelingen werde.

Der Schrecken kam jetzt über sie selber. Um Mitternacht füllte sich ihr Schlafgemach mit den Gestalten, die Merlin aus den Höhlen des ewigen Zwielichtes und des Todes herbeigerufen hatte. Kein Gegenzauber war stark genug, um die Namenlosen zu bannen, die durchs Zimmer krochen und sie bedrängten, so daß sie weder Ruhe noch Schlaf finden konnte.

Nach solchen Vorkehrungen rief Merlin den Prinzen zu sich und sagte: „Nun reite zu Morgana und berichte ihr, daß sie in ihrem Leben keine ruhige Stunde mehr haben werde, ehe nicht du und Herr Gawain gesund zu mir zurückgekehrt seid.“

So ritt Eisenherz denn zum dritten Male nach dem „Garten der Schmerzen". Am Tore wurde er sogleich ergriffen und vor die zornige Fee geführt. Diese hätte dem Knappen mitsamt seinem Ritter am liebsten einen qualvollen Tod bereitet; aber sie durfte den alten Merlin ohne eigene Gefahr nicht weiter herausfordern und erlaubte deshalb beiden Gefangenen den Abschied.

„Teuerste Dame", sagte Herr Gawain mit einem unverhüllten Lächeln und verbeugte sich höfisch. „Euch ging zwar ein künftiger Gatte verloren, dafür habe ich aber zwei Leben gewonnen — mein eigenes nämlich und das meines Knappen noch dazu. Wisset Ihr denn", so fügte er ernst hinzu, als keine Antwort kam, „wie kostbar gerade das Leben meines jungen Freundes für mich ist? Schaut: er holte mich aus dem Kerker; er rettete

mich vor dem Tode; und nun bewahrt er mich sogar davor, unter Euren Pantoffel zu kommen. Gerade das werde ich meinem Knappen nie vergessen, denn es ist das Beste, was er mir antun konnte."

Als das frohe Paar vom „Garten der Schmerzen" wegritt, spannte der vorsichtige Prinz, der dem ganzen Zauber immer noch nicht so recht traute, einen Talisman quer

über den Weg, damit ihnen die unheimlichen Gesellen der Fee nicht folgen könnten.

Die Rosse trabten nach dem Merlinsturm. Herr Gawain sang und lachte vor Glück über die wiedergefundene Freiheit und die zurückgekehrte Lebenskraft, während sich der Prinz schweigend verhielt.

„Bist du traurig?“ fragte der Ritter, dem das auffiel. Eisenherz nickte und seufzte abgrundtief.

„Dann sprich dich doch aus, mein Junge. Erzähle deine Sorgen der Sonne und dem Frühling oder besser, vertraue sie mir an. Vielleicht kann ich helfen, denn irgendwie glaube ich, daß deine Nöte mit dem Mädchen Ilene zu tun haben.“

„So ist es“, flüsterte der Prinz und klagte sein ganzes Leid in das Ohr des Freundes. „Aber sie liebt nur mich allein“, beteuerte er am Schlusse heftig, „und ich werde sie trotz allem noch für mich erringen!“

„Ich zweifle nicht am Ausgang“, antwortete der Ritter zweideutig, und Eisenherz konnte darüber nachdenken, wie das gemeint sei.

Endlich erreichten sie den Turm, wo sie anhielten, um Merlin für seine Hilfe zu danken. Beim Abschied sagte der Weise zu Eisenherz: „Mein Sohn, behalte die Waffen, die ich dir geliehen habe; sie werden dir noch nützlich sein.“

Und weiter trabten die freudig wiehernden Rosse nach dem nahen Camelot. An einem Kreuzwege, kurz vor der Burg, trafen die Freunde einen fremden Ritter, der eine Botschaft zum König bringen wollte. Eisenherz ahnte nicht, wie schicksalhaft diese Nachricht für ihn selber war, und so ritten sie ohne böse Gedanken in die Burg ein.

Die Ritter der Tafelrunde empfingen sie mit lautem Jubel, denn der lustige Herr Gawain und sein eifriger Knappe waren bei allen beliebt.

Zu Gawains Ehren wurde in der hochgetäfelten Halle ein Fest gegeben. Kaum hatten sich die Ritter indessen niedergelassen, als der König schon seine Hand erhob und Schweigen befahl.

„Ein Bote ist hier mit einer Nachricht, die uns alle erfreuen wird." Darauf winkte er dem Ritter, den Eisenherz und Gawain am Kreuzwege getroffen hatten. Der Fremde erhob sich lächelnd und las seine Botschaft von einer Pergamentrolle ab. Seine Worte

zerrissen den letzten Fetzen Hoffnung in des Prinzen Brust und erfüllten ihn dafür mit Sorge und Wut.

„Mein Herr, der König Ord", so verkündete der Bote, „lädt Euch alle zu einem großen Turniere ein. Prinz Arne, sein Sohn, wird mit Ilene von Branwyn in wenigen Tagen Hochzeit halten."

Aber Sorge und Wut waren an diesem festlichen Abend nicht eben am Platze. Außer Gawain erkannte niemand, wie tapfer und mannhaft der Prinz seine wahren Gefühle verbarg und sich gebärdete, als sei er der fröhlichsten einer an der Tafel.

Als dann die Lichter im Saale zu flackern begannen und eines um das andere ver-

löschte, da wurde es allmählich still in der türmereichen Burg. Nur ein zutiefst getroffener Jüngling blieb noch wach und schrie sein Herzeleid in die Mondnacht hinaus. Schließlich fiel aber auch der Prinz vor lauter Müde in einen traumlosen Schlaf.

Der sonst so lustige Gawain, dem die Herzensnot seines Knappen nicht entgangen war, kam besorgt in dessen Kammer und deckte ihn mit einem purpurnen Mantel zu.

Am anderen Morgen aber war der Jüngling verschwunden.

Gawain suchte ihn überall in der Burg und auf den Höfen, doch ohne Erfolg, denn zu dieser Stunde ritt der Prinz schon ferne von Camelot, um seinen Nebenbuhler aufzusuchen und mit ihm um die Hand Ilenes zu kämpfen. Dazu blieb vor der Vermählungsfeier freilich nicht mehr viel Zeit.

Gejagt von seiner Ungeduld, galoppierte Eisenherz über einen schmalen Weg, als von der anderen Seite her ein unbekannter Ritter auftauchte und ihn zu einem Waffengange forderte. Der Prinz setzte sofort Schild und Lanze und ritt das Hindernis voller Ärger wegen des Aufenthaltes über den Haufen.

Der Weg war frei, und Eisenherz sprengte weiter, ohne lange nach dem Namen des besiegten Ritters zu forschen, der sich hinterher verwundert fragte, ob vielleicht der Blitz bei ihm eingeschlagen habe.

Auf seinem Weiterwege kam Eisenherz durch rauchende Dörfer, deren Bewohner

erschlagen vor den niedergebrannten Hütten lagen. Wie so oft in jenen unruhigen Zeiten, waren die Normannen wieder einmal dabei, Britannien mit Mord und Brand zu überziehen. In seiner Eile achtete der Prinz jedoch wenig auf die Nähe der plündernden Wikinger.

Auf einer schmalen Holzbrücke wurde der Ungeduldige abermals aufgehalten. Vom anderen Ende her kam ein prächtig gewappneter Ritter. Beide hielten an und musterten sich schweigend.

„Gebt Platz", forderte der Fremde endlich mit herrischer Stimme.

„Prinz Eisenherz von Thule weicht niemals zurück!" war die Antwort.

„Noch weniger Prinz Arne von Ord. Vorwärts Herr Eisenherz, auf Eure Gefahr hin!"

„Was? Prinz Arne seid Ihr? So grüße ich Euch zum ersten und auch zum letzten Mal. Nur einer von uns beiden darf diese Brücke lebend verlassen!" sagte der Prinz mit grimmigem Lächeln.

„Wie Ihr wollt", rief Arne, „ich bin bereit!"

Sie jagten mit gesenkten Lanzen über die schwankenden Balken. Der erste Anprall war gleich so gewaltig, daß Arne durch das morsche Geländer brach und in den wild dahinströmenden Bach stürzte. Behindert durch die schwere Rüstung, wurde er von den Wassern in einen tiefen Gumpen gerissen, worin er verschwand. Der Sieger warf Schild, Schwert und Helm zur Seite und sprang seinem ertrinkenden Gegner nach.

Er fand ihn reglos in der grünen Tiefe liegen. Eisenherz ergriff die schwere Last und kämpfte sich mit ihr ans Ufer. Nach langen Wiederbelebungsversuchen schlug Arne endlich die Augen auf.

„Warum", so fragte er verwundert, „hast du mich denn gerettet, da dir das Glück seinen Beistand doch so willig leihen wollte?"

„Wenn du heute noch sterben solltest", antwortete Eisenherz, „so wird es im offenen Kampf und durch meine Hand geschehen, denn beide können wir Ilene nicht besitzen. Ich aber will sie entweder heiraten ... oder sterben!"

„Ich auch", bekannte der überraschte Arne. „Laß uns also den Kampf fortsetzen."

Es stellte sich nun heraus, daß Eisenherz sein Schwert, Arne aber Schild und Lanze verloren hatte. Die Waffen trieben irgendwo am Grunde des Baches. So beschlossen die Jünglinge also, in der Richtung nach Branwyn weiterzureiten. Vielleicht würden sie unterwegs einen Ritter treffen, der ihnen seine Waffen liehe. In der Tat brauchten sie auch nicht lange zu traben, bis vor ihnen ein schwarzer Ritter mit seinem Knechte auftauchte. Eisenherz und Arne begrüßten den Fremden höflich und trugen ihm ihre Wünsche vor. Dieser lachte vergnügt und sprach: „Ihr könnt von mir alles haben, wonach euch gelüstet. Aber ... einer von euch Hitzköpfen muß Mannes genug sein, um mir die Waffen abzunehmen."

Die Jünglinge antworteten wie aus einem Munde: „Dieser Mann werde ich sein!"

Da aber nur einer fechten durfte, losten sie mit einem Geldstück um diese Ehre. Arne gewann und erhielt vom Verlierer Lanze und Schild für den Waffengang. Damit wandte er sich dem Ritter zu.

Ein Donner von Hufen, ein mächtiger Stoß, und schon lag der Ritter der Länge nach am Boden. Eisenherz schaute bewundernd auf seinen Rivalen und gürtete sich ernst für den bevorstehenden Kampf; er wußte nun, daß ihm sein Gegner an Kraft und Geschick nicht nachstand. Die Lanze des Ritters war im Kampfe zerbrochen, so daß Arne nur den Schild bekommen konnte. Eisenherz aber bewaffnete sich mit dem Schwerte des Fremden. Der ehrlich besiegte Ritter wartete bei den Pferden am Rande der Lichtung, um den Kampf zu verfolgen.

„Ilene oder den Tod!" rief Eisenherz.

„Tod oder Ilene!" der andere.

Sie trafen sich, Fuß an Fuß, in Stärke und Entschlossenheit, um jeden Zweifel darüber zu beseitigen, wer Ilene schließlich heiraten dürfe. Als die Sonne schon am Abendhimmel versank, fochten die müden und blutenden Jünglinge immer noch verbissen weiter, bis ein Warnruf des Ritters den Streit unterbrach. Die Kämpfer drehten sich um.

An einer Ecke der Lichtung erschien eine Gruppe von Wikingern, die mit Beute und Gefangenen auf dem Rückwege zu ihren Schiffen war.

„Zu Pferd!“ rief der schwarze Ritter. „Zu Pferd, wir wollen sie stellen.“

Im Nu war aller eigene Streit vergessen, denn die Briten hielten immer zusammen, wenn irgendwo die gefürchteten Wikinger auftauchten. Sie schwangen sich auf ihre Rosse und griffen den fremden Haufen unverzüglich an. Die Normannen schlugen ebenso wild zurück; als aber ihr Anführer fiel, flohen sie und ließen sogar die gefangenen Briten zurück.

„Herr Prinz“, rief einer der Befreiten, in dem Eisenherz einen Gefolgsmann des Herren von Branwyn erkannte, „im Namen des Himmels, helfet uns! Wir waren mit der Tochter unseres Herren auf dem Wege zur Burg des Königs von Ord, als uns die Normannen überfielen. Ilene wurde gefangen, und die Räuber verschleppen sie auf ihre Schiffe!“

Arne setzte einem der verwundeten Wikinger das Schwert an die Kehle, während sich Eisenherz in nordischer Sprache nach dem Landungsplatz der Normannen erkundigte. Als sie das Notwendige erfahren hatten, stiegen sie sofort zu Pferde. Arne war mit der Gegend vertraut, so daß sie einen weniger bekannten, dafür aber näheren Pfad benutzen konnten. Die Prinzen hofften, eine über die tiefeingerissene Dundornschlucht führende Brücke noch vor den Normannen zu erreichen und den Feind dort stellen zu können.

Sie ritten Seite an Seite, immer noch Rivalen, zugleich aber auch schon Waffenbrüder, die sich zu Ilenes Befreiung verbunden hatten. Als sie zur Brücke kamen, war es dunkel. Kein Zeichen deutete darauf hin, daß die Normannen schon vorbeigezogen seien. Die Jünglinge richteten sich also aufs Warten ein und verbanden sich indessen gegenseitig die Wunden.

Bei Sonnenaufgang näherten sich endlich die Wikinger. Sie griffen die bartlosen Wächter sofort unter gellenden Rufen und mit hochgeschwungenen Waffen an, um sie zu töten oder doch wenigstens zu vertreiben. Eisenherz und Arne betrachteten den Sturm in

aller Ruhe und schauten sich inzwischen die Augen nach Ilene aus. In diesen Sekunden spähte Arne einmal nach rückwärts und rief gleich darauf: „Gib acht, Eisenherz, sie kommen auch von hinten!"

In der Tat erschien eine zweite, etwas kleinere Wikingerschar am anderen Ende der Brücke, und damit waren die beiden Prinzen auch im Rücken bedroht. Ilene freilich war auf keiner Seite zu erklicken. Den Jünglingen blieb nur die Hoffnung, sich durchzuschlagen und die Küste noch vor der Abfahrt der Schiffe zu erreichen. „Laß uns war-

ten, bis alle mitten auf der Brücke sind", riet Eisenherz. „Einige haben Pferde. Wenn wir mitten hineinreiten, wird Verwirrung entstehen, so daß wir vielleicht doch durchbrechen können."

„Mein lieber, tapferer Feind", rief Arne begeistert, „schlage drein, was du kannst, für Britannien und Schön-Ilene."

„Für Britannien und Ilene!" gellte ihr Schlachtruf, als sie in den Feind hineinstürmten. Der Kampf war hart und blutig. Aber die Jünglinge schlugen sich durch und erreichten wohlbehalten die andere Seite.

Dort brach das Pferd von Eisenherz zusammen, denn es hatte noch im letzten Augenblick eine tödliche Wunde empfangen. Die Feinde konnten sich sammeln und einen neuen Angriff vorbereiten.

Eisenherz versuchte, Arne zu überreden. „Reite zu!" rief er, „das Schicksal von Ilene liegt nun in deiner Hand allein. Ich werde dir den Rücken decken, solange es geht."

Arne löste sein Schwert vom Gürtel. „Nimm' es, Freund Eisenherz. Es ist das berühmte „Singende Schwert", auf dem ein Zauber ruht. Du brauchst eine solche Klinge, wenn du die nächsten Stunden überstehen willst." Eisenherz nahm die Waffe mit einem harten Lächeln hin.

Der edelsteingeschmückte Griff lag gut in seiner Hand, und um die scharfe Schneide sang der Wind. Eisenherz wünschte Arne eine gute Reise und ging wieder zur Brücke, auf der fünfzig zu allem entschlossene Wikinger anrückten. Arne wandte noch einmal

den Kopf. „Warum nur hat der Himmel diesen tapferen Narren zu meinem Feinde und nicht zu meinem Freund gemacht?" So murmelte er und ritt davon.

Als die Normannen nur noch einen einzigen Gegner vor sich sahen, vermuteten sie eine Falle und zögerten.

Das dauerte indessen nicht lange. Dann trat ein hochgewachsener Wikinger vor und sagte: „Meine gute Streitaxt wird das Rätsel lösen!“ Des Prinzen Klinge schwankte abwartend hin und her.

Ehe die Axt noch gefallen war, zuckte das „Singende Schwert“ durch die Luft. Die scharfe Schneide biß sich durch Schild und Helm, und ein kühner Wikinger ging den Weg nach Walhalla.

„Kommt näher“, forderte Eisenherz die anderen auf. „Mein Schwert ist immer noch durstig.“ Die kampferprobten Krieger ließen sich das nicht zweimal sagen und stürmten vor. Wieder und wieder hob sich und fiel die blitzende Klinge. Über das Rauschen der Wasser und das Klirren der zusammenschlagenden Waffen klang unbeirrt der Schlachtruf des Prinzen: „Für Ilene!“

An diesem Tage trug der tapfere Jüngling seinen Namen zum ersten Male in die Geschichte der Wikinger ein. Die Feinde zogen sich vor diesem besessenen Kämpfer achtungsvoll zurück. In diesem Augenblick des Sieges sank Eisenherz aber erschöpft zu Boden, denn er blutete selber aus vielen Wunden.

Als der Prinz die Augen wieder öffnete, hatten ihn die Normannen schon auf einer schnell zurechtgemachten Bahre zur Küste gebracht, wo Thagnar, ihr Anführer, bei den Schiffen unter einem Sonnensegel saß. Thagnar beschaute sich den Prinzen und herrschte seine Männer an: „Ich habe euch nicht gebeten, mich mit kindlichen Gefan-

genen zu langweilen — tötet den Bartlosen!“ Darauf winkte er seinem Henker, einem glatzköpfigen Riesen, der sofort die Schärfe seiner Klinge prüfte.

Aber Eisenherz wandte sich gelassen an den Anführer und gebrauchte dabei die nordische Sprache, die ja auch seine Muttersprache war. „Ich sehe, daß der kühne Thagnar wie ein Weib im Schatten bleiben will. Es wird mir aber ein Vergnügen sein, einen anderen Wikinger um Gnade heulen zu hören . . . besonders, wenn er so stumpfsinnig ist, wie dieser glatzköpfige Scharfrichter . . .“ Eisenherz drehte sich blitzschnell um und griff den Hünen an . . .

Der Kampf dauerte nicht lange. Nach wenigen Griffen lag der vor Schmerzen brüllende Henker wie festgenagelt am Boden. Eisenherz schaute auf. „Genug“, sagte Thagnar, „du hast deine Freiheit verdient und kannst gehen.“

„Ich begehre die Freiheit nicht für mich selber, sondern für das Mädchen, das dort gebracht wird.“ Eisenherz hatte Ilene inmitten einer Gruppe zurückkehrender Krieger entdeckt.

„Was?“ fuhr der Wikinger auf. „Für dieses dünne Geschöpf hast du Leib und Leben gewagt und meinem Scharfrichter die Knochen verrenkt? So ein Bursche!“ Bei den letzten Worten schmunzelte Thagnar aber schon, denn als Wikinger schätzte er die Tapferkeit auch beim Feinde. Eisenherz lief flink zu Ilene hin. „Sei stark. Arne ist frei. Er wird uns finden ...“ Ihr Lächeln und die Wärme ihrer Hand schenkten Eisenherz vollen Lohn für alles Ungemach der letzten Wochen.

Der Seeräuber befahl, die beiden Schiffe für die Heimfahrt zu rüsten, und sagte heimlich zu seinen Männern: „Diesen Burschen muß ich behalten; eines Tages wird er ein großer Wikinger sein.“ Damit Eisenherz nicht entfliehe, brauchte Thagnar nur das Mädchen bewachen zu lassen.

Eisenherz kratzte auf einen Steinblock am Ufer eine Nachricht über das Ziel der Reise und hoffte, daß sie von Arne gefunden werde. Und Arne fand sie auch; zu diesem Zeitpunkt verschwanden die Normannen jedoch schon am Horizonte.

Arne begab sich in höchster Eile zu seinem Vater, den er um Schiff und Mannschaft für die Verfolgung bat. Aus Sorge für den eigenen Sohn verweigerte der König zunächst beides. Als Arne aber schwor, daß er sich dann auf eigene Faust eine Mannschaft zusammensuchen und ohne Erlaubnis fahren werde, da gab der Vater schweren Herzens nach. Einige Stunden später war das Schiff schon unterwegs. Ein günstiger Wind brachte die Verfolger schnell voran.

Inzwischen versuchte Thagnar, das Vertrauen seiner Gefangenen zu gewinnen, indem er ihnen auf dem Schiffe volle Freiheit ließ und sie auch sonst als ehrenwerte Gäste behandelte. Das „Singende Schwert" legte er dabei freilich keinen Augenblick lang aus der Hand.

Eisenherz spähte unverdrossen nach einem verfolgenden Segel aus. Bis er aber entdeckte, was seine Augen suchten, vergingen noch zwei volle Tage. „Nichts anmerken lassen", bedeutete er Ilene auf keltisch. „Arne ist hinter uns. Ich sehe schon das Schiff."

Thagnar und seine Männer hatten noch nichts von dem Verfolger bemerkt, der sich von achtern näherte. Damit Arne genügend Zeit habe, Schiff und Mannschaft gefechtsbereit zu machen, unternahm Eisenherz alles Mögliche, um die Aufmerksamkeit der Wikinger abzulenken.

Arnes Schiff kam sichtlich näher; die Bugwelle sprühte im Sonnenlichte, und die großen viereckigen Segel waren prall gefüllt. Die Verfolger breiteten sogar ihre Mäntel und Röcke aus, damit auch noch der letzte Hauch des Windes eingefangen werde. An den Rudern mühten sich Ritter und Knechte ohne Unterschied, um dem Schiffe die höchste Fahrt zu geben und die Piraten recht bald einzuholen.

All dieses beobachtete Eisenherz, während Arnes Schiff immer größer wurde. Nun war es noch dringlicher als zuvor, die Wikinger zu täuschen und den Freunden einen überraschenden Angriff zu ermöglichen.

Eisenherz hatte auf Thagnars Schiff eine erbeutete Leier entdeckt. Das brachte ihn auf einen Gedanken. Es war einmal der Wunsch seiner Mutter gewesen, daß er sich beim Singen selber auf der Leier begleite. Sie hatte ihm das Spiel auch so gut beigebracht, daß der Prinz mit seiner Kunst einem fahrenden Sänger kaum nachstand. Eisenherz tat, als habe er die Leier jetzt eben erst entdeckt, und hob sie auf; dann ging er nach vorne und stieg auf die Reling.

Ilene wußte genau, warum Eisenherz plötzlich so sangeslustig war; sie fühlte die Spannung dieser Sekunden und zitterte davor, daß Thagnar doch noch zurückschauen könne. Der Pirat blieb indessen arglos und wandte kein Auge von dem singenden Prinzen ab.

Eisenherz erhob seine Stimme zu einer wilden, süßen Melodie, einem Lied aus seiner

Heimat in den einsamen Marschen, wo der Meerwind Tag und Nacht mit den Schilfrohren flüstert. Thagnar und seine Männer lauschten dem Liede des Jünglings; sie träumten von der eigenen Heimat an der See und dachten auch an alle, die dort auf sie warteten.

Und während sie so dahintrieben, kam Arnes Schiff immer noch näher, bis dann die Wikinger jäh aus ihren Träumen erwachten. Der Jäger hatte sein Wild aber schon gestellt.

Wütend brüllte der überraschte Thagnar Befehle zu seinem zweiten Fahrzeug hinüber, das etwas zurück und seitwärts von ihm lag. Der Kapitän verstand, ließ augenblicks die Segel kürzen und legte sich mit verlangsamter Fahrt quer vor den Bug des waghalsigen Verfolgers. Arne wollte zuerst ausweichen, ließ aber sofort wieder beidrehen,

so daß der Bug seines Schiffes mitten in die Flanke des Gegners stieß. Es splitterte und krachte, wobei der Wikinger stark beschädigt wurde. Trotzdem richtete sich dieser aber wieder auf, und dann begann ein Gefecht auf hoher See, in dem die Normannen fast für unbesiegbar galten. Mit Schwertern und kurzen Speeren bewaffnet, sprangen sie auf das Deck des Verfolgers, wo alsbald ein hitziger Nahkampf entbrannte.

Thagnar schaute zurück und lächelte. Dieser Feind war in guten Händen, und seine Männer würden wenig Mühe mit ihm haben. Im übrigen aber lag die ganze Beute des Raubzuges auf seinem eigenen Schiffe. Was tat es schon, wenn drüben dieser oder jener fiel? Mit um so wenigeren würde er zu teilen haben, wenn erst einmal die heimatliche Küste erreicht war. Dieses Treffen bedeutete für ihn also einen wahrhaft glücklichen Zwischenfall.

Eisenherz stand vor einem schweren Entschlusse. Mit einem wahren Panthersatz stürzte er sich auf Thagnar, betäubte

ihn mit einem gutgezielten Schlag und riß ihm das „Singende Schwert“ aus den kraftlosen Händen.

So bewaffnet, sprang er zum Mast und durchschlug die Haltetaue des großen Segels, daß es den Männern auf dem Vorderdeck über die Köpfe flog. Einige, die sich befreien konnten, griffen den Prinzen mit ihren kurzen Schwertern zwar alsbald an. Ehe sie ihn jedoch erreichten, rannte dieser nach dem Achterbord und zerstörte das Steuerruder so, daß das Schiff nur noch im Kreise treiben konnte.

Währenddessen sammelten sich die Piraten wieder. Mit Ilene zu seiner Linken und dem „Singenden Schwert“ in der Hand, schaute Eisenherz auf seine Gegner. Sie begannen entschlossen, aber doch auch recht behutsam gegen ihn vorzugehen.

Auf des Prinzen Seite standen sein Mut und das „Singende Schwert“. Aber nur ein Tor hätte annehmen können, daß beides genüge, um ohne Helm und Schild der Übermacht noch lange zu trotzen. Ilene war kein solcher Tor. „Geh“, sagte sie. „Dein Tod kann niemand helfen. Schwimm zu Arne hinüber und stehe ihm bei. Nachher könnt ihr dann beide zurückkehren und auch an mich denken.“

Der Prinz erkannte, wie klug dieser Ratschlag war; er umarmte Ilene und bat sie, unverzagt zu bleiben.

„Wer dieses Mädchen kränkt“, so rief er den Piraten noch zu, „der wird von meiner Hand sterben, möge er nun König sein oder Knecht.“ Ehe er sprang, griff er zu einem ledernen Schiffseimer. Dann verschwand er im Wasser. Eisenherz hatte sich blitzschnell

ausgerechnet, daß ihm der Eimer doppelt nützen könne; einmal als Helmschutz gegen die Wikingerspeere und dann auch, um ihm beim Schwimmen das schwere Schwert mit tragen zu helfen.

Einen Augenblick später war von Bord aus nur noch der auf den Wellen tanzende Eimer zu sehen. Auf diese Weise konnte Eisenherz unangefochten zum Heck von Arnes Schiff hinüberschwimmen. Neben ihm trieben die Körper von Freund und Feind. Die Kampfrufe und das Klirren der Waffen verrieten, daß sich das Hauptgefecht auf dem Vorderdeck abspiele. Der Prinz nahm den Eimer vom Kopfe und zog sich auf das Steuerruder hinauf.

Auf dem Achterdeck war kein kampffähiger Mann mehr zu sehen. Eisenherz, der bis auf das „Singende Schwert" ungewappnet war, mußte sich zuerst für den schweren Gang bereit machen. Ein Verwundeter überließ ihm Helm, Schild und Kettenhemd. Dann wurde das Schreien und Brüllen auf dem Vorderdeck von einem hellen Ruf übertönt: „Tod oder Ilene!"

„Eisenherz!" freute sich Arne und schlug noch gewaltiger drein als bisher schon. Die beiden kämpften Seite an Seite und ruhten nicht eher, als bis auch der letzte der ruhmreichen Wikinger über Bord ging.

Der Sieg war noch einmal gerettet. Aber um welchen Preis? Thagnar hatte die kostbare Zeit benutzt, um sein Schiff wieder segelfähig zu machen. Als sich Eisenherz endlich um ihn kümmern konnte, verschwand der Wikinger schon am nördlichen Himmel. Arne begann sofort die Verfolgung.

Der Wind frischte auf und wurde am Nachmittag zum Sturm, der durchs Takelwerk heulte und die Segel in Fetzen zu reißen drohte. Dunkel rollende Wogen deckten das kleine Fahrzeug zu. Trotzdem weigerte sich Arne, ein Segel wegnehmen zu lassen. Das Schiff raste in aberwitziger Fahrt durch den Sturm. Lag es eben noch halb unter den Wassern begraben, so tanzte es im nächsten Augenblicke schon hoch auf der schäumenden Krone eines Wellenberges. Eisenherz und die anderen arbeiteten verbissen, um das Boot vor dem Vollschlagen zu bewahren. Zur Nacht wollte der Sturm noch immer nicht weichen, so daß Arne schließlich doch gezwungen war, das große Segel einholen zu lassen. So überstanden sie glücklich die gefährlichen Stunden.

Am Morgen hatte der Sturm seine ärgste Wut vertan. Von Thagnars Schiff war in der immer noch aufgeregten Wasserwüste jedoch nichts mehr zu sehen.

Die Verfolger peilten ihre Lage und fanden, daß sie schon dicht vor der Küste der Wikinger lagen. Sie drehten ihr Schiff also nach Osten und kamen bald in den Bereich der Felseninseln, die vor der skandinavischen Küste liegen. Die Suche nach Ilene begann schon hier draußen. Allmählich gingen den Briten aber die Lebensmittel aus. Die Männer kamen rasch von Kräften. Arne versammelte deshalb alle um sich und sagte: „Meine lieben Freunde, die weitere Suche auf dem Meere ist offenbar nutzlos. Prinz Eisenherz und ich werden an Land gehen . . . und zwar alleine."

Das Schiff brachte die beiden also ans Land und fuhr dann nach Britannien zurück. Die Jünglinge stapften mühsam durch den tiefen Sand an der Küste entlang und fragten in jeder Hütte nach Thagnar. Aber niemand konnte sie bescheiden, bis ihnen dann schließlich einige Fischer rieten, doch König Sligon selber zu fragen.

„Sligon?" flüsterte Eisenherz zu Arne. „Das ist doch der Verräter, der meines Vaters Thron gestohlen hat."

Sie zogen sofort zu Sligons Burg, dem Platze, wo einst des Prinzen Wiege gestanden hatte. Fremde Knechte brachten sie vor den König, der sie ohne Liebe anschaute, wenngleich er bis dahin nur wußte, daß sie eben Briten seien.

Um so überraschter war er, als Eisenherz ihn in der Zunge der Wikinger ansprach. Ebenso erstaunt starrte der mürrische Kammerherr an des Königs Seite auf den Jüngling.

Und da erkannte er den Fremden, dessen Vater er einst die Treue geschworen hatte. „Dein alter Feind Aguar ist nach Britannien entkommen", zischelte er dem falschen König zu. „Er besaß einen Sohn ..."

Sligon brauchte kein Wort mehr zu hören, denn er hatte ja selber zwei Augen im Kopfe. „Hölle und Teufel, das stimmt. Meine Krone ist nicht mehr sicher, solange der Bursche da noch lebt ... hängt ihn auf!"

Die Knechte ergriffen den Prinzen und wollten das Urteil sogleich vollstrecken. Aber Arne trat vor den König hin und sagte ganz ruhig: „Warum, Herr König, wollt Ihr denn Euren Ruhm durch einen Mord an einem hilflosen Schiffbrüchigen verdunkeln? Wir suchen nur Ilene, nicht aber Euer Reich. Ihre Krone aus Goldhaar dünkt uns kostbarer als das wirkliche Gold, das Euer Haupt so nutzlos drückt."

Irgendwie berührten Arnes Worte eine geheime Sorge in des Tyrannen Herzen. „Schert Euch fort, ehe ihr mich zu Tode redet", brüllte Sligon. „Diese Narren", murmelte der einsame Tyrann dann vor sich hin, als die Jünglinge die Halle verließen, „oh, diese herrlichen, kühnen, beneidenswerten Narren."

Eisenherz und Arne schritten schon durchs Tor, als ihnen ein Diener nachgelaufen kam. „Nehmt da drüben ein Boot und fahret zur Flußmündung. Dort findet ihr Thagnars Dorf."

Fröhlich glitten sie flußabwärts und freuten sich, endlich ein greifbares Ziel vor Augen zu haben. Als sie jedoch im Dorfe fragten, erzählten ihnen die Bewohner, Thagnar sei von seinem Zuge an die britische Küste nicht wieder heimgekehrt.

Das war nun freilich eine erschreckende Kunde. Die Jünglinge suchten die ganze Küste und auch die Schäreninseln ab, bis sie dann eines Tages am Strande die bleichenden Trümmer eines Wrackes entdeckten. An der schöngeschnitzten Galeonsfigur, die einen Drachen zeigte, erkannten sie Thagnars Schiff.

Beim Nachgraben fanden sie in einer sandbedeckten Truhe den Helm des Wikingers. Als dann auch noch Ilenes edelsteinbesetzte Gürtelschnalle dazu kam, gab es für sie keinen Zweifel mehr. Alle Hoffnung auf ein gutes Ende war verloren: der Sturm, dem das eigene Schiff so knapp entgangen war, hatte den meereserfahrenen Wikinger besiegt. Und Schön-Ilene ruhte wie alle anderen am Grunde des Meeres, von dem es keine Wiederkehr zu dieser Erde gab.

Eisenherz klagte sich verzweifelt an, daß er Ilene auf Thagnars Schiff allein gelassen habe, obwohl er doch gerade in jener Stunde tausendmal bereit gewesen wäre, sein Leben freudig für das ihre zu lassen. Dem Prinzen fiel jetzt wieder ein, was ihm die Hexe im Sumpfe prophezeit hatte: nie in seinem Leben werde er Zufriedenheit finden.

Arne war über des Mädchens Schicksal nicht weniger verzweifelt. Die beiden Jünglinge trugen Felsbrocken zusammen und errichteten damit am hohen Ufer ein Grabmal

für Ilene, die ihnen nun beiden verloren war. Nach vollbrachtem Werke wanderten sie, immer noch verwirrt von dem Unbegreiflichen, an der Küste entlang nach Westen, wo sie eine Gelegenheit für die Heimkehr zu finden hofften.

An einem stürmischen Tage verlegte ihnen eine breite Flußmündung den Weg. Während sie Treibholz für ein Floß zusammensuchten, entdeckte Eisenherz etwas. „Schau!“ rief er aus. „Da draußen kämpft ein Schiff. Der Wind und die Wellen treiben es auf die Felsen zu. Sie haben sicher unsere Flußmündung noch nicht gesehen, in die sie sich doch retten könnten.“

Eisenherz bat Arne, am Strande ein Feuerzeichen zu geben; er selber legte die Rüstung ab und schwamm ans andere Ufer des Flusses, um dort die gleiche Hilfe zu leisten. Als die Feuer aufloderten, winkten die Helfer und riefen so lange, bis ihre Zeichen verstanden wurden und das Schiff in die breite Flußmündung steuerte. Eisenherz schwamm zurück und schaute dem Manöver zu.

„Das sind ja Ritter von der Tafelrunde. Sieh doch, Arne, an Bord stehen Parzival und Tristan. Jetzt sind wir in guten Händen!“

Das große Schiff ankerte im stilleren Wasser der Flußmündung und sandte ein Boot, um die selbstlosen Helfer an Bord zu holen. Als die Prinzen auf das Deck stiegen und erkannt wurden, war alles ein Jubel und ein Händedrücken. Später erzählte Eisenherz von der bewegten Fahrt und ihrem bösen Ausgang. Hinterher betrauerten die zutiefst ergriffenen Ritter das Schicksal Ilenes, und sie verstanden nun auch, wie verzweifelt die Jünglinge sein mußten. Der gütige Parzival versuchte, sie abzulenken. „Vielleicht", so sagte er, „erleichtert es euch etwas, wenn ihr von uns bessere Nachrichten hört. Die

Angeln und Sachsen, die wieder an unseren Küsten eingefallen waren, wurden geschlagen und vertrieben. König Arthur und wir haben sie noch aufs hohe Meer hinaus verfolgt, und nun wollen wir den Herrn Lancelot holen, damit er dem Turniere beiwohnen kann, mit dem der große Sieg gefeiert werden soll."

Das Schiff, das diesem Berichte nach im Sturme weit von seinem Kurse geraten sein mußte, nahm die Reise bei abflauenden Winden wieder auf und segelte an die Küste Galliens, wo das Schloß des Königs Bors und seines Sohnes Lancelot lag.

Ohne Zwischenfall erreichten sie den Hafen des Schlosses. Eisenherz und Arne hatten keine Lust, an dem lauten Feste teilzunehmen, das den Gästen in der Nacht gegeben wurde.

Herr Lancelot fand die beiden in der Einsamkeit des Schloßgartens und gestand, wie herzlich er mit ihnen empfinde. „Aber, meine lieben, jungen Freunde", so sprach er, „vergrabt Euch doch nicht in Eurem Schmerze. Ein gütiges Schicksal hat Ilene vor einem größeren Unglück bewahrt. Hättet ihr sie wohlbehalten wiedergefunden, so wäre einer von Euch beiden im Kampfe um ihre Hand gefallen. Und dann? Der Sieger hätte sein Glück mit dem Blute des anderen bezahlt, und Ilene wäre die Frau eines Mannes geworden, der den eigenen Freund um ihretwillen erschlagen hat. Seid froh, daß Euch und auch dem Mädchen selber eine solche Zukunft erspart geblieben ist."

Die besonnenen Worte des Ritters verfehlten ihre Wirkung nicht. „Herr Lancelot hat recht", gab Eisenherz am Ende zu. „Was wir unternommen haben, war schon von Anbeginn an zu einem tragischen Ende für uns alle bestimmt."

Am Morgen fuhr das stattliche Schiff, dessen Segel den schwarzen Adler trugen, über den Kanal nach seinem Heimathafen in der Solent-Bucht, von wo aus die Gesellschaft nach Camelot weiterritt.

An einem Kreuzwege stieg Arne vom Pferde; Eisenherz tat das gleiche. „Hier geht die Straße nach Ord ab", sagte Arne und versuchte zu lächeln. „Wir müssen uns trennen,

aber ich lasse dir zum Andenken das „Singende Schwert" für deinen Kampf um König Arthurs gute Sache."

Die Freunde reichten sich noch einmal die Hand, und dann ritt ein jeder nachdenklich in seiner eigenen Richtung von dannen. —

Auf der Straße nach Camelot drängten sich prächtig gewappnete Ritter, und von allen Seiten kamen immer noch mehr dazu, so daß Eisenherz schließlich in einem glänzenden Zuge dahinritt. Mit wehenden Bannern und hellen Fanfaren näherten sie sich der herrlichen Burg, querten die Brücken und zogen ein durch die großen Tore.

Herr Gawain, frohgelaunt wie immer, wartete schon auf seinen heimkehrenden Knappen und schloß ihn voller Freude in die Arme. „König Arthur, die Königin und der weise Merlin möchten dich sehen, mein Junge“, sagte der Ritter und brachte den Prinzen sofort zu Arthur, damit er von seiner Fahrt berichte.

„Und nun, Herr König“, sprach Eisenherz, als er geendet hatte, „bitte ich um eine Aufgabe, bei der ich mich der Ritterschaft als würdig erweisen kann; ich kenne kein größeres Verlangen, als ein Ritter Eurer Tafelrunde zu werden.“

König Arthur schüttelte indessen milde sein Haupt. „Vorerst bist du ja fast noch ein Kind. Wenn du aber erst einmal groß und stark genug bist, um im Turniere gegen meine erprobten Ritter zu bestehen, dann mag es sein — vielleicht.“

„Vielleicht?“ so dachte Eisenherz später bei sich selber. „Vielleicht wird es der König doch jetzt schon tun, wenn ich beim Turniere einen seiner besten Ritter aus dem Sattel hebe.“

In aller Heimlichkeit ging Eisenherz daran, einen gewagten Plan vorzubereiten. Ganz wohl war ihm dabei freilich nicht. Hatte er Erfolg, so schien ihm die Ehre, ein Ritter von der Tafelrunde zu sein, fast gewiß. Fehlte er aber, dann war er dem Spott und dem Gelächter von ganz Camelot preisgegeben. Der König, die Ritter und selbst die geringsten Knechte würden ihn für einen anmaßenden, eingebildeten Narren halten müssen. Aber Eisenherz wollte nicht verzichten. „Für Ilene“, sagte er zu sich selber, wenngleich das Mädchen doch in diesen Tagen nur noch ein Schatten für ihn war.

Zur Nachtzeit suchte Eisenherz in der Waffenkammer aus dem herrenlosen, ausgedienten Gute zusammen, was ihm so eben noch brauchbar schien. Er hämmerte und schmiedete die ganze Nacht hindurch, bis dann am Morgen eine vollständige Rüstung beisammen war. Das Ganze hatte ihn nur etwas Nachdenken und einige Stunden Arbeit gekostet.

Der Prinz bemalte das buntscheckige Zeug einheitlich mit weißer Farbe, die damals als Kennzeichen für einen noch nicht im Turniere erprobten Ritter galt. Zum Glück beobachtete ihn keiner bei seinem Tun, denn Knechte und Knappen durften auch dann nicht auf eigene Faust am Turniere teilnehmen, wenn sie sich dabei die goldenen Sporen verdienen wollten.

Als dann die Gesellschaft mit ihren Damen und Lehensleuten nach dem nahen Caerleon aufbrach, wo das Turnier vor sich gehen sollte, da trabte im prunkvollen Zuge auch ein schweigsamer, weißer Ritter mit, dessen Rüstung zusammengeflickt und dessen Schlachtroß nur geliehen war. Mochte sich auch mancher über den Habenichts wundern, so konnte ihn doch keiner erkennen, da er sein Visier immer dicht geschlossen hielt.

Nachdem das weite Kampffeld von Caerleon erreicht war, stellte sich der weiße Ritter an der Seitenlinie auf und wartete gebeugten Knies geduldig auf den Beginn des Turnieres der jüngeren Ritter, die aus allen Teilen des Landes herbeigeeilt waren, um ihre Waffenkunst vor König Arthur und der versammelten Menge zu zeigen.

Einige von ihnen trugen die stolzesten Namen Britanniens. Sie waren prächtig gerüstet, und selbst ihre Knechte und Pferde zeugten noch vom Glanze und Reichtum der alten keltischen Geschlechter. Andere wieder, wie etwa Eisenherz, hatten zwar ebenso vornehme Namen und zeigten nach außenhin doch keinen Glanz, denn sie waren so arm wie der ärmste Knecht.

Der Prinz bebte vor Erregung. In der Luft lag eine Spannung, die sich auf all die jungen Ritter und auch auf die Zuschauer übertrug. Schließlich klangen aber die Trompeten. Zweihundert Kämpfer sprangen in den Sattel und trabten auf das weite Turnierfeld, wo sie sich in zwei langen Reihen gegenüberstellten. Aller Augen schauten auf den König, der das Zeichen zum Beginne des Treffens geben wollte.

Arthur stand mit erhobenem Schwerte an dem einen Ende der breiten Gasse, die zwischen den Kampfreihen offenblieb. Als die Klinge sank, zitterte die Erde unter achthundert Hufen, und dann gab es einen gewaltigen Zusammenprall. Nachdem sich der Staub verzogen hatte, lagen viele Ritter schon am Boden und wurden durch die Knechte aus dem Kampfe genommen. Die übrigen formten zwei neue Reihen und stürmten abermals aufeinander los. Das war ein rauhes und gar nicht ungefährliches Spiel. Wer aber den Kampf am Ende gewann, hatte das Vorrecht, sein Zelt während des Festes in der Nähe solcher Helden wie Lancelot, Parzival, Gawain und Tristan aufzuschlagen.

Nach dem vierten Gange saßen nur noch zehn Ritter im Sattel, darunter auch Prinz Eisenherz, der ja noch gar nicht Ritter war.

Von den zehnen hatte ein jeder das Recht, zum Einzelkampfe herauszufordern, wen er wollte. Meistens ging ein Turnier dann so weiter, daß die Übergebliebenen ihren nächsten Gegner immer wieder aus der eigenen Reihe wählten, bis der Endsieger feststand. Für Eisenherz taugte das Übliche aber nichts. Warum sollte er sich auch mit einem geringeren Ritter begnügen, wenn ihm das Recht zustand, selbst den gewaltigsten herauszufordern.

Zur Überraschung des Königs und aller anderen ritt Eisenherz ganz langsam aus den Schranken und hin zu den Zelten der besten unter der Ritterschaft. Dort hielt er an und schlug mit der Lanzenspitze keck gegen den löwengeschmückten Schild, der vor

Tristans Prunkzelt hing. Und Tristan war neben Gawain, Parzival und Lancelot der bewährteste Kämpe des Königs.

Tristan, nicht weniger überrascht denn jeder andere auch, machte sich sofort kampfbereit. Angesichts dieses mächtigen Gegners wurde Eisenherz bei sich selber ein wenig unsicher. Aber was tun? Er überlegte . . ., doch da kam schon das Zeichen! Der erprobte Recke stürmte los, und Eisenherz griff ebenso heftig an. Es gab einen furchtbaren Zusammenstoß. Die Zuschauer hielten vor diesem Geschehen den Atem an. Tristan aber überfielen Scham und Verwirrung. Der Neuling hatte durch eine leichte Drehung des Schildes erreicht, daß des Ritters Lanze im Augenblicke des Anpralles harmlos ins Leere stieß. Des Prinzen eigene Lanze, die den Schild des Gegners mit voller Wucht getroffen hatte, war freilich zersplittert. Sie stellten sich also zu einem zweiten Gange auf, den Eisenherz brav mit der unbrauchbaren Lanze beginnen wollte.

Es gab eine verlegene Pause. Dann kam ein wohlwollendes Lachen aus der Menge, denn man begriff allmählich, daß der wackere Streiter nur eine einzige Lanze zu eigen besaß. —

Herr Gawain, der inzwischen erkannt hatte, wer in der weißen Rüstung stak, ging auf den Kampfplatz und sagte: „Gebt mir die Ehre, Herr Ritter, die meine zu benutzen." Leise aber fügte er hinzu: „Du junger, dummer, tapferer Bub."

Was nun den Herrn Tristan anbetraf, so konnte dieser weder lachen noch lächeln. Er rief seinen Knecht und befahl: „Bring mir meine härteste Lanze. Dieser namenlose Wirbelwind schlägt fürchterlich drein.“ —

Die Trompeten erklangen zum Zeichen, daß der zweite Gang beginnen könne. Die ungleichen Gegner stürmten abermals aufeinander los. Tristan war schon wieder halb aus dem Sattel gehoben, als auch des Prinzen geborgte Lanze brach. Der Ritter hatte dieses Mal aufgepaßt, daß ihm die eigene Waffe nicht abgelenkt werde. Und seine Lanze hielt: Eisenherz ging unter der Wucht des vollen Treffers zu Boden.

Mit der Niederlage kamen auch Spott und Hohn, ihre ständigen Begleiter, über den Prinzen. Im Fallen hatte Eisenherz seinen Helm verloren. Als ihn die Knechte von Camelot erkannten, wieherten sie vor Schadenfreude. „Ach, das ist ja der Herr Froschprinz aus dem Sumpfkönigreich. Hier, nimm den Ginsterbesen, Freundchen; mit dem kannst du sicher besser umgehen als mit der Lanze.“

Benommen wankte Eisenherz davon. Ein Donner von Beifall brauste an sein Ohr, aber er ahnte nicht, daß er ihm selber gelte, und fühlte sich nur gedemütigt. Von Tristans Lippen stahl sich ein Lächeln der Bewunderung. „Hoffentlich bekomme ich es mit diesem Feuerteufel nicht abermals zu tun. Mir ist's, als habe er mir sämtliche Knochen zerschlagen.“

Auch König Arthur war nicht böse, sondern rief voller Stolz: „Was, der junge Prinz von Thule war es, der meinen besten Ritter beinahe aus dem Sattel geworfen hätte? Bringt ihn sofort her!"

Von all diesen Worten hörte Eisenherz nichts mehr; ihm klang nur noch der niedere Spott der Knechte in den Ohren. In dem Gedanken, daß ihn die ganze edle Gesellschaft verlache, sattelte er seine Pferde und ritt davon, bis auch das letzte Echo des Lachens nicht mehr zu hören war. Er gestand sich voller Scham, daß er den Hof des Königs fast so arm verlasse, wie er ihn einst betreten habe. Gewonnen hatte er nur zwei Pferde und das „Singende Schwert", von dessen wahrem Werte er damals freilich noch nicht allzu viel wußte.

Der Prinz lenkte seine Rosse nach dem Frieden und der Stille seiner alten Heimat in den Sümpfen. Am Rande des Moores traf er seinen biederen Freund, den jungen Schäfer, wieder, der immer noch zufrieden bei der Herde lebte. Eisenherz ließ seine Tiere in des Freundes Obhut und suchte sein Boot, das er am alten Platze wiederfand, wo er es einst verborgen hatte. Einige Risse ließen sich mit einer Mischung aus geschmol-

zenem Baumwachs und zerstoßener Holzkohle leicht abdichten. Dann lenkte er das schlanke Schifflein durch den Wirrwarr der Kanäle und vergaß seine Sorgen in der Freiheit des großen Sumpfes, dessen Geheimnisse ihm immer noch so vertraut waren. Nach zwei Jahren abenteuerlicher Wanderschaft sah er die Insel wieder, auf der sein Vater lebte und sein Mütterlein begraben lag.

Als er den Fuß aufs Land setzte, atmete er tief auf und stieß einen wilden Freudenschrei aus. Vom Torwege her kam die jubelnde Antwort: „Unser Prinz ist heimgekehrt! Willkommen, Eisenherz! Willkommen!" Des Königs alte Garde umdrängte den jungen Krieger, der sie als Knabe verlassen hatte. Voller Liebe schlangen die Männer ihre Arme um des Prinzen Schultern, streichelten seine Hände, lachten und weinten in einem und trugen ihn schließlich im Triumphe in das Haus seines Vaters, das inzwischen schon zu einer festen Burg gediehen war.

In dieser Nacht berichtete der Prinz von seinen Erlebnissen. „Aber Ritter bin ich trotzdem noch nicht", so schloß er, „und Ilene ist mir für immerdar verloren."

Die folgenden Tage streifte Eisenherz durch seine geliebten Sümpfe. Das Jagen und Fallenstellen machte ihm eine Weile genau soviel Spaß wie einstmals. Dann aber dachte er, dies alles sei doch nur ein Kinderspiel gegenüber den gefährlichen Abenteuern an König Arthurs Hof.

Als die Winternächte kamen und der Nordwind über die Sümpfe brauste, entwickelte Eisenherz einen großen Plan für den kommenden Frühling. In seinem Berichte hatte er dem Vater wohlweislich das Zusammentreffen mit Sligon verschwiegen. Nun aber

grübelte er darüber nach, wie er seinem Vater die verlorene Krone wiederbringen könne. Mit dreißig entschlossenen Kriegern, so dachte er, müsse Sligon doch zu besiegen sein.

Eisenherz beschloß, die alte Horrit aufzusuchen, um deren Rat zu hören. Nur allzu gut hatte sie ihm sein bisheriges Schicksal vorausgesagt; nun mochte sie auch das weitere enthüllen.

Der Januar schlug die Sümpfe in eisige Fesseln. Um diese Zeit brach Eisenherz zu Fuße nach dem Wohnplatz der Hexe auf. Den letzten Teil des Weges erhellte ihm ein freundliches Nordlicht. Als er mit seinem Schwerte gegürtet die Hütte betrat, schrie Horrit vor Schrecken auf.

Eisenherz versuchte, sie zu beruhigen: „Ich bringe Wildpret und warme Kleider. Aber nun saget mir, was ein Mann mit einem solchen Schwerte verrichten kann?"

„Verberge diese Klinge vor meinen Augen", jammerte Horrit. „Du trägst das verzauberte Schwert Flamberg, vom gleichen Magier geschmiedet wie Excalibur, die Waffe des Königs Arthur." Die Hexe kam vor Erregung ins Kreischen. „Wer es führt, wird viele Siege erringen, sofern er reinen Herzens ist. Aber wehe dem, wehe dem, der Böses sinnt. Wirf das Schwert in den Sumpf, schöner Knabe, es kann dir einmal zum schrecklichen Herren werden."

Die Hexe erzählte noch so vieles von künftigem Geschehen, daß Eisenherz schließlich auf das höchste erregt in den kalten Morgen hinausstürzte, um fiebergeschüttelt heimwärts zu fliehen.

Unter dem wolkenlosen Himmel dieses Tages hatte das Eis seine Härte verloren, so daß der Prinz unterwegs einbrach. Jetzt galt es zu kämpfen oder zu sterben. Er schwamm unter dem Eise und stieß mit dem Kopfe so lange nach oben, bis die Decke an einer schwachen Stelle brach. So erreichte er schließlich zu Tode erschöpft ein Landstück, auf dem abgestorbene Bäumchen standen. Mit letzter Kraft glättete er zwei Stämme und band sich die Hölzer unter sein Schuhwerk. Das half ihm weiter, aber es wurde ein grausamer Heimweg. Stunde um Stunde quälte sich der Prinz atemringend um jeden einzelnen Schritt . . .

Es war schon Mitternacht, als des Vaters wachsame Hüter einem Geräusche am äußeren Tore nachgingen und den halb bewußtlosen, im Fieber brennenden Jüngling fanden.

Dann folgten sorgenvolle Tage. Der König stand mit seinen Männern in stillem Elend am Lager seines Sohnes, der immer noch um jeden Atemzug kämpfen mußte. Am neunten Tage siegte aber doch die Kraft der Jugend über die Lungenentzündung. Eisenherz war zwar noch schwach, aber mit dem Atmen ging es schon leichter. Die Burg konnte den größten Sieg ihres Lieblings feiern — den Sieg über Gevatter Tod.

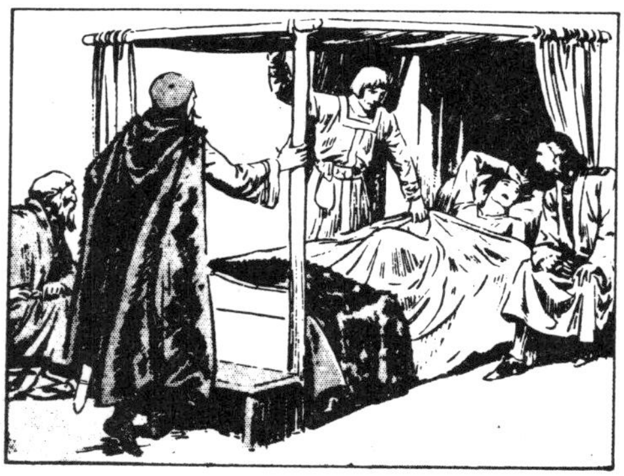

Darüber kam der Frühling ins Land. Der Südwind fraß das Eis auf den Sümpfen und weckte das Leben zu neuer Blüte. In den Tagen der Genesung hatte Eisenherz seinen Zukunftsplänen eine festere Form gegeben. Nun bat er seinen Vater, vor den versammelten Männern sprechen zu dürfen. Der König ließ ihn gerne gewähren.

„Allzulange haben unsere Waffen rosten müssen, mein Vater!“ sagte der Prinz. „Inzwischen stöhnt das Volk von Thule, das dir einmal so treu ergeben war, unter der Herrschaft eines Tyrannen. Wir sind unserer zwar nur dreißig gegen ein ganzes Heer, aber wir kämpfen für das Recht. Viele werden sich um unser Banner scharen, wenn wir kommen. Ich bitte also dich, den rechtmäßigen König von Thule, führe uns heim, gleichgültig, welches Schicksal uns auch werden möge."

Befeuert von Glaube und Hoffnung machte sich das tatendurstige Gefolge daran, sein schadhaftes Rüstzeug auszubessern.

Eisenherz schlug vor, der Vater möge sich für die Fahrt ein Kriegsschiff leihen. Als der König zugestimmt hatte, erforschte der Prinz die Wasserstraßen zum Meere hin, die geeignet waren, ein größeres Schiff bis zur Insel durchzulassen.

Während er die Tiefe zwischen zwei Landstellen lotete, zischte ein Speer durch die Luft. Eisenherz fiel klatschend ins Wasser, und sein Boot kippte um.

Das Schilfrohr teilte sich und gab einem mit Sachsenkriegern besetzten Boote den Weg frei. „Ich muß ihn gut getroffen haben", sagte der Anführer nach einer Weile. „Er kommt nicht mehr hoch."

Aber die Gefahr hatte Eisenherz so manches gelehrt. Als sich die Sachsen entfernt hatten, kam er unverletzt unter dem Boote hervor, richtete es auf und folgte den ungebetenen Gästen, um zu sehen, was sie eigentlich im Marschenland zu suchen hätten.

Wo Sumpf und Meer ineinanderübergingen, bot sich dem Prinzen ein erregender Anblick: draußen in der Bucht ankerte eine Flotte von dreihundert sächsischen Kriegsschiffen!

Eisenherz paddelte eiligst zu seiner Insel zurück und rief vom Ufer aus zur väterlichen

Burg hinauf: „Die Sachsen wollen landen! Ich hole meine Pferde und reite nach Camelot, um König Arthur zu warnen!“ —

Der Prinz trieb seine kleinen Pferde auf das äußerste an. Obwohl er mehrmals vom einen zum anderen wechselte, waren beide Tiere einige Meilen vor Camelot so erschöpft, daß keines mehr weiter konnte.

Eisenherz hatte jedoch das Glück, einem Ritter zu begegnen, der mit seiner Gemahlin

gemächlich durch den Frühling trabte. „Ich habe dem König eine wichtige Botschaft zu bringen“, rief der Prinz. „Bitte, leihet mir ein Pferd.“

„Wohl um das Opfer eines frechen Roßdiebes zu werden?“ höhnte der Fremde.

Das war nun keine gute Antwort. Ehe der Ritter das Geschehen überhaupt begriff, hob Eisenherz dessen Dame blitzschnell, aber höflich von ihrem Zelter und stob mit dem erbeuteten Rosse davon. Eine halbe Stunde später tauchte Camelot auf. Eisenherz hörte Hufschläge hinter sich. Der Ritter verfolgte ihn und gewann mit seinem stärkeren Schlachtrosse sichtbar an Boden.

Eisenherz sah eine drohende Lanzenspitze bedenklich näher kommen. Er jagte durch die Tore, ritt ohne anzuhalten die Freitreppe hinauf und schlitterte, immer noch hoch zu Rosse, sogar in den prächtigen Thronsaal hinein.

Diener und Knechte versuchten vergeblich, zur Seite zu springen. Eisenherz landete in einem Knäuel von Menschenleibern vor den Stufen des Thrones. Als er sich aus dem hingefegten Haufen befreit hatte, kniete er vor dem erstaunt dreinschauenden König nieder. „Herr König“, so rief er atemlos, „ich bringe die Nachricht von einem sächsischen Einfall . . .“

„. . . und verschandelst dabei meinen guten Boden“, ergänzte Arthur lächelnd. „Neun Sachseneinfälle haben wir schon überstanden, aber alle zusammen haben auf Camelot nicht so viel Schaden angerichtet wie dein heutiger Besuch.“ Gleich darauf wurde der König jedoch ernst und bat Eisenherz, alles zu erzählen, was er wisse.

Arthur rief sofort seinen Kriegsrat zusammen, an dem Eisenherz zuerst nicht teilnehmen sollte; da dieser aber die Sümpfe besser als jeder andere kannte, schlug Gawain vor, den Knappen doch hereinzurufen.

Die Sachsen hatten nach des Prinzen Schätzung fast zehntausend Krieger zur Stelle, während Arthur nur über die Hälfte verfügte.

Eisenherz zeichnete mit einem angekohlten Stecken eine Karte der Sümpfe an die Wand. Dann entwickelte er einen Kriegsplan, der so kühn und zugleich wohlbedacht war, daß er den Beifall aller fand.

In der Nacht zogen Arthurs Ritter und Knechte mit möglichst wenig Geräusch an eine vorbestimmte Stelle am Rande des Sumpfes, wo sie sich verbargen. —

Horsa, der Anführer der Sachsen, beobachtete im Morgengrauen von seinem Schiffe aus die weite, als Schlachtfeld wohlgeeignete Ebene, die seinem Ankerplatze und den Sümpfen nach Norden hin vorgelagert war. „Die Briten sammeln sich dort drüben", sagte er zu seinen Leuten. „Ich erkenne Arthurs Drachenhelm und die Löwenschilder von Lancelot und Tristan."

Was Horsa allerdings nicht erkannte, das war die Tatsache, daß unter dem Goldhelme des Königs die listigen Augen des Hofnarren hervorschauten und die Schilde der berühmten Ritter nur von zwei jungen, einfältigen Stallburschen getragen wurden.

„Aber schaut", fuhr der sonst so scharf denkende Sachse fort und deutete auf die

andere Seite der Meeresbucht, wo seltsam steife Gestalten standen. „Die Briten wollen uns glauben machen, daß ihre Hauptmacht im Süden versammelt sei, wo doch kein Platz zum kämpfen ist. Dort stehen aber nur lächerliche Strohmänner, die mit einigen Rüstungsstücken behängt sind.“

Was nun das anbetraf, so hatte Horsa ganz richtig gesehen. Daß die Streitmacht des Königs hinter den harmlosen Puppen aber wirklich bereitstand, das konnte in diesem Augenblicke noch keiner der Sachsen ahnen.

Der Kriegsplan des Prinzen begann jetzt abzurollen. Durch die gewundenen Fahrrinnen des Sumpfes bewegte sich eine Flotte von kleinen, mit harzgetränkten Feuerbällen beladenen Booten auf die Schiffe zu. Eisenherz rückte mit fünfhundert kühnen Männern an, um das Sachsenheer in Arthurs Speere zu treiben.

Der Prinz hatte sich seine Helfer aus den Bewohnern des Sumpfgebietes gewählt, die das tückische Gelände so gut wie er selber kannten. Jedem einzelnen oblag eine bestimmte Aufgabe, und Eisenherz wußte, daß er sich auf seine Freunde verlassen konnte.

Als die noch im Sumpfdickicht verborgenen Boote in einem großen Bogen vor der feindlichen Flotte lagen, ließ Eisenherz ein Trompetensignal geben.

Im gleichen Augenblicke flammten an hundert Stellen des Bogens Fackeln auf und flogen in das zundertrockene Gestrüpp von abgestorbenen Schilfrohren und dürrem Buschwerk. Der Sumpf begann lichterloh zu brennen.

Der Wind trieb dichte Rauchwolken über die Bucht, die den Sachsen den Ausblick und den Atem nahmen. Im Schutze des Rauches näherte sich ein unsichtbarer Feind, der lodernde Feuerbälle auf die Schiffe warf. Segel und Takelwerk flammten auf, und bald leckten die roten Zungen auch unbarmherzig am Holze der Planken. Als der kühne Horsa erkannte, daß seine Flotte unbrauchbar war und seinem Heer schon vor dem Beginne des eigentlichen Kampfes die Vernichtung drohte, da faßte er einen raschen Entschluß. „Zur Küste!" rief er. „Das Südufer wird nur von Strohmännern verteidigt! Dort werden wir landen und durchbrechen!"

Eisenherz hörte den Befehl und ließ den Angriff auf die Schiffe abblasen. Alle seine Boote wendeten sich sofort zum Ufer hin.

Kaum hatten die todesmutigen Sachsen das Land betreten, da wurden sie aus den qualmenden Sümpfen heraus auch schon mit einem Hagel von Pfeilen überschüttet.

Dieser neuen Gefahr konnten sie sich nur durch die Flucht landeinwärts entziehen. Weder Horsa noch seinen Unterführern gelang es, die ausbrechende Panik unter den sonst so tapferen Wikingern zu verhindern. Stolpernd und mit tränenden Augen kamen die einzelnen Haufen schließlich aus dem Bereiche des Feuers und der tödlichen Pfeile.

Dort aber, gleich hinter der Reihe von Strohmännern, stand König Arthur mit seiner Hauptmacht in waffenstarrender Schlachtordnung bereit. Horsa sah sich von einem klügeren Gegner überlistet. Die Zeit und der Schauplatz des bevorstehenden Kampfes wurden nicht von ihm, sondern vom angegriffenen Feinde bestimmt!

Der Wagemut und die Schlauheit des Prinzen hatten sich als stärker denn alle sächsische Übermacht erwiesen. Horsa und seine kampfgewohnten Krieger waren dem Verderben blindlings in die Arme gelaufen. Der Sachse ahnte, daß er seinem Schicksale nicht mehr entrinnen könne. Seine Männer waren zum ersten Male wie die Lämmer vor dem Wolfe davongelaufen. Und Horsa wußte das alles; er wußte sogar, daß er log, als er ausrief: „Keine Gnade dem Feind! Wir schlagen ihn! Der Sieg wird auch heute unser sein!"

Die so befeuerten Krieger stürmten todesverachtend über das Kampffeld. Gleichzeitig setzten sich aber auch Arthurs Reiter in Bewegung. Die Pferdehufe trommelten über den Boden. Und dann sprachen die Schwerter und Lanzen, die Keulen und die Streitäxte. Die furchtbare Schlacht, deren Echo noch heute durch Sage und Geschichte klingt, war entbrannt.

Die Briten kämpften wie die Löwen. Lancelot, Tristan und Gawain zeichneten sich vor allen anderen aus. Am schrecklichsten im Kampfe war jedoch der König selber mit seinem Schwerte Excalibur. An diesem Tage wurde die Niederlage den sonst fast immer überlegenen Sachsen mit scharfem Stahl auf die Schilde und Helme geschrieben.

In der noch von Flammen und Rauch verhüllten Bucht kletterte Eisenherz inzwischen mit seinen flinken Helfern auf die verlassenen Schiffe und vollendete auch dort die Zerstörung.

Als die Schlacht geschlagen war, ließ der König ein Trompetensignal geben und nach dem Prinzen suchen. Eisenherz kam mit seinen rauchgeschwärzten Freunden langsam von der Küste herauf; sie waren alle zu Tode erschöpft und trugen auch zahlreiche Brandwunden.

„Eine wichtige Tat ist heute noch zu vollbringen", sprach der König ernst. „Knie nieder, Eisenherz." Dann zog er das Schwert Excalibur aus der edelsteingeschmückten Scheide und berührte damit den rußigen, nur noch in halbverbrannten Lumpen stecken- den Jüngling. „Und nun erhebt Euch wieder, Herr Eisenherz, Prinz von Thule und . . . Ritter meiner Tafelrunde!"

Tosender Beifall erhob sich rings um den Prinzen, der seinen heißesten Wunsch nun so unerwartet erfüllt sah. Er, Eisenherz, ein Ritter von der Tafelrunde — dieses Bewußtsein wirkte auf ihn fast wie schwerer Wein. —

„Herr Eisenherz", lächelte Gawain, als sie dann Seite an Seite hinter dem König heimwärts ritten, „nun seid Ihr kein Jüngling mehr, sondern ein wirklicher Ritter. In Zukunft werdet Ihr auf eigene Faust für das Recht in unserem Lande kämpfen. Wo aber", so fügte Herr Gawain noch hinzu, „werde ich selber wieder einen solchen Knappen finden, wie ich ihn jetzt verloren habe?"

Eisenherz wußte, daß der Ritter ihm gut war, wie ein Vater dem eigenen Sohne, und dachte betrübt an die Stunde der Trennung.

Später sprachen sie von den abenteuerreichen Tagen, die sie gemeinsam erlebt hatten: von dem Kampfe mit dem Drachen, von Burg Eriwold, von der schönen und doch so bösen Fee Morgana, vom Turniere zu Caerleon und von Horsas Niederlage. Einige Abenteuer, über die sie sich unterhielten, hatte Eisenherz aber auch alleine bestanden, so die Kämpfe mit dem Geist vom Sinstarwald, mit dem Normannen Thagnar und seinem muskelstarken Henker. An alles dachte er freudig zurück, nur an eines mochte er sich nicht gerne erinnern, und das waren die Besuche bei Horrit, der Sumpfhexe, die ihm die Zukunft so düster gewiesen hatte.

Auch an Arne dachte er, seinen lieben Freund und Nebenbuhler.

Doch dann gingen seine Gedanken weiter zu einem Mädchen mit goldenen Haaren und lachenden Augen. Wo war sie nun, Schön-Ilene, die ihm das Meer so grausam entrissen hatte?

In dieser Stunde des Triumphes fühlte Eisenherz, der jüngste Ritter von König Arthurs Tafelrunde, eine Leere in seinem Herzen; er kam sich so einsam und verlassen vor, daß ihm die Tränen in die Augen stiegen. Herr Gawain ahnte die trüben Gedanken seines jungen Freundes und sprach: „Wer will denn wissen, ob du sie wirklich verloren hast? Vielleicht findest du sie irgendwo, irgendwann einmal wieder. Was mich anbetrifft, so denke ich, daß sie noch lebt."

Eisenherz blickte ungläubig auf. „Aber wo denn nur?"

„Wir müssen sie eben suchen. Tote hinterlassen einen Körper. Du aber hast nur eine Gürtelschnalle gefunden. Wo ist denn Thagnar geblieben? Wo seine Mannschaft? Und wo Ilene?"

„Am Grunde des Meeres."

„Ich bezweifle das. Kann sie sich nicht in ein Boot gerettet haben, als das Schiff auseinanderbrach? Kann sie die Gürtelschnalle nicht als Zeichen zurückgelassen haben, damit du sähest, daß sie noch lebe?" Unter diesen Worten hellte sich das Antlitz des Prinzen sichtlich auf.

„Du hast jetzt viel zu tun, Eisenherz. Du mußt Ilene suchen und deinem Vater den geraubten Thron zurückholen. Wo ist denn noch ein anderer Ritter mit solchen Aufgaben? Aber schau, wohin wir kommen!"

Vor ihnen lag Camelot, das Märchenschloß, so wie es der Prinz einst zum erstenmal gesehen hatte, und grüßte mit seinen ragenden Türmen. Von vielen Sorgen befreit, ritt Eisenherz lächelnd und mit neuen Hoffnungen im Herzen durch die vertrauten Tore.

Kampf gegen die Hunnen

Als die große Schlacht gegen die Sachsen vorüber und dank einem verwegenen Plane des Prinzen Eisenherz so glücklich gewonnen war, da ließ König Arthur den Jüngling zu sich rufen und schlug ihn auf der Walstatt unter dem Jubel aller Krieger und Knechte zum Ritter seiner Tafelrunde.

Die Kunde von des Prinzen Ruhmestat verbreitete sich mit Windeseile und gelangte noch am gleichen Tage auch zu seinem Vater Aguar, dem durch Verrat vertriebenen König von Thule. Dieser verließ seine Insel im Sumpf und begab sich sofort nach Camelot, dem Hofe Arthurs, um den Sohn in die Arme zu schließen.

Arthur gewährte den beiden eine kurze Weile der Wiedersehensfreude; dann sprach er: „Herr Aguar, Euer Sohn hat mein Volk vor so schwerem Leid bewahrt, daß wir immer in seiner Schuld stehen werden. Ihr seid der angestammte König von Thule, und ich weiß, daß Ihr Euch nach Hause sehnt. Wenn ich Euch irgendwie zur Heimkehr verhelfen kann, so sagt es bitte . . ., jeder Wunsch sei von vornherein erfüllt."

„Ich danke Euch, Herr Arthur, aber in der Burg, die ich mir wieder gebaut habe, leben noch zwanzig getreue Männer; wir fühlen uns gemeinsam stark genug, den Verräter vom gestohlenen Throne zu jagen, zumal uns der Beistand meines in Thule gebliebenen Volkes gewiß scheint. Was wir brauchen, ist ein seetüchtiges Schiff, das uns über das Nordmeer hinweg an die heimatliche Küste bringt. Wenn's Euch recht ist, so bitte ich also nur um eines der erbeuteten Sachsenschiffe."

„Ein Schiff will ich Euch gerne geben, aber ein Sachsenschiff kann es wohl nicht gut sein, denn diese hat Euer Sohn doch alle ver . . ." „Verbrannt", wollte Herr Arthur sagen, doch unterbrach er sich mitten im Worte, denn sein Blick war auf den schmunzelnd dabeistehenden Prinzen gefallen. „Oder sollte mein jüngster Ritter etwa . . .?" fuhr er dann fort und schaute den Jüngling fragend an.

„Verzeiht, Herr König. Als wir die schon in Flammen stehende Flotte vollends zerstören wollten, da fand ich ein abgetriebenes Schiff, auf dem nur eine Ecke des Segels brannte. Ich löschte das Feuer und versteckte das Boot im Sumpf."

„Gut gemacht! Ihr wäret ja nicht mein Prinz Eisenherz", lobte der König. „Aber jetzt wollen wir reiten und die Beute beschauen."

Und so geschah es. Das Drachenboot war so trefflich erhalten, daß es nur einer geringen Mühe bedurfte, um das Segel und einige angekohlte Rahen zu ersetzen. Als alles geklärt war, verabschiedete sich König Arthur und wünschte den Freunden aus Thule viel Glück zu ihrem Zuge in die alte Heimat.

Aguar und seine Männer machten das Schiff in wenigen Tagen für die Reise bereit. Die Sachsen hatten auf der Walstatt mehr an Waffen, Rüstzeug und Lebensmitteln zurückgelassen, als für das Unternehmen not tat. Nachdem das Schiff beladen war, gönnten sich die Männer noch einige Stunden Ruhe und stachen dann beim ersten Tagesschein in See. Langsam versank die Küste Britanniens hinter ihnen im Morgendunst. Eisenherz stand an der Reling und seufzte ein wenig beim Anblick des entschwindenden Landes. Nicht etwa, daß er der Geborgenheit Britanniens nachgetrauert oder vor den in Thule zu erwartenden Kämpfen gebangt hätte. Nein, die Quellen seiner leisen Trauer flossen anderswo. Mehrere Jahre lang, nachdem die königliche Familie vor einem Verräter aus Thule flüchten mußte, war Britannien ihre Zuflucht und Heimstatt gewesen. Auf einer einsamen Insel inmitten der Sümpfe an der Ostküste hatten sie alle ein neues Leben begonnen . . . als Fremde im fremden Lande. In Britannien wurde der Knabe zum Jüngling, und der Jüngling zum Ritter; zu einem Ritter freilich, der außer seiner Rüstung, seinem flinken Geiste und einem kühnen Herzen kaum noch etwas zu eigen besaß. Drüben in britischer Erde schlief seine Mutter den ewigen Schlaf. Und drüben unter dem Monde Britanniens wurde ihm einmal von Schön-Ilenes Lippen der erste heimliche Kuß seines jungen Lebens geschenkt.

Dort in Britannien war es auch gewesen, wo er den allzeit frohgemuten Herrn Gawain kennengelernt hatte, dessen Witz so scharf wie eine Lanze traf, und dessen Lachen wie ein Schild war, den kein Feind zu durchschlagen vermochte. Diesem Ritter hatte Eisenherz lange als Knappe gedient und dabei so frohe und abenteuerliche Jahre erlebt, daß er sie nie mehr vergessen konnte. Bei Gawain hatte Eisenherz auch den meisterlichen Gebrauch der Waffen erlernt, bis er dann selber ein Ritter wurde und als solcher einen festen Platz an König Arthurs Tafelrunde bekam.

So schweiften die Gedanken des Jünglings durch die Vergangenheit, während die Möwen kreischend das Schiff umsegelten und Britannien vollends unter dem Horizonte verschwand. Dann spürte Eisenherz unvermittelt die Gegenwart seines Vaters und der zwanzig Getreuen; er ahnte, daß sie sich während all der Jahre in Britannien nur nach diesen Tagen der Heimkehr gesehnt hatten.

Eisenherz warf die rückschauenden Gedanken über Bord. Einmal würde er ja auch wieder nach Britannien kommen, zunächst aber galt es, eine wichtigere Aufgabe zu erfüllen, nämlich den Verräter vom Throne des Vaters zu stoßen. Der Prinz drehte sich plötzlich um und schaute entschlossen nach vorwärts.

Das Drachenboot rauschte unter guten Winden nach Nordosten, vorbei an den Küsten der Sachsen und Angeln, die zu einer späteren Zeit dann doch noch die Herrschaft über das Inselreich erlangen sollten. Die Luft wurde kühler und das Meer unruhig. Allmählich legte sich das Schiff mehr auf nördlichen Kurs. Bald tauchten dann auf der Steuerbordseite lange Reihen von Klippen auf, die den Männern verrieten, daß sie vor der skandinavischen Küste lagen. Die Erregung stieg, denn Thule, das Land ihrer Väter, war nun nicht mehr ferne. — Am anderen Morgen erwachte Eisenherz vom lauten Rufe des Auslugpostens. Im ungewissen Frühlicht waren schon die Boote und Netze der Fischer zu erkennen, die ihrem König vor vielen Jahren einmal zur Flucht verholfen hatten und sicher auch jetzt noch zu ihrem alten Herren stehen würden. Aguar befahl, das Land anzusteuern, und Eisenherz hißte keck das Banner

mit dem roten Hengstkopf, dem Wappenbild der angestammten Könige von Thule. Von der Küste kamen bald darauf herzliche Rufe des Wiedererkennens.

Das Schiff schob sich knirschend auf den Strand, und Aguar sprang mit seinem Gefolge ans Land. „Von dieser Küste mußten wir einst fliehen", sagte er, „jetzt aber sind wir heimgekehrt und werden unser Thule nicht mehr verlassen." Zum Zeichen, wie ernst diese Worte gemeint seien, ergriff er eine schon bereitgehaltene Fackel und warf sie in das Takelwerk des Schiffes. Das Segel begann sofort zu brennen; dann griffen die Flammen auch auf die Planken über und vernichteten so die Möglichkeit zu einer Rückfahrt nach Britannien.

Der Landung folgten arbeitsreiche Tage. Wagemutige Burschen aus den Fischerdörfern ritten nachts ins Land hinein und verbreiteten die Kunde von der Heimkehr des alten Herrschers, der Thule das Recht und die Freiheit wiederbringen wolle. Daraufhin kamen einige Edelleute schon freiwillig herbei, um dem König ihren Beistand anzubieten. Auch einfache Fischer und Bauern meldeten sich in Scharen zum Dienste im schnell anwachsenden Heere. Eisenherz übernahm selber die Ausbildung dieser ungeübten Männer, und alle machten freudig mit. Schließlich kamen auch noch Sligons Spione dazu, die ihrem Herren dann berichten konnten, wie gründlich das Volk von Thule dabei war, sich von der Tyrannenherrschaft zu lösen. Und dann schlug die Stunde des Handelns. König Aguar wollte schon das Zeichen zum Aufbruch geben, als ein Bote Sligons herbeiritt und verkündete, sein Herr sei zum Verhandeln bereit, so es Prinz Eisenherz wage, allein in die Burg zu kommen. Aguar und seine Getreuen, die Sligons verräterischen Sinn nur allzu gut kannten, rieten dem Prinzen, dem Tyrannen nicht zu trauen, aber Eisenherz hörte nicht auf sie.

So bestieg er dann seinen Schimmel und ritt zu dem türmereichen Wikingsholm, in dem einstens seine Wiege gestanden hatte. Als er dann vor Sligon und dessen finsterblickende Wächter trat, da sah er, daß der Tyrann schon besiegt war: auf dem Throne saß nur noch ein alter, gebrochener Mann, bei dessen Anblick sich des Prinzen Haß fast in Mitleid verwandeln wollte.

„Ich gewann Thule durch Gewalt, und bloß durch Gewalt konnte ich es auch halten. Aber was habe ich nun davon? Meine Welt besteht doch nur noch aus Grausamkeit, Mißtrauen und Verrat. Kehre heim zu deinem Vater und sage ihm, daß ich unter seiner goldenen Krone ärmer als ein Bettler geworden sei und heute glücklich

Schnelle Boten trugen . . .

die Kunde durchs Land

Einige Edelleute kamen freiwillig herbei

. . . und Bauern meldeten sich in Scharen zum Heer.

Eisenherz unterrichtete sie im Waffengebrauch, was . . .

Sligons Spione beobachteten.

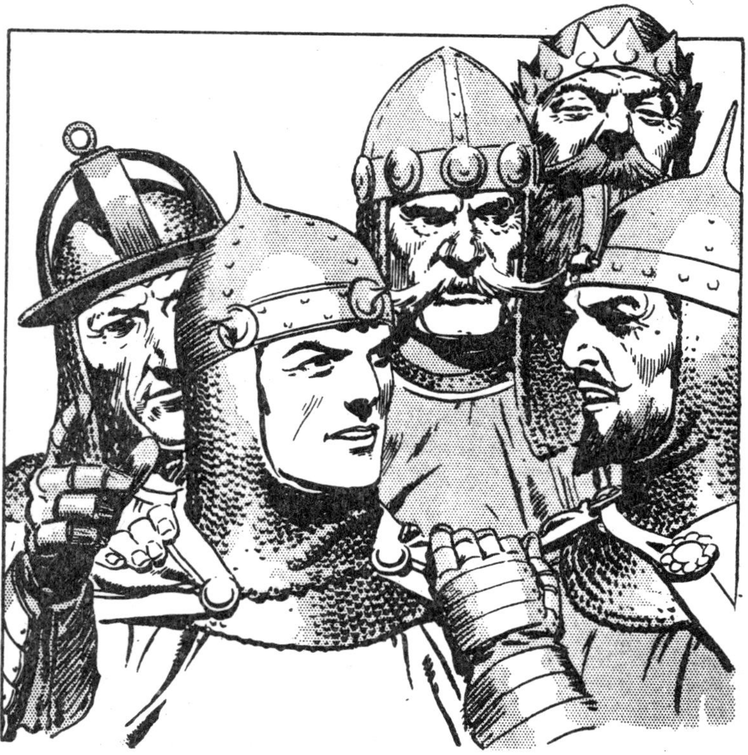

wäre, den gestohlenen Thron gegen euer einsames, friedliches Eiland in den Sümpfen Britanniens vertauschen zu dürfen.“ — Mit dieser guten Neuigkeit ritt der Prinz in

das Feldlager seines Vaters zurück. Für ihn bestand kein Zweifel mehr darüber, daß Sligon die Geister, die er heraufbeschworen hatte, zu fürchten begann und davor zitterte, den Verrat nunmehr am eigenen Leibe erfahren zu müssen.

Als die im Lager gebliebenen Krieger ihren Prinzen unversehrt heimkommen sahen, war der Jubel groß. Aguar, der schon von ferne erkannte, daß sein Sohn lächelte, wandte sich an seine Umgebung und sagte: „Er freut sich, also wird es Ernst. Eisenherz hat immer gelacht, wenn es in den Kampf ging. Nun bringt er die Nachricht, daß wir gegen Sligon doch noch die Waffen gebrauchen müssen."

Eisenherz aber jauchzte: „Friede — Friede! Sligon verzichtet freiwillig auf den Thron! Wir brauchen keinen Krieg im eigenen Lande zu führen!“ Nach diesen Worten brach im Lager lauter Jubel aus. Der Jammer eines Bürgerkrieges blieb Thule erspart, und Aguar kam trotzdem zu seinem Recht. Alsbald wurde ein Friedensvertrag vorbereitet, der Sligon erlauben sollte, das Land unangefochten und unter Mitnahme einer bescheidenen Habe zu verlassen. Eisenherz bedauerte die Großmut seines Vaters nun doch ein wenig, denn er konnte lange nicht einsehen, warum der Tyrann für alles, was er Thule angetan hatte, so völlig straflos ausgehen sollte. Schließlich siegte aber die Vernunft; Eisenherz begriff, daß sein Vater die Rückkehr nicht mit Blut beflecken wollte und deshalb die friedliche Lösung vorzog.

Als die Bedingungen niedergeschrieben waren, wurden sie Sligon durch einen Boten überreicht. Aguar wartete mit seiner Heerschar noch eine gute Stunde oder zwei und brach dann auf. Die Männer unter dem Banner des roten Hengstes ritten in wilder Freude durch das Land und wurden überall mit Jubel begrüßt. Ein König kehrte heim in die uralte Burg seiner Väter, um von dort aus wieder wie einstmals das Recht und die Freiheit in Thule zu wahren.

Derweilen Aguar durch das große Tor in den Burghof von Wikingsholm einritt, stahl sich Sligon mit einigen Helfershelfern durch eine Nebenpforte davon, um den Rest seines Lebens irgendwo in der Einsamkeit zu verbringen.

Das glückliche Volk von Thule aber beging die Heimkehr seines angestammten Fürsten und des Prinzen, dem gleich alle Herzen zuflogen, mit einer Reihe von Festen, auf denen großer Prunk entfaltet wurde. Doch das Festen und Feiern konnte nicht ewig währen und mußte bald einer härteren Wirklichkeit weichen. Bestechlichkeit, Unrecht und Schurkerei, die während Sligons Zeiten in manchen Kreisen aufgekommen waren, mußten ausgerottet werden. Der König übernahm es selber, die Redlichkeit im ganzen Lande wieder durchzusetzen.

Dem Prinzen fiel darüber eine Aufgabe zu, die viel Geschick und noch mehr Tapferkeit erforderte. Einige unvernünftige Edelleute, denen es unter Sligons Gewalt-

herrschaft auf Kosten des Volkes zu gut gegangen war, schöpften aus der Milde, die Aguar dem Tyrannen erwiesen und die sie als bloße Schwäche deuteten, frischen Mut zur Gegenwehr und weigerten sich, ihren alten Gebieter wieder als ihren rechtmäßigen Lehensherren anzuerkennen.

Der Prinz, dessen kämpferische Werte in Thule damals noch nicht so bekannt waren, wollte versuchen, die Herren zur Vernunft zu bringen. Und dazu war er trotz seiner Jugend gerade der rechte Mann. Er nahm sich vor, die gefährlichsten dieser

Widersacher kurzerhand auf ihren Burgen aufzusuchen, wo sie unter dem Schutze von Mauern und Waffenknechten ein üppiges Leben führten.

Gleich der erste, ein kampfgewaltiger Herr, gab dem Prinzen aber hohnlachend den Rat, sofort wieder zu verschwinden, da er ihn sonst von seinen jüngsten Stallburschen in den Burggraben werfen lasse.

Das war eine Kränkung, die Eisenherz nicht auf sich sitzenlassen konnte. Trotzdem bedachte er blitzschnell seinen nächsten Schritt. Zog er sich jetzt zurück, so geriet des Vaters Krone gleich wieder in Gefahr. Kämpfte er aber, und verlor er dabei, dann war es erst recht um den Thron geschehen. Er fragte sich also, ob er bei seiner Jugend eine so entscheidende Auseinandersetzung mit einem so starken und brutalen Gegner wagen dürfe? Aber er mußte doch kämpfen! In jenen rauhen Tagen war der Zweikampf das allgemein anerkannte Rechtsmittel, wenn es galt, eine Meinungsverschiedenheit zwischen Edelleuten zu beseitigen oder eine Beleidigung zu sühnen. Nach allem, was geschehen war, blieb dem Prinzen nichts anderes übrig, als seinen Gegner zum Kampfe zu fordern. Und das tat er auch!

„Dem Milchbart werde ich's zeigen", prahlte der andere und ließ sofort den Burghof für den Waffengang räumen, von dem er sich einen billigen Sieg versprach. Seine Knechte gingen mit wieherndem Lachen ans Werk und freuten sich darauf, wie übel ihr Herr dem Prinzlein mitspielen werde.

Eisenherz sprang indessen leichtfüßig in den Sattel und wartete auf das Zeichen zum Beginn des Kampfes. Endlich kam es! Die Pferdehufe trommelten über den

Grund, und dann verging den johlenden Gaffern das Lachen, denn ihr großmauliger Gebieter wurde gleich im ersten Gang aus dem Sattel gefegt. Mühsam erhob er sich und griff zum Schwert. Aber da stand Eisenherz schon bereit und kaufte ihm mit zwei oder drei Schlägen des „Singenden Schwertes" auch noch den letzten Schneid ab. Der unbotmäßige Burgherr begriff nun endlich, daß es besser sei, mit dem Thronfolger von Thule auf gutem Fuße zu stehen, und gab klein bei.

Von diesem denkwürdigen Tage an wagte es auch der selbstherrlichste Edelmann nicht mehr, sich gegen den heimgekehrten König aufzulehnen. Wer vom Adel bis dahin noch abseits stand, kam jetzt freiwillig herbei, um dem König den Treueid zu schwören, und Sligons Name war bald vergessen. Das waren glückliche Zeiten für den jungen Prinzen, aber sie währten leider nicht lange, denn bei Eisenherz mußte immer etwas los sein, wenn er sich wohl fühlen sollte. In Thule aber waren die Ruhe und der Frieden eingekehrt. Daß gelegentlich einmal ein umherziehender Räuber eingefangen werden mußte, das zählte der Prinz nicht als wirkliche Arbeit.

Manchmal, wenn Eisenherz auf seinen Ritten durch das blühende Land an Britannien dachte, seufzte er ein wenig auf, denn dort war es nie ganz so ruhig gewesen. An König Arthurs Hof verging doch kaum ein Tag, ohne daß von irgendeiner Seite um ritterliche Hilfe gebeten wurde. Alle Herren der Tafelrunde wetteiferten dann immer miteinander, ihre Dienste anzubieten und hinauszuziehen, um gegen das Unrecht zu streiten, so wie sie es einst bei ihrem Ritterschlag geschworen hatten. Und dann die Turniere: das große von Carleon und die vielen kleinen, für die zur Not auch einmal eine Waldlichtung oder ein Kreuzweg genügen mußte. Einen Ritter

aber, der Waffen und Rüstung wochenlang an den Nagel hängen konnte, so wie jetzt Prinz Eisenherz, den gab es im Britannien des Königs Arthur nicht.

Der Jüngling, der des Nichtstuns müde war, verlor keine Zeit, diesen leidigen Zustand zu ändern. Er tat es ebenso sich selber wie auch den Kriegern seines Vaters zuliebe und veranlaßte tägliche Waffenübungen. Jeden Morgen, wenn der Tag noch von der herben Kühle der Nacht umfangen war, kamen die Männer auf dem Burghofe zusammen, um sich im Gebrauche der Waffen weiterzubilden. Das war ein Spiel, aber doch kein ungefährliches. So mancher Krieger konnte sich hinterher nur noch humpelnd durch die Gänge von Wikingsholm bewegen oder mußte stöhnen, wenn er eine höfische Verbeugung machen wollte. Alle aber gewannen von diesen Stunden.

Den Nachmittag verbrachte Eisenherz zumeist in dem großen Garten vor der Burgmauer, wo sich die Töchter der Hofleute einfanden und dem Prinzen schöne Augen machten. Es waren gefährliche Augen dabei, die einem jungen Manne mehr zusetzen konnten als die schärfste Waffe.

Die Mädchen gaben sich alle Mühe um den Jüngling und nahmen ihre Tändelei recht ernst; sie sparten auch nicht mit wohlgesetzten Worten, schalkhaften Blikken und bunten Bändern am Kleide. Die meisten von ihnen waren ja noch so jung und träumten nur davon, dermaleinst an der Seite des strahlenden Jünglings auf dem ehrwürdigen Throne von Thule zu sitzen.

Der Prinz brachte es nicht übers Herz, die tändelnden Schönen zu kränken, und er konnte ihnen wegen ihrer Zukunftspläne

auch nicht böse sein, denn dafür waren sie viel zu nett zu ihm. Keine konnte ja ahnen, daß er immer noch an Schön-Ilene dachte, die ihm das Nordmeer einst entrissen hatte. So scherzte er denn an diesen Nachmittagen mit jeder gleichermaßen freundlich und machte keinen Unterschied zwischen all den lieben Geschöpfen, die seine Gesellschaft so ehrgeizig suchten. Damit hörte für ihn das Spiel freilich auf, denn sein Herz war nicht daran beteiligt.

So viel harmloses Vergnügen ihm die Stunden im Schloßgarten auch bereiteten, so hatte er doch den größeren Gewinn von den Abenden, da er Dichter und Sänger, Künstler und Gelehrte auf der Burg um sich versammelte. Manche von diesen Männern waren schon in fernen Ländern gewesen und berichteten dem Prinzen nun, was sie dort gesehen und erlebt hatten. Bei diesen Erzählungen dachte der Jüngling im stillen oft, daß er eine solche Reise bald einmal auch selber unternehmen müsse. Vorerst aber fesselten ihn noch die Gespräche mit den Weisen und Gelehrten, die ihm einen Einblick in das Wissen der damaligen Zeit gaben. Da er einen aufnahmefähigen Geist besaß, blieb ihm vieles davon fürs Leben.

So verbrachte der Prinz also seine Zeit daheim in Thule, und nur die Samstage waren davon ausgenommen. An diesen Tagen verzichtete er auf Wissenschaft und Tändelei und beteiligte sich mit der hellen Freude des geborenen Kriegers an den wöchentlichen Turnieren, die gewöhnlich mit einem ausgedehnten Fest endeten.

Alles schien den rechten Weg zu gehen . . . bis auf eine Kleinigkeit. Eisenherz langweilte sich nämlich so langsam bei diesem Stundenplan und dachte immer häufiger

an eine Reise. Eines Tages, nach dem morgendlichen Waffengang und einem erfrischenden Bade, begab er sich zu seinem Vater. Als dieser hörte, was den Jüngling zu ihm trieb, entschied er: „Nein, du bleibst hier! Die Zeit des Abenteuerns ist vorbei; du hast dich jetzt nur noch auf den Thron vorzubereiten."

Eisenherz wandte ein: „Mit Scharwenzeln und Schöntun bereitet man sich nicht

auf den Thron vor. Soll ich mir vielleicht gar noch ein Nähkörbchen anschaffen?" —

„Mein Vater vergißt", so bemerkte er später zu seinem greisen Diener, „daß er als Jüngling das gleiche getan hat. Müssen Väter denn immer vergessen, daß sie selber einmal Söhne gewesen sind?"

Eines Tages ritt er dann doch davon. Der König schaute ihm von einem hohen Fenster aus nach und seufzte und lächelte, denn genau so hatte er's vor Zeiten auch getrieben; ihm blieb jetzt nur noch übrig, dem Sohne in Gedanken alles Gute für die ungewisse Fahrt zu wünschen.

Tagelang ritt Eisenherz frei und ungebunden gen Süden und wartete auf die

Abenteuer, die er sich ersehnte. Schließlich bestieg er ein kleines Wikingerschiff, um nach dem Lande der Angeln, das heute Dänemark heißt, überzusetzen. Kurz vor der Küste geriet das Drachenboot jedoch in einen Sturm und strandete. Eisenherz und sein Schimmel wurden in die scharfen Klippen geworfen. Das Pferd überstand die Landung gut; der Prinz dagegen mußte einige Quetschungen hinnehmen.

Das war indessen noch nicht das schlimmste. Die beutegierigen Strandbewohner kamen aus ihren Hütten herbeigelaufen, um sich mit Keulen und Äxten auf den Verwundeten zu stürzen. Eisenherz überlegte kurz, wer gnadenloser sei: diese heulende Menge oder das Nordmeer, das ihm doch übel genug mitgespielt hatte. Viel Zeit zum Nachdenken blieb ihm freilich nicht, denn die ersten Angeln hatten ihn fast schon erreicht. Der Jüngling, dem vom Sturz in die Klippen alle Knochen weh taten, konnte, um sich zu retten, nur noch zum Schwerte greifen, das ihm glücklicherweise geblieben war. Er sprang auf und schlug eine blutige Gasse durch die Feinde, die sich schon einer leichten Beute sicher geglaubt hatten.

Das Triumphgeheul der Strandräuber verwandelte sich schnell in Schmerzensrufe. Schritt für Schritt kämpfte sich der Prinz vorwärts; sein wackeres Roß folgte ihm dichtauf und schlug mit allen Vieren aus, als ahne es, wie nahe der Tod seinem Herren sei. Endlich war Eisenherz so weit frei, daß er den Schimmel besteigen und sich auf dessen Rücken in Sicherheit bringen konnte.

Der Jüngling erholte sich einige Tage lang in einem tiefen Walde von seinen Wunden und ritt dann weiter nach Süden, der Sonne entgegen. So kam er ins Land der blondhaarigen Sachsen, wo ihm ein merkwürdiges Abenteuer widerfuhr. Dieses Erlebnis war so unfaßbar, daß er in späteren Jahren selber nicht mehr recht wußte, ob es ihm wirklich begegnet sei, oder ob er es vielleicht nur geträumt habe.

Es dämmerte schon, und Eisenherz war müde, denn er hatte am Nachmittag erneut mit einer räuberischen Horde zu kämpfen gehabt. Während er noch seine Waffen reinigte, brach ein Gewitter los, vor dem er sich unter einem stark überhän-

genden Felsen bergen wollte. Der Zufall hatte ihn jedoch an den Eingang zu einer Höhle geführt. In der Vorhalle vor einem reichgedeckten Tische stand unbeweglichen Gesichtes ein junges Weib, das ihn weder willkommen hieß noch ihm den Eintritt verwehrte. „Verzeihet mir, störe ich?" fragte der Überraschte höflich.

„Euer Wein ist stark. Mir dreht sich alles.“

Der Jüngling drang in die Höhle ein.

,,Nein'', antwortete die Frau, indem sie ihm einen Becher Weines anbot. Eisenherz trank durstig, und es war ihm sogleich, als senke sich ein Schleier über seine Augen, der ihm keine Trennung zwischen Schein und Wirklichkeit mehr erlaube.

,,Euer Wein ist stark. Mir dreht sich alles. Wo bin ich? Und wer seid Ihr?''

,,Ihr steht vor der Höhle der Zeit. Ein jeder Mensch, wie auch ein jedes Ding, wird einmal hineinkommen, aber niemand wagt es, sie ungerufen zu betreten.''

,,Ich wage alles!'' versetzte der Jüngling keck, zog den Gürtel stramm und schritt ein wenig schwankend auf die Tiefe der Höhle zu, die von einem grünlichen Zwielicht erfüllt war. Bei diesem trügerischen Schein entdeckte der Prinz im Hintergrunde der Höhle einen verfallenen Greis, der wie verloren auf einem Thronsessel saß. Zu seinen Seiten und hinter ihm häuften sich gleich Abfall die Trümmer der Dinge, die Menschen einst im törichten Glauben an einen ewigen Bestand geschaffen hatten. Doch die Zeit war Sieger geblieben. Da lagen nun die Kronen der Könige zwischen den Krücken von Bettlern und der Beute von Dieben; der Zahn der Zeit aber hatte alles so benagt, daß es nur noch elendes Gerümpel war.

Eisenherz liefen bei diesem Anblick die kalten Schauer über den Rücken, denn er erkannte, wie vergänglich alles sei, was Menschenhände schaffen können. Dann verhielt er seinen Schritt vor dem Alten. ,,Wer seid Ihr denn!'' fragte er und versuchte, das Beben seiner Stimme zu unterdrücken.

,,Ich bin die Zeit, und hier, in dieser Höhle, sammle ich meine Beute: die Altäre vergessener Götter, die Kronen der mächtigsten Könige, ganze Städte und unbezwingliche Burgen. Ich zerstöre sie alle, denn ich bin der schließliche Sieger über Menschen und Dinge, dem auf die Dauer nichts zu widerstehen vermag!''

,,Und ich widerstehe doch!'' trotzte der Prinz eigensinnig, denn es schien ihm, als sei der Glanz seiner Jugend unzerstörbar. Mit diesen Worten ergriff er den Greis

und warf ihn selber auf den Abfallhaufen der Jahrtausende. Die Zeit erhob sich jedoch gelassen wieder und machte den Jüngling um zehn Jahre älter. Eisenherz lachte, denn er fühlte sich dadurch nur noch stärker. Und wieder griff er nach der Zeit, um mit ihr zu ringen. Das kostete ihn abermals zehn Jahre seines Lebens.

Diese zwanzig Jahre zusammen hatten dem Prinzen nichts von seiner Kraft geraubt; er war nur einsichtiger geworden und versuchte nun, mit seinem Gegner zu verhandeln. Dazu lächelte Vater Zeit nur so überlegen und spöttisch, daß Eisenherz doch noch zu seinem Schwerte griff, um die Entscheidung zu erzwingen.

Die Zeit setzte ihm unbeirrt weiter zu, Eisenherz wurde älter und älter. Die Männerfaust, die eben noch den Schwertgriff so kraftvoll umspannt hatte, verwelkte, und schließlich fiel die Waffe aus den zitternden Händen, die sie nicht mehr zu halten vermochten. Wie lange dieser Kampf gedauert hatte, konnte der Prinz hinterher nicht mehr sagen, er wußte nur noch, daß er ihn verlor und als hilfloses Bündel zum Haufen des anderen Abfalls flog . . .

Irgendwie kam Eisenherz wieder auf die Füße. Ein dünnes Gelächter verfolgte ihn, als er auf steifen Gliedern zum Eingang der Höhle wankte, wo ihn das junge Weib schon erwartete. Der Prinz griff mit seinen welken Händen nach dem Becher, den sie ihm schweigend bot, und hob ihn an die eingesunkenen Lippen. Fast augenblicks kehr-

Der Prinz verlor zehn Jahre

. . . und wurde immer älter

**Schließlich flog er
als hilfloses Bündel
auf den Abfallhaufen
der Jahrtausende.**

ten ihm da die verlorenen Jahre zurück; Eisenherz wurde wieder jung und so stark wie zuvor. Von diesem Erlebnis war der Jüngling dermaßen betroffen, daß er, im Vollbesitz der alten Kräfte, sofort zu Pferde stieg und davongaloppierte. „War es nur ein wüster Traum . . . oder was sonst? Wie schrecklich ist es doch, alt und schwach zu sein. Wie gut, sich jung und stark zu fühlen!"

So frohlockend, ritt Eisenherz durch den sommerlichen Eichenwald, bis er ans andere Ende kam und in der Ferne das Meer vor sich sah; er wollte schon hinreiten, als hinter ihm das Geräusch von Pferdehufen aufkam.

Der Prinz hatte gerade noch Zeit, um zur Seite zu springen und einer Reihe von hochbeladenen Karren Platz zu machen, deren Pferde zu höchster Eile angetrieben wurden. Auf dem Wagen war Hausrat aller Art aufgetürmt, und obendrauf hockten Kinder und Greise, die sichtlich von Hunger und Schrecken geschlagen waren.

Als die Karrentreiber den Ritter erblickten, hielten sie nicht an, sondern jagten weiter. Eisenherz trabte deshalb mit seinem Pferd an ihre Seite und fragte: „Woher kommt ihr denn? Und vor welchem Schrecken flieht ihr so hastig?"

Einer der Treiber rief angstvoll zurück: „Wir fliehen vor dem, den sie die Geisel Gottes nennen, vor Attila, dem Hunnenkönig! Gebt dem Pferd die Sporen und bringt Euch so schnell wie möglich in Sicherheit!"

Die Hunnen waren also wieder einmal in Europa eingefallen! Schon zu Hause hatte Eisenherz von der Blutgier und dem räuberischen Sinne dieses Volkes gehört. Nun war er zum ersten Male auch Menschen begegnet, die vor den Steppenreitern flohen. Aber würden sie irgendwo wirkliche Sicherheit finden?

Tief versunken in solch trübe Gedanken, gab Eisenherz seinem Pferde die Sporen und lenkte es zum Meere hin. Es dunkelte schon, und am Himmel braute sich ein Un-

wetter zusammen, so daß es Zeit wurde, nach einer Unterkunft auszuschauen. Ganz in der Nähe brannte ein Licht. Der Prinz ritt darauf zu und fand ein Wirtshaus, das ihm ein Obdach für die Nacht versprach.

In der Gaststube becherten Seeleute aus aller Herren Länder. Eisenherz setzte sich zu ihnen, um ihren Erzählungen über abenteuerliche Fahrten zu lauschen. An diesem Abend war aber von Meer und Ferne kaum die Rede. Die Männer sprachen nur von einst so blühenden Ländern, die jetzt verwüstet lagen, von grausamen Metzeleien und von Tausenden und aber Tausenden, die vor Attilas Horden zu fliehen versuchten.

Während sie so saßen und sich über das Geschehen entsetzten, wankte ein Fremder durch den Sturm auf das Gasthaus zu. Er trat ein und stand da: verhärmt, von Krankheit geschwächt und mit tiefliegenden, brennenden Augen. „Ich bringe böse Kunde! Rom ist in Gefahr! Papst Leo verhandelt schon mit Attila, daß er die Stadt verschone. Der ganze Süden steht in Flammen, und die Hunnen sind überall, ohne daß ihnen ein rechter Widerstand geleistet werde. Nur die Festung Andelkrag kann sich halten, aber niemand weiß, wie lange noch."

„Erzählet mir", bat Eisenherz, „doch mehr von dieser Burg und ihren Männern."

Des Wanderers Augen glänzten im Fieber. „Herr auf Andelkrag ist Herzog Camoran, einer der tapfersten Kämpfer des Südens und ein bedeutender Geist zugleich.

Die Männer, die er um sich versammelt hat, sind seiner würdig . . ., sie lieben das Schöne, die Dichtkunst, Musik und edle Taten. Attilas Scharen bedrängen die Festung wie Sturmeswogen den Strand, aber noch ist sie unbesiegt . . ., noch ist . . ."

Völlig verwirrt von diesen vielfältigen Eindrücken sah Eisenherz, wie sich der Wanderer mitten im Wort an die Kehle griff und verzweifelt versuchte, Luft zu holen. Dann ging ein Zucken durch den Fremden; er brach zusammen und war tot. Die Seeleute umstanden den Hingestreckten neugierig, bis einer von ihnen etwas entdeckte und erschrocken rief: „Wehe uns! Er hat die Pest, faßt ihn nicht an!"

Der warnende Ruf war kaum verklungen, als alle schon die gefährliche Stätte flohen. Ein jeder glaubte, damit dem Schwarzen Tode entronnen zu sein, aber nicht ein jeder behielt mit seinem Glauben recht.

In dieser Nacht verzichtete Eisenherz auf Ruhe, und er gönnte sich auch späterhin auf seinem langen Ritt nach dem Süden nur die notwendigsten Pausen. Was ihn so rastlos vorwärts trieb, das waren die Gedanken an Andelkrag und seine hochherzigen Verteidiger. Er kam durch niedergebrannte Dörfer, deren Balken noch glühten; er kam an Feldern vorbei, die ihrer Ernte zu früh beraubt waren; und er sah die Erschlagenen und Verhungerten in langen Reihen an den Straßenrändern liegen.

In diesem verwüsteten Landstrich bekam Eisenherz den Hunger bald selber zu spüren, aber er trabte beharrlich weiter und hielt seine Augen offen. Eines Tages stieß er dann auf die ersten Hunnen, die sich sofort auf ihn stürzten.

Eisenherz griff zum „Singenden Schwert" und trieb seinen Schimmel in den Haufen der gelbgesichtigen Reiter hinein. Die scharfe Klinge zog ihre blitzenden Kreise so dicht und so schnell, daß den an solchen Widerstand nicht gewöhnten Hunnen keine Zeit zum Verschnaufen blieb. Die Vordersten der Bande, die mit geschwungenen Keulen auf ihn eingedrungen waren, lagen bald am Boden, und andere folgten.

Der Jüngling wütete wie ein Dämon unter seinen Angreifern und gab keine Gnade denen, die selber noch nie bereit gewesen waren, anderen Menschen Gnade zu geben. Sein „Singendes Schwert" zuckte nach rechts wie nach links und warf mit jedem Schlag einen der Feinde vom Pferde. Erst einmal aus dem Sattel, waren die Hunnen dann nur noch halb so gefährliche Kämpfer.

Schließlich, als der Anführer und die meisten der Bande schon außer Gefecht gesetzt waren, wandte sich der Rest urplötzlich zur Flucht und verschwand bald aus dem Gesichtskreise. Der Prinz entdeckte auf einem zurückgelassenen Packpferd ein ganzes Ochsenviertel; er begab sich an einen sicheren Ort, wo er auch Wasser fand, und bereitete sich endlich die lange entbehrte Mahlzeit.

Nach allem, was Eisenherz erfahren hatte, lag Andelkrag jenseits eines großen Gebirgszuges. Der Hunnen wegen mied der Prinz die großen Straßen, kam dabei aber mehr aus der vorgenommenen Richtung, als ihm lieb war.

Zum Glück entdeckte er irgendwo in der Einöde einen Mann, der sich vor ihm in einer Höhle verbergen wollte. Eisenherz ritt näher und fand einen Hirten, der hier zusammen mit einigen anderen Zuflucht gesucht und gefunden hatte.

Der Prinz bot den Erschreckten den größten Teil seines Fleischvorrates an, wofür ihm die Halbverhungerten unter Tränen dankten. Mit dem Hunger schwand dann auch das Mißtrauen, so daß sich Eisenherz ganz offen über seine Pläne und die genaue Lage von Andelkrag unterhalten konnte. Einer der Männer erbot sich sogar, ihn über die Berge an sein Ziel zu bringen.

Die Reise war mühselig, aber einige Tage später standen sie doch wohlbehalten auf einer Felsnase, von der aus sich die Burg schon in der Ferne zeigte.

Der Weg war mühsam und gefährlich

Des Prinzen Herz schlug höher beim Anblick der Feste, die wie ein Dorn in Attilas Flanke saß. Von den Türmen flatterten Camorans Banner immer noch lustig im Winde. Zugleich entdeckte der Jüngling freilich auch, daß die Hunnen so zahlreich wie die Ameisen um die Burg schwärmten.

In der Dämmerung stieg Eisenherz zu Tal, umkreiste im Schutze der Dunkelheit das feindliche Lager und erreichte so den Fluß, der den Burggraben speiste. Er hatte sich schon vorher einen Plan zurechtgelegt, wie er unangefochten in die Festung gelangen könne. Diesem Plane folgend, watete Eisenherz vorsichtig durch das reißende Wasser weiter. Als er den Graben schon erreicht hatte, stieß er auf ein Floß, das mit dürrem Gras, Zweigen und Ästen beladen war. Eisenherz vermutete, daß er

ein Feuerfloß vor sich habe, das die Hunnen in der Nacht noch näher an die Burg heranbringen wollten, um dann im Morgengrauen das Tor damit anzuzünden. Der Prinz nutzte die Gunst der Stunde und griff zu Feuerstein und Stahl. Nach einigem Bemühen flammte das trockene Zeug lichterloh auf und verbrannte wirkungslos mitten im Graben. Die Hunnen rannten in Scharen herbei, um den Täter zu ergreifen; dieser verbarg sich jedoch unter einem Schleier von Wasserpflanzen. Als das Durcheinander am größten war, rasselte die Zugbrücke nieder. Während Herzog Camoran mit seinen Männern in die kopflosen Belagerer hineinstieß und blutig unter ihnen aufräumte, zeigte sich ein schlammbedeckter Ritter den Wachen am Tore.

„Herzlich willkommen, mein junger Freund", lachte Camoran nach seiner Rückkehr, als das Burgtor wieder geschlossen war. „Kämpfet tapfer, singet fröhlich im Leben und lachet, wenn es ans Sterben gehen sollte." Dann trank er einen Becher zum Wohle des Prinzen. Auf dieser Burg ging es eben immer heiter zu ..., selbst bei den Verwundeten und den Frauen, die sie pflegten.

Die Wochen verrannen, und der Tod schwebte oft über den Belagerten, aber das störte den Herzog und seine Getreuen wenig in ihrer guten Laune. Wenn sich die

„Willkommen, mein Prinz!“ lachte Camoran

. . . und trank dem Jüngling zu.

Alle waren fröhlich in dieser Burg; selbst die Verwundeten und die Frauen, die sie pflegten.

Hunnen bei ihren Angriffen wie losgelassene Teufel gebärdeten, so setzten ihnen die Verteidiger unverzagt ihre Schlachtgesänge und ihr Lachen entgegen. Jede Stunde, die dahinging, bedeutete eine kostbare Spanne weniger im bedrohten Leben der hochgemuten Männer und Frauen auf Andelkrag; diese genossen deshalb jede Stunde auch so, als ob sie just die letzte sei. Mit diesen Menschen ging ein ganzes Zeitalter unter,

vielleicht das hochherzigste, das am meisten der Schönheit ergebene und auch das einzige wirklich weise auf dieser Erde. Sollte es aber enden, so sollte es in Stolz und Würde enden. Jeden Abend, sobald die Angriffe nachgelassen hatten, versammelte Camoran die Seinen bei Gesang und froher Musik zu einem festlichen Mahle. Großen Beifall fand dabei Eisenherz, wenn er seine helle Stimme zur Laute erhob. In diesen

Stunden vergaßen sie alle, daß der Prinz doch nur herbeigeeilt war, um an ihrer Seite zu kämpfen und vielleicht auch . . . zu sterben.

Inzwischen waren die Hunnen auf etwas Neues gekommen; sie bauten aus Steinen einen Damm durch den Burggraben und errichteten Belagerungstürme, die auf Rollen liefen. Die Verteidiger konnten die Gefahr gerade noch einmal abwehren, indem sie die Kolosse mit Enterhaken erfaßten und umstürzten. Nach diesem Mißerfolg griffen die Hunnen eine schwache Stelle des Walles so lange mit großen Steinschleudern an, bis sie einstürzte. Die nachdrängenden Belagerer stießen aber nur auf eine stärkere Innenmauer und mußten sich unter einem Hagel von Pfeilen zurückziehen.

Das Leben in der Burg ging immer noch so üppig weiter wie je. Eisenherz grübelte oft darüber nach, wie lange diese Verschwendung noch dauern könne. „Herr Camoran",

Die Rammböcke donnerten Tag und Nacht

Hinter der brechenden Mauer erhob sich der stärkere Innenwall

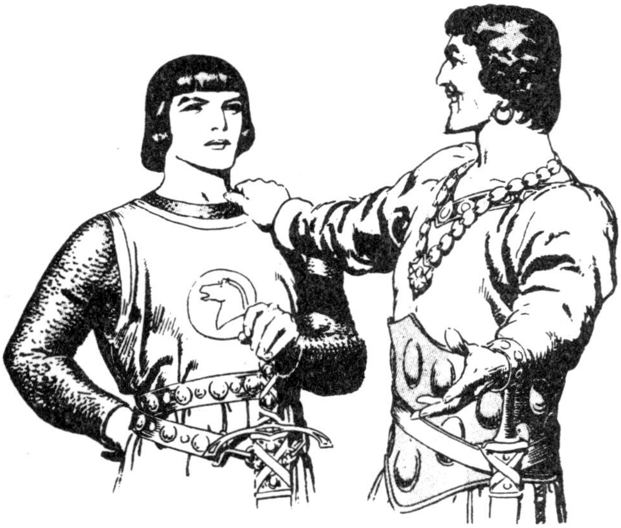

so fragte er einmal voller Sorge, „müßten wir uns denn mit dem Essen nicht einschränken?" Davon wollte der Herzog indessen nichts wissen. „Warum sollen wir unsere Gewohnheiten ändern, Prinz? Wir leben, wir kämpfen und sterben auch, wenn es sein muß, wie Edelleute!"

Und so, nachdem sich die Tage zu Wochen, und die Wochen zu Monaten gerundet hatten, stand Andelkrag nach innen und außen hin immer noch unbesiegt da. Die Krieger auf den Wällen wurden zwar weniger, aber sie waren so furchtlos wie je, wenngleich die Hunnen immer noch in hellen Haufen um die Burg lagen.

Dann aber kam der schreckliche Tag, da sich die Belagerten zum letzten Male an eine volle Tafel setzen konnten. Die Vorräte waren erschöpft!

Camoran erhob sich lächelnd. „Morgen werden wir tun, was wir tun müssen. Unser Hunger verhilft den Hunnen zum Siege. Wir aber werden fröhlich sterben ... so fröhlich, wie wir auch gelebt haben. Wir lieben diese Welt, und diese Welt hat uns geliebt. Nun geht unsere Zeit jedoch zu Ende, und morgen heißt es Abschied nehmen. Kommt, Prinz Eisenherz, singt uns noch ein fröhlich Lied, ehe wir den Hunnen unser Leben so teuer wie möglich verkaufen."

Am anderen Tag, schon im ersten Frühlichtscheine, wurden all die Schätze, die sich seit vielen Geschlechtern auf Andelkrag angesammelt hatten, in eisenbeschlagene Eichentruhen gelegt und in einen tiefen Schacht unter dem Boden der großen

Halle versenkt, damit sie dem Zugriff der Hunnen für immer entzogen seien.

Und dann begab sich etwas, das den Prinzen mit heißem Erbarmen erfüllte. Die edlen Frauen sagten Lebewohl und stiegen, eine um die andere, langsam die Wendeltreppe zum Hauptturm hinauf, ohne ein einziges Wort zu sprechen oder sich noch einmal umzudrehen.

Als alle gegangen waren, rief Camoran nach einer Fackel und legte mit eigener Hand das Feuer, das die stolze Burg vernichten sollte. Die Flammen leckten mit

roten Zungen um sich und krochen auch bald am Holzwerk eines Turmes hinauf.

Als Eisenherz das Geschehen begriff, rief er entsetzt: „Haltet ein! Die Frauen! Sie werden dem Feuer nicht mehr entrinnen können!"

Die Augen des Herzogs waren schrecklich anzusehen, als er sich umdrehte und tonlos erwiderte: „Unsere Frauen wünschen nicht, in die Hände der Unholde zu fallen, die da draußen auf sie und andere Beute warten!"

Der Prinz spähte durch eine Schießscharte und sah die wilden Gesichter der hunnischen Reiter. Bei diesem Anblick wurde ihm klar, warum die edlen Frauen von Andelkrag den Flammentod einer Gefangennahme vorzogen.

Für das, was sonst noch zu tun war, blieb nun nicht mehr viel Zeit, denn das Feuer drängte unerbittlich. Durch das Knistern und Prasseln kam leise, aber durchdringend der Befehl, sich für den letzten Kampf bereitzumachen. Die Männer folgten ihrem Herzog schweigend über eine steinerne Treppe hinab zu einem Raume, der noch tief unter Andelkrags tiefstem Keller lag.

Als letzter stieg ernsten Gesichtes der zwergenhafte Hofnarr hinunter, der sich, wie jeder andere auch, mit einem Schwerte gegürtet hatte. Camoran überzeugte sich, daß seine Getreuen alle versammelt seien, und ließ dann eine der Steinplatten des Bodens aufheben. Im Dunkeln tat sich eine andere Treppe auf, und Eisenherz ahnte, daß sie zu einem geheimen Gange führen müsse, der jenseits des Burggrabens ende. Also dort, wo die Feinde standen.

„Wann wir uns wiedersehen, weiß ich nicht", sagte Camoran, und alle schlossen sich zum Zeichen ihrer auch den Tod überdauernden Freundschaft ein letztes Mal in die Arme. Es war soweit! Eisenherz griff zum Schwert und dachte, wenn doch Attila

nur selber draußen stünde, so könnte sich der Kampf vielleicht doch noch anders entscheiden. Aber zum Wünschen blieb keine Zeit mehr. Der Prinz drängte sich zwischen die vordersten, die den moderigen Gang durchschritten. Nach einer kurzen Weile, die aber allen lang erschien, stockte es vorne; sie hatten das von einem Felsblock verschlossene Ende des Ganges erreicht. Der Stein war so gelagert, daß er mit einer Hebestange entfernt werden konnte. Nachdem das geschehen war, stürzten sich die Ritter auf die Hunnen, die ahnungslos in der Nähe herumstanden.

Andelkrags Verteidiger schlugen sich tapfer, aber der Feinde waren zu viele, so daß der Angriff bald zum Stehen kam. Die kühnen Streiter, denen das eigene Leben nichts mehr galt, wurden von der Masse der Hunnen einfach erdrückt. Als einer der letzten fiel der Herzog selber. Neben dem Erschlagenen stand Eisenherz im Todeskreise des „Singenden Schwertes" immer noch aufrecht, bis sich die Hunnen dann wie Ratten an seine Glieder hängten und auch ihn zu Boden rissen . . .

Als der Prinz aus seiner Ohnmacht erwachte, war es schon dunkel geworden. Jen-

seits des Flusses zogen die Hunnen bei Fakkelschein zu einem Paß hinauf, der nach Ungarn führte. Die Belagerung war zu Ende. Andelkrag brannte noch und streute mit seinen Flammen ein rötliches Zwielicht auf die Walstatt. Der Jüngling suchte seine Umgebung ab und sah die Toten prüfend an. Endlich entdeckte er, was er suchte: Auf einem Hügel erschlagener Feinde lag des Herzogs sterbliche Hülle.

Der Prinz nahm den Toten auf seine Arme und trug ihn, ungeachtet der eigenen Schwäche, in die Burg hinein. Der steinerne Ostturm, dem das Feuer nichts anhaben konnte, stand noch unversehrt, und Eisenherz schleppte sich mit seiner Last die vielen Stufen hinauf. „Dein geliebtes Andelkrag, das kein Feind erobern konnte, soll nun auch deine Totenbahre sein", sprach der Jüngling feierlich und übergab den in Decken gehüllten Leib des Freundes den schwelenden Flammen in der Tiefe.

Eisenherz verließ die Burg auf dem alten Wege. Er wußte, wo der von den Hunnen benutzte Paß lag, und mied zunächst diese Richtung. Der Aufstieg in die Berge war für den Erschöpften recht beschwerlich. Als er gegen Abend eine Rast einlegte und sich umwandte, da sah er, wie die Mauern von Andelkrag gerade in diesem Augenblicke zusammenstürzten. Noch rauchten die Trümmer, aber eines Tage würde auch sie der Efeu gnädig verdecken.

Im Schlaf beobachteten
ihn zwei dunkle Augen

Am Rande eines Weihers ließ sich Eisenherz nieder und schlief sofort ein. Als er wieder erwachte, spiegelte sich in den Juwelen am Griffe des „Singenden Schwertes" schon die Morgensonne. Dieses Funkeln sahen aber auch zwei dunkle Augen, die von der anderen Seite des Weihers her lüstern herüberstarrten.

Ohne etwas von dem heimlichen Beobachter zu ahnen, nahm der Prinz ein Bad.

Das kühle Naß tat seinen Wunden so gut, daß er richtig sorglos wurde. Bis dann ein Kiesel neben ihm ins Wasser klatschte. Eisenherz schnellte herum, faßte zu und tauchte den Angreifer tüchtig unter, daß dieser bald zu zappeln aufhörte. Nachher, als der Bursche am Ufer lag und sich wieder regte, fragte der Prinz: „Warum?“ — „Warum denn nicht?“ grinste der andere. „Ich bin doch Jago, ein Dieb, Zauberer, Vagabund oder was Ihr wollt. Ich lebe halt so, aber umbringen wollte ich Euch nicht.“

Der von solchem Freimut besiegte Jüngling vergaß seinen Groll und half dem Frechdachs auf die Beine. Jago bat den Ritter in sein nahes Lager. Die beiden fanden rasch Gefallen aneinander. ,,Kommt, Herr Prinz, laßt uns zusammenbleiben. Ich

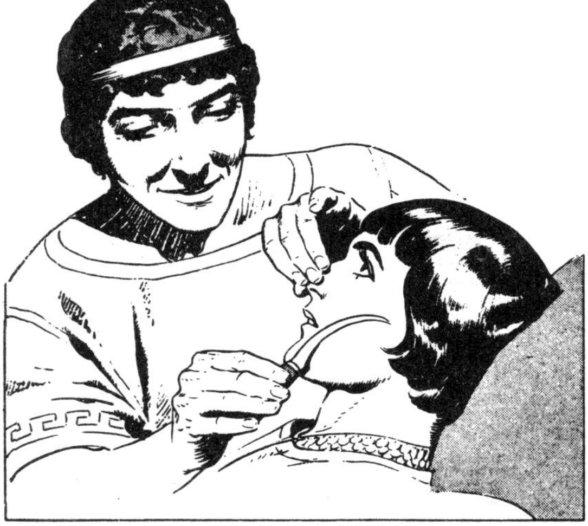

glaube, es wird beiden nützen. Dann nahm er seinen Esel, den er Sokrates nannte, am Zügel und brach auf. Der Marsch dauerte nicht lange, denn plötzlich rief Jago: ,,Vorsicht, Hunnen! Paßt auf, was ich mit den Tölpeln mache.“

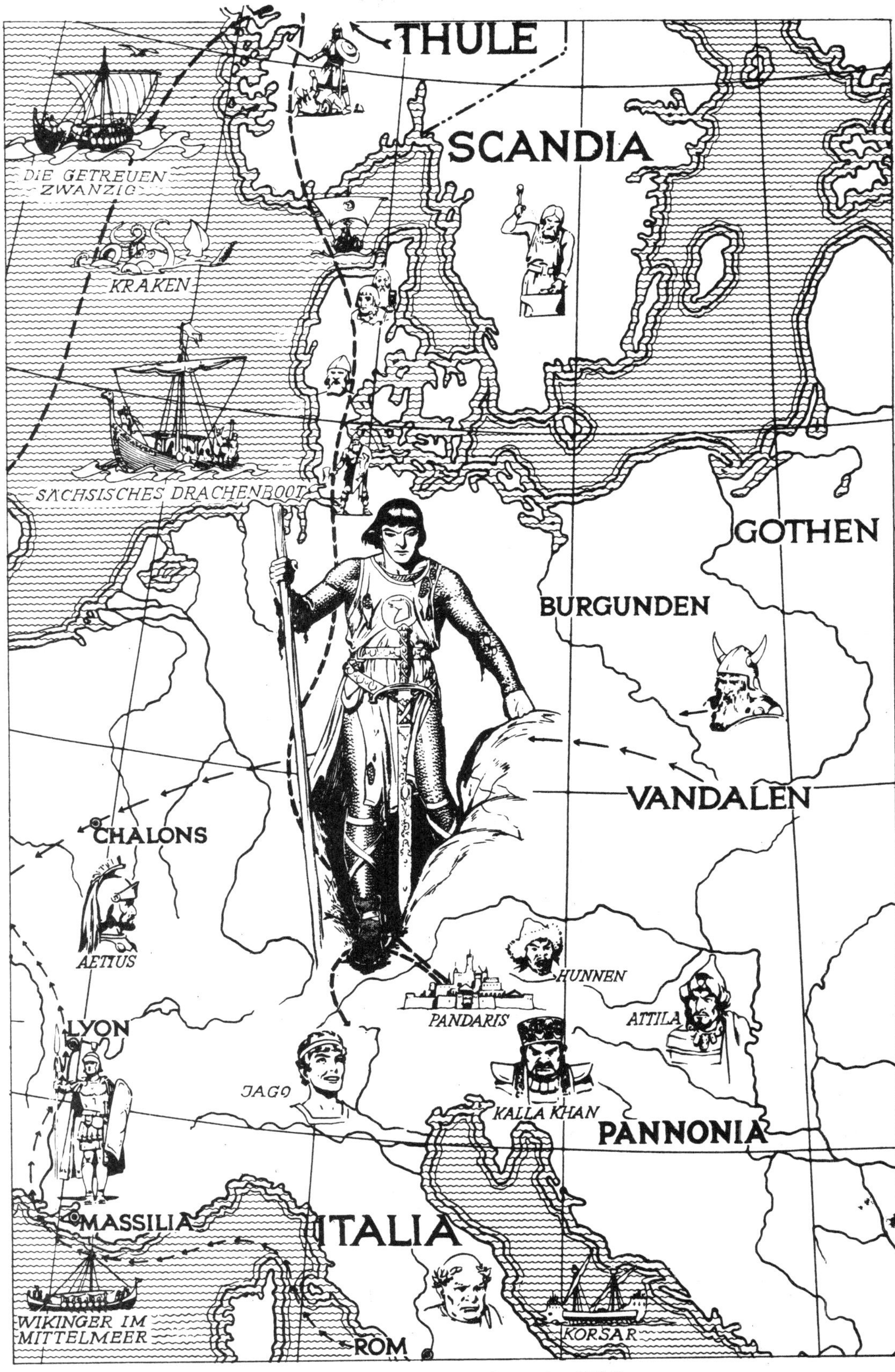

. . . vor ihm liegt die weite Welt.

Eisenherz schaute von weitem zu, wie Jago seine Kunststücke vorführte. Der Anblick der Hunnen erfüllte ihn mit Grimm; der Anblick der funkelnden Steine am „Singenden Schwert" wiederum erfüllte die Hunnen mit Gier. So kam es zum Kampfe.

„Haltet ein!" rief Jago, als die Räuber angriffen. „Die Steine sind ja nur buntes Glas!" Aber die Hunnen drangen schon auf Eisenherz ein. Jago legte einen Steinbrocken in seine Schleuder, denn er fürchtete für des Prinzen Leben. Doch die Schleuder blieb unbenutzt. Der Gaukler konnte nur noch darüber staunen, wie der junge Ritter mit den Hunnen umsprang. Eisenherz tobte unter ihnen wie der Wirbelwind in einem Haufen Spreu und führte mit Schwert und Stab so schnelle Schläge, daß selbst die flinken Augen des Beobachters nicht mehr zu folgen vermochten.

Der Prinz tobte wie ein Wirbelwind unter seinen Feinden.

Als der letzte Hunne, der mehr den Stecken als das Schwert zu kosten bekommen hatte, sein Heil in der Flucht suchte, stürzte Jago voller Freude auf Eisenherz zu. „Herr Prinz", sagte er dann eine Weile später, „höret auf mein Wort. Wenn Ihr auch dreinschlagen könnt wie kein zweiter, so ist es doch tollkühn, jeden Räuber in diesen Bergen mit Euren Edelsteinen herauszufordern."

„So wie dich etwa, was?" spottete Eisenherz, erkannte aber die Weisheit des Gauklers und umwickelte sein Schwert mit Wollfäden aus einem Mantel. Im Hinblick auf die schwärmenden Hunnen schien es ihm auch geraten zu sein, sich selber als Hunne zu verkleiden. Dazu ergab sich einige Tage später eine Gelegenheit. Die Gefährten entdeckten von einem Berg aus einen im Tal dahinziehenden Hunnentrupp. „Dort reitet mein neues Gewand", sagte der Prinz und deutete auf den Anführer. „Gefällt mir auch! Aber wie wollt Ihr den Hunnen herauskriegen?" witzelte Jago. Eisenherz lächelte. Da es schon auf den Abend ging, beobachtete er, wo die Hunnen ihr

Lager aufschlugen. Dann kerbte er talaufwärts eine überhängende Kiefer so stark ein, daß sie leicht vollends gestürzt werden konnte.

Am anderen Morgen kamen die Hunnen dann des Weges geritten. Eisenherz löste den Haltepflock, und der Baum krachte in die Tiefe, wo er den vorausreitenden Hunnenhäuptling fast haargenau von seinen Männern abschnitt. Eisenherz sprang hinterher, um sein Gewand zu holen, hatte zunächst aber noch kein Glück, weil das

scheuende Pferd des Hunnen mitsamt seinem Reiter erschrocken davonraste. Jenseits des Baumes entstand ein unbeschreiblicher Tumult unter den Männern, die sich so plötzlich von ihrem Führer getrennt sahen. Unversehens krabbelte auch noch ein zweiter Hunne mit seinem Roß aus dem Gewirre. Einen Augenblick später saß er am Boden, und der Prinz im Sattel. Ein Schenkeldruck trieb das Tier auf dem schmalen Felsenpfad voran: die Jagd nach Stiefeln, Mantel, Kettenhandschuhen und Helm konnte fortgesetzt werden. Es kam zu einem Handgemenge, bei dem der Hunne allein schon durch die räumlichen Umstände im Nachteil war und am Ende nur noch zwischen Nacktheit oder Tod zu wählen hatte. Als Eisenherz umgekleidet war, stürzte Jago durch eine Regenschlucht herbei; hinter ihm her die schreienden, schimpfenden Hunnen.

Der Gaukler wurde von fünfzig Hunnen verfolgt

„Halt, Ihr reitet ja falsch!“ rief Jago.

Dem listigen Burschen drohte böse Gefahr. Mindestens fünfzig Feinde waren ihm auf den Fersen und trachteten nach seinem Leben. Sokrates, der brave Esel, sprang wacker mit und zeigte sich dabei fast so flink wie eine Gemse. Weniger geschickt waren allerdings die Hunnen, und Eisenherz erkannte wieder einmal, wie sehr die Kampfkraft dieser Reiter nachließ, wenn sie nicht mehr zu Pferde saßen; sie waren eben seit undenklichen Geschlechtern daran gewöhnt, im Sattel zu fechten, und fühlten sich hilflos, wenn man ihnen die Pferde nahm. Diese Erkenntnis sollte sich später noch so manches Mal als nützlich erweisen; zunächst ging es jedoch darum, das Rudel der Verfolger auf eine gute Art loszuwerden.

Folgendes war geschehen: Als die Hunnen gemerkt hatten, daß die über den Weg gestürzte Kiefer mit den Pferden nicht so schnell überwunden werden konnte, waren sie abgestiegen, um den noch am Abhang stehenden Jago zu fangen. Dieser zog sich

zuerst bergauf, dann bergab zurück und kam so auf Umwegen mitsamt seinen Verfolgern zu Eisenherz, der ihm befahl, das zweite Pferd zu besteigen.

Der Prinz galoppierte den Felsenpfad in der Richtung zum gefällten Baume zurück. „Halt!“, rief Jago ängstlich hinterher, „Ihr reitet ja falsch!“ Aber Eisenherz winkte ihm, zu folgen. An der Überfallstelle hielten sich nur noch zwei einzelne Hunnen auf, die damit beschäftigt waren, das Hindernis zu beseitigen. Eisenherz übersprang den von seinen gröbsten Ästen schon befreiten Baum und versetzte jedem der beiden einen flachen Hieb mit dem Schwerte, so daß sie fürs erste das Aufstehen vergaßen. Jenseits der Barrikade standen die ganzen Pferde der Hunnen, auch die Packpferde, und ließen sich willig davontreiben. Damit hatte Eisenherz ein halbes Hundert Hunnen zumindestens vorläufig außer Gefecht gesetzt; sie mochten jetzt zusehen, wo sie ohne Pferde und Vorräte in den Bergen blieben.

Sie erreichten
ungefährdet
den Talgrund

. . . und
sperrten
eine Seiten-
schlucht durch
Bäume

Der Prinz beeilte sich mit dem Fortkommen und ließ die Tiere erst verschnaufen, als ein Wiesental erreicht war, von dem eine Seitenschlucht abzweigte. Ein kurzer Erkundungsritt ergab, daß sich die Schlucht an einer engen Stelle leicht durch Bäume sperren ließ. Da Gras und Wasser auch weiter oben noch im Überfluß vorhanden waren, richtete Eisenherz zunächst einmal ein Lager ein.

„Jago, mein wackerer Dieb", lächelte er, als die Beute noch unausgepackt auf der Wiese lag. „Du wirst doch jetzt wohl in allen Ehren gestehen müssen, daß ich, wenn es darauf ankommt, der begabtere Räuber von uns beiden bin."

„Herr Prinz", versetzte Jago schlagfertig, „ich schäme mich richtig, Euch so unterlegen zu sein. Doch Ihr habt recht; Ihr seid ein wunderbarer Räuber. Es ist nur ein Jammer, daß Ihr das Geschäft bloß so nebenbei betreibt. Nun wollen wir aber genauer untersuchen, was uns der Beutezug gebracht hat."

Die beiden machten sich also ans Auspacken und fanden allein schon an Gold und Edelsteinen einen so großen Schatz vor, wie sie ihn nicht erwartet hatten. Jago ließ das Geschmeide immer wieder durch seine Finger gleiten, während Eisenherz von den funkelnden Schätzen völlig unberührt blieb und nur ganz kurz bemerkte, daß alles einmal dem früheren Besitzer zurückgegeben werden müsse. Mehr Freude bereiteten dem Prinzen die Lebensmittel und die vielen Waffen, die sich vorfanden. „Genug für ein kleines Heer", meinte er und fuhr nach einigem Nachdenken fort: „Viele Jahre lang haben die Hunnen Europa geschändet . . . Jago! Ich brauche Männer für diese Waffen, gleichgültig, ob es Hirten oder Räuber sind. Sie müssen nur tapfer sein und die Hunnen hassen. Geh, Jago, finde mir diese Männer!"

Der Gaukler wußte auch hier Rat zu schaffen; sie zogen mit Sokrates ein Stück talaufwärts, wo Jago alsbald einige verborgen angelegte Felder entdeckte. Menschen oder menschliche Behausungen konnten sie aber trotz allem Suchen nicht finden. „Irgendwo müssen die Leute doch sein, die diese Felder bestellt haben", meinte Eisenherz.

Der Prinz fand Gefährten

Jago nickte, holte aus der Satteltasche des Esels ein Horn und schmetterte darauf einen Ruf, der nur den einheimischen Hirten vertraut war.

Während das Echo noch zwischen den Bergen hing, kam von oben schon die Antwort. Auf einer hochgelegenen Felsnase knieten zwei Hirten und spähten vorsichtig ins Tal. Eisenherz rief sie an: „Wir kommen als Freunde! Wir haben den Hunnen große Beute abgenommen! Schickt mir zehn starke Männer, dann will ich ihnen an Lebensmitteln schenken, soviel sie überhaupt nur tragen können."

Die Hirten zogen sich zurück, kehrten aber bald mit einigen Kameraden wieder, denen der Argwohn deutlich im Gesichte stand. Der Prinz führte die Männer zu seinem Lager und ließ, getreu seinen Worten, einem jeden von ihnen so viel an Lebensmitteln und anderen nützlichen Dingen nehmen, wie ihm beliebte.

Als die Männer mit ihren Lasten gegangen waren, brummte Jago: „Die sehen wir nie wieder! Eine völlig nutzlose Verschwendung!" Aber der Prinz dachte anders. „Natürlich werden sie zurückkommen! Eines mußt du dir merken, Jago: der Mensch hat nie genug! Sie werden wiederkehren und viele andere noch dazu mitbringen; die Nachricht braucht sich nur herumzusprechen!"

Und wie der junge Menschenkenner recht behielt! Noch ehe der Tag zu Ende ging, kamen sie aus ihren Verstecken in den Bergen herbeigelaufen und baten um Lebensmittel. Eisenherz stellte fest, daß viele kräftige Männer dabei waren, denen es nur am Essen fehlte. „Noch heute nacht", so sagte er, „werden wir versuchen, uns neue Verpflegung zu holen. Sechs Jahre lang haben uns die Hunnen bluten und hungern lassen, jetzt sollen sie selber auch einmal hungern und bluten!" Diese Rede wurde mit jubelndem Beifall aufgenommen, und so fand der Prinz die ersten Gefährten für seinen Kampf gegen die Steppenreiter.

Nach einem stärkenden Mahle wurden Waffen und Pferde verteilt. Ein unbändiger Stolz erfüllte den Prinzen, daß er nun an der Spitze einer eigenen Truppe gegen die Hunnen reiten konnte. Wenn seine Gefährten auch nur Hirten waren, so kannten doch viele das Waffenhandwerk, denn die meisten hatten schon früher Kriegsdienste geleistet. Freudig folgten sie ihrem jungen Anführer, dem sie sich im gemeinsamen Haß gegen die Hunnen verbunden fühlten. Doppelte Freude empfanden sie aber, weil der Feind selber die Waffen zu diesem Zuge geliefert hatte.

Eisenherz wußte von Jago, daß die von der Paßhöhe kommenden Hunnen gerne im Haupttal lagerten. Dort gab es auch für größere Scharen Wasser und Platz genug. Vorläufig war freilich im ganzen Tal noch kein Feind zu sehen. Der Prinz hieß deshalb seine Männer, sich zu verbergen, und stellte Späher auf.

Die Sonne stand schon ziemlich tief, als Jago, der mit dem Prinzen Wache hielt, auf seinem Horn ein Zeichen gab. Von den schneebedeckten Bergen herunter zog ein Versorgungstroß der Hunnen in langen Windungen zu Tal. Wenn er, was anzunehmen war, auch Verpflegung geladen hatte, so mußten die Vorräte für Monate genügen. Gleich nachdem die Reiter den Wiesengrund erreicht hatten, begannen sie, ihre Zelte aufzuschlagen. Noch fühlten sie sich sicher, und doch sollte diese Nacht, die jetzt so still herniederbrach, für viele von ihnen die letzte sein.

Als die Feuer längst in sich zusammengesunken waren, und nur noch das Sternenlicht schien, näherte sich Eisenherz mit seiner Schar dem Lager. Dann, auf einen gellenden Hornstoß hin, stürmten sie mit lauten Kriegsrufen los. Ehe die Hunnen richtig erwachten, war der Tod schon mitten unter ihnen. Im Lager brach eine Panik aus. Am schrecklichsten wütete ein junger Krieger, der das Gewand eines hunnischen Anführers trug, und dessen Schwert gnadenlos jeden Widerstand brach.

Doch die Übermacht der Hunnen war groß. Eisenherz durfte dem Gegner keine Zeit zum Sammeln lassen. Weil er das aber schon vorher bedacht hatte, begnügte er sich damit, die Zelte anzuzünden und den Troß zu entführen. Als ein Teil der Männer dieses besorgt hatte, brach er den Kampf ab und verschwand in der Nacht, unversehens, so wie er auch gekommen war. Für die Hunnen, die sonst nur vom Plündern lebten, war es bitter, nun selbst einmal geplündert worden zu sein und zu alledem auch noch die meisten Pferde verloren zu haben.

Bis dann der Morgen kam, hatten sich die Hunnenjäger längst in ihr verborgenes Tal zurückgezogen und die Beute in Sicherheit gebracht. Nach leidvollen Jahren genossen die Hirten zum ersten Male wieder die Freude eines Sieges.

Ehe der Prinz seine Männer entließ, hieß er einen jeden, so viel von der Beute mitzunehmen, wie er zu tragen vermöge. Er wußte, daß sich die Kunde von seiner Freigebigkeit rasch verbreiten werde, und rechnete mit weiterem Zulauf. Was er erwartete, traf auch ein. Das kleine Heer vervielfachte sich in kurzer Zeit durch die Freiwilligen, die von allen Seiten herbeiströmten. Da an Waffen, Pferden und Lebensmitteln immer noch mehr als genug vorhanden war, konnte der junge Feldherr allmählich daran denken, auch größere Schläge zu führen.

Kundschafter hatten die Nachricht gebracht, daß die Hunnen nur noch in größeren wohlbedeckten Verbänden über den Paß ziehen wollten. Diese Neuigkeit gefiel

dem Prinzen über alle Maßen. Große Züge bedeuteten große Beute; eine zahlenmäßige Überlegenheit fiel jedoch in dem schwierigen Berggelände wenig ins Gewicht. Da war ein guter Einfall oft mehr als tausend Krieger wert.

Eisenherz ließ dem geduldigen Sokrates Verpflegung für eine ganze Woche aufladen und machte sich mit Jago auf den Weg, um die Paßhöhe und ihre Umgebung zu erforschen. Nach einigem Suchen entdeckte er eine leicht zu verteidigende Schlucht, die in das von den Hunnen beim Übergange benutzte Tal mündete. Der Prinz ließ einen Teil seiner Männer nachholen und befahl, daß im Inneren der Schlucht eine starke Barrikade aus Baumstämmen und Felsbrocken errichtet werde.

Nach diesen Vorarbeiten rief Eisenherz seine Unterführer zusammen und erklärte ihnen an einem Sandmodell des Geländes, das Jago recht geschickt gebaut hatte, seinen Kriegsplan in allen Einzelheiten. Der Prinz rechnete damit, daß bald ein großer Hunnenzug über den Paß kommen werde. Es war auch schon bekannt, daß sich die Hunnen jenseits des Passes versammelten, um den Übergang dann geschlossen zu vollziehen. Dieser Ansammlung galten die Vorbereitungen des Prinzen.

Eines Tages kam die Nachricht, die Hunnen seien aufgebrochen. Der Zug begann seinen Marsch unter den größten Vorsichtsmaßregeln. An der Spitze ritten als Vorhut tausend schwerbewaffnete Krieger. Weitere fünfhundert Reiter bildeten den Nachtrab, dazwischen trottete die lange Karawane der Packpferde, die nur von einzelnen Treibern beaufsichtigt wurde. So mochte es den Hunnen scheinen, als drohe ihnen überhaupt keine Gefahr von dem Unbekannten, der es schon zweimal gewagt hatte, ihnen zu trotzen. Dieses Mal würde er bestimmt vorsichtiger sein.

Damit behielten die Hunnen recht; der Prinz war sehr vorsichtig, denn er hatte der Überzahl bloß dreihundert Männer, einschließlich der alten und allzu jungen, entgegenzusetzen, und diese waren noch nicht einmal alle beritten. Unter solchen Umständen konnte der Sieg nur durch eine Kriegslist errungen werden.

Als die Hunnen näher rückten, versteckte Eisenherz seine Reiter im vorderen Teil der Seitenschlucht so, daß sie vom Feinde nicht gesehen werden konnten. Dort sollten sie in aller Heimlichkeit warten, bis ein verabredetes Hornsignal sie rufe. Das Fußvolk begab sich indessen ins Innere der Schlucht hinter die Barrikade. Eisenherz selber bezog mit seinen Unterführern einen Auslugposten und wartete, bis die hunnische Vorhut vorbeigezogen war, und vor der Schlucht schon die ersten Pferde des Trosses auftauchten. Damit war nun der Augenblick gekommen, an dem nach des Prinzen sorgfältig vorbereiteten Plänen der Angriff losbrechen sollte.

Vor der Vorhut der Hunnen zeigte sich zu diesem Zeitpunkt eine Reiterschar und tat, als wolle sie angreifen. Noch vor dem Zusammenprall stellten die Fremden aber ihr Kampfgeschrei ein und wendeten sich zur Flucht, gerade so, als hätten sie die Stärke der Hunnen erst jetzt richtig erkannt. Von den Reitern an der Spitze verleitet, beteiligte sich schließlich die ganze Vorhut an der Jagd, die nun folgte und weiter

unten im Tal über einen Wiesengrund führte. Es dauerte lange, bis die Hunnen dahinter kamen, daß sie von Knaben und alten Männern nur an der Nase herumgeführt worden waren. Nachdem sie es aber begriffen hatten, ließen sie von der Verfolgung sofort ab und galoppierten zurück. Dabei war ihnen aber nicht sonderlich wohl, denn sie ahnten allmählich, warum man sie weggelockt habe.

Als sie, ohne sich eine Pause zu gönnen, wieder in die Nähe des Passes kamen, da dämmerte ihnen, daß alles schon zu spät sei. Gleich nachdem die Vorhut so unüberlegt davongeritten war, hatten Eisenherz und seine Krieger ihre Verstecke verlassen, um den langen Zug der Packpferde nach der Schlucht umzulenken, was bei der anerzogenen Folgsamkeit dieser Tiere nicht allzu schwer fiel. Die Treiber ritten vor den zu allem entschlossenen Männern schreiend davon.

Die hunnische Nachhut, die in einer lang auseinandergezogenen Linie hinterhertrabte, argwöhnte bald, daß es vorne nicht mehr ganz geheuer sei, und bemühte sich deshalb, Hilfe zu bringen, aber das war auf dem engen Saumpfad leichter gesagt als getan. Einige Hirten sperrten den Weg an der richtigen Stelle durch Baumstämme und bedrohten die anreitenden Hunnen zudem noch mit Steinlawinen.

Während die Nachhut auf solche Weise aus dem Spiel gehalten wurde und die Vorhut noch auf der Jagd nach Knaben und Greisen war, verschwand fast der ganze Troß in der Tiefe der Schlucht, wo er hinter der Barrikade zunächst einmal jedem hunnischen Zugriff entzogen war. Um Zeit zu gewinnen, ließ Eisenherz den Weg in der Nähe der Paßhöhe nach beiden Seiten hin mehrfach so gründlich verrammeln, daß weder Vorhut noch Nachtrab auch dann nicht allzu rasch nachrücken konnte, wenn der Prinz alle seine Leute abgezogen hatte. Weiter wurden hoch über dem Weg an günstigen Stellen noch große Steinhaufen errichtet, die durch einen einzigen Mann mühelos in tödliche Lawinen verwandelt werden konnten.

Eisenherz versammelte seine Streitmacht, mit Ausnahme der wenigen Vorposten, hinter der geschlossenen Barrikade und gab Anweisung, was mit der Beute zu geschehen habe. Der Prinz rechnete nicht damit, daß die Hunnen ihre Niederlage stillschweigend hinnehmen würden, denn dafür war die ihnen angetane Schmach zu groß, und

außerdem konnten die Getäuschten auch nicht auf ihre ganzen Vorräte und Packpferde verzichten, ohne das eigene Leben zu gefährden. Eisenherz hatte also allen Grund, seine Männer vor einem kommenden Gegenschlag zu warnen.

Dem Führer der hunnischen Vorhut gelang es, trotz mancherlei Schwierigkeiten, nach einiger Zeit, den Verbleib des Trosses festzustellen und seine noch kampffähigen Männer vor der Schlucht zu sammeln. Sein Entschluß schien das einfachste Ding der Welt zu sein. Er hieß: Sturm auf die Barrikade!

Und doch lagen die Dinge nicht ganz so einfach. Schon der erste Angriff kostete die Hunnen zahlreiche Opfer; einige Reiter drangen zwar bis zur Barrikade vor und versuchten, vom Sattel aus gegen die Verteidiger zu fechten, doch wurden sie von obenher so mit Schwerthieben und Lanzenstichen eingedeckt, daß kaum einer auch den Rückweg fand. Ihr Anführer mußte sich eine neue Taktik überlegen.

Eisenherz beobachtete später, wie eine beträchtliche Anzahl von Hunnen an den Schluchtwänden hinaufkletterte. Die krummbeinigen Reiter benahmen sich dabei nicht sehr geschickt, erreichten allmählich aber doch eine Höhe, von der aus sie die Verteidiger bedrohen konnten. Der Prinz sah ein, daß ein gleichzeitiger Angriff von mehreren Seiten seiner Schar gefährlich werden konnte. Vorerst aber saßen ein paar eigene Leute noch höher in den Felsen und fügten den Kletterern schweren Schaden zu. Viele wurden von herabgeschleuderten Felsbrocken, andere von den Pfeilen der Belagerer getroffen.

Den Hunnen galten Menschenleben jedoch wenig. Immer mehr schickten sich an, die Felswand an solchen Stellen zu erklimmen, die von den Verteidigern nicht so gut beherrscht wurden. Eisenherz erkannte, daß den Feinden bei ihrer Überzahl am Ende doch noch ein Erfolg beschieden sein könnte. Der größte Teil des Trosses war schon talaufwärts gezogen. Der Prinz befahl, daß nun auch der Rest aufbreche, und ließ Feuer an die Barrikaden legen. Im Schutze der Flammen konnte sich seine Hauptmacht ungefährdet vom Gegner lösen.

Wo die Schlucht zu Ende ging und in ein zerklüftetes Hochland mündete, teilte der Prinz die noch bei ihm gebliebene Schar in kleine Gruppen, von denen jede auf eigene Faust den Heimweg suchen sollte. Die landeskundigen Männer verschwanden mit ihrer Beute in den Bergwäldern; nur Eisenherz blieb mit einigen Bogenschützen

noch zurück, um zu beobachten, was der Feind beginne, wenn der Weg frei sei.

Als die aus schweren Stämmen gezimmerte Barrikade schließlich in Asche lag, setzten die Hunnen darüber und galoppierten die Schlucht hinauf, um nach dem Verbleib des entführten Trosses zu forschen. Sosehr sie aber auch umherspähten und suchten: der Troß war und blieb verschwunden. Die Hunnen streiften noch lange talauf und talab; es ging ihnen jetzt nicht mehr um die Kostbarkeiten, die der Troß mit sich führte, sondern nur noch um das nackte Leben. In dem Lande, das sie selber so lange ausgeraubt hatten, war keine Nahrung für so viele mehr zu finden, und zumal nicht in dieser Einöde. Aber es kam noch schlimmer. Als die Dämmerung aus der Tiefe kroch, und nur noch ein trügerisches Zwielicht in den Bergen hing, da tauchten zwischen den Felsen unfaßbare Schatten auf und überschütteten die Hunnen mit einem Hagel von Pfeilen, gegen die es nur Flucht, aber kein Wehren gab. Es half dem hunnischen Anführer auch nichts, daß er die Arme zum Himmel erhob und den Zorn seiner heidnischen Götter auf den Prinzen herabbeschwor. Am Ende blieb ihm nur noch übrig, seine entmutigten Reiter über den Paß zurückzuführen.

In der folgenden Nacht feierten Eisenherz und seine Hunnenjäger, wie sich die Hirten jetzt selber nannten, in der heimatlichen Schlucht den Sieg. Einige Tage später erfuhr auch der Große Khan, der in Pannonien, dem heutigen Ungarn, residierte, von dem Geschehen in den Bergen und lief vor Wut dunkelrot an.

Kalla Khan ärgerte sich dunkelrot

Kalla Khan brütete lange nach und erkannte, daß Eisenherz der Funke sein könnte, der in ganz Europa die Flamme des Widerstandes entzünde. Das aber mußte verhindert werden. Der Große Khan ließ Karnak den Schrecklichen, seinen besten Feldherrn, zu sich kommen und erklärte ihm: „Wir dulden keine Auflehnung! Weder von Kaisern, noch von Königen und erst recht nicht von besiegten Völkern. Aber dieser Prinz, dieser milchbärtige Ritter irgendeiner Tafelrunde . . ., ich weiß nicht wie . . ., dieser Strolch überfällt mit einem Haufen diebischer Bauern unsere Karawanen, die nach Italien ziehen. Das wird der Kerl zu büßen haben! Versammle dein Heer und mache den Paß frei! Befestige ihn! In spätestens zwei Monaten bist du zurück und legst mir den Kopf dieses Burschen vor die Füße!"

Karnak wollte gehen, doch der Khan wies vorher noch auf zwei Stangen vor dem Zelte: „Auf der einen, Karnak, steckt bereits das Haupt eines besiegten Feldherrn. Diese andere, die noch leer ist, wird der Kopf des Prinzen zieren . . . oder dein eigener!" Der Feldherr griff sich unbewußt an die Kehle und . . . ging.

Der Schreckliche verlor keine Zeit; er wußte jetzt, daß das Spiel um einen Kopf ging. Um seinen eigenen oder um den des Prinzen. Den eigenen wollte er nicht verlieren; er war auch fest davon überzeugt, daß der knabenhafte Ritter einem ernsthaften Angriff nicht lange widerstehen könne. Der Milchbart mochte zweimal, dreimal Glück gehabt haben beim Überfall auf ruhende Truppen oder kaum geschützte Trosse, aber das war ein anderes Ding, als gegen ein Heer erprobter Krieger zu streiten. Nein, der Kopf des sieggewohnten Karnaks war nicht in Gefahr.

Der Hunne ging mit aller Vorsicht an das übertragene Werk. Bald nach dem Gespräch zwischen Kalla Khan und seinem Feldherrn konnte Eisenherz beobachten, wie auf der Ebene weit unterhalb des umstrittenen Passes ein riesiges Zeltlager

errichtet und befestigt wurde. Die Hunnen verließen sich offenbar nicht mehr allein auf den Schrecken, den anderwärts schon ihr bloßer Namen verbreitete. Gerade aber die ungewöhnliche Stärke, die sie dem Lager gaben, bewies dem Prinzen, daß sich der Gegner gar nicht mehr so selbstbewußt fühlte.

Inzwischen hatte sich die Kunde von des Prinzen ersten Siegen über die Lande verbreitet. Sein Heer wurde täglich größer. Der listige, schwache Kaiser Valentinian, der es einst mit Attila gehalten hatte, sandte fünfhundert Reiter, und aus Spanien meldeten sich gar tausend Westgoten.

Das schönste aber von allem war, daß auch von König Arthurs fernem Hofe zwei narbenbedeckte Ritter herbeigezogen kamen, die Eisenherz schon aus weiter Ferne erkannte. „Herr Gawain! Herr Tristan!“ jubelte er den alten Freunden entgegen. Der allzeit zum Scherzen bereite Gawain erklärte, warum sie gekommen seien: „Tristan will seine Liebe zu Isolde vergessen, und ich will vergessen, daß ich überhaupt keine Liebste habe.“ Tristan und Eisenherz wußten schon, wie das gemeint sei, und lachten nur. Sie begaben sich gemeinsam zum Zelte des Prinzen, wo dieser die Lage erklärte. An der Besprechung nahmen auch alle Unterführer teil.

Des Prinzen Krieger hielten den Umkreis des Passes besetzt, und doch verging kaum ein Tag, ohne daß Karnaks Reiter einen Überfall auf die vorgeschobenen Posten versucht hätten. Eisenherz eilte dann immer zu der bedrohten Stelle und sorgte mit Gawain und Tristan dafür, daß der Hunne nicht allzu übermütig wurde.

Diese Gefechte waren harmlos, bis dann kleinere Hunnentrupps auch im Rücken der Verteidiger auftauchten. Über den Paß konnten sie nicht gekommen sein, denn der war zu gut bewacht. Eisenherz forschte dem Geheimnis nach; eines Tages verriet dann ein Gefangener, daß zwei Tagesritte weiter ein anderer Paß liege, der von der Stadt Pandaris unter ihrem Herzog Cäsario so lange gesperrt blieb, bis der Regent von seinem eigenen Vetter an die Hunnen verraten und in den Kerker geworfen wurde. Nun herrschte Piscaro als Tyrann über Pandaris und erwies den Feinden des Landes jeden Liebesdienst, den sie von ihm verlangten. So war der andere Paß also frei geworden, und die Hunnen konnten in aller Ruhe damit beginnen, auch im Rücken des Prinzen ein Heer aufzustellen.

Eisenherz wußte jetzt genug. Als er einmal von seiner Paßhöhe aus das Lager in der Tiefe betrachtete und die Zahl der Zelte schätzte, stellte er fest, daß die Hunnen schon mit zwanzigfacher Übermacht vor ihm lagen. ,,Wenn sie von zwei Seiten her angreifen, so kann das ein böses Ende nehmen. Wir müssen den anderen Paß unbedingt wieder schließen. Ich werde selber nach Pandaris reiten!"

Der Kriegsrat wollte verhindern, daß sich der Prinz in solche Gefahr begebe; dieser bestand jedoch auf seiner Absicht und ritt mit Jago davon. Ein beißender Schneesturm erschwerte die Reise, entzog die Reiter zugleich aber auch der Sicht des Feindes. Im Schutze der Dunkelheit umritten sie ein kleineres Lager, das die Hunnen am Fuße

der Berge bereits eingerichtet hatten, und näherten sich dann schon dem Bannkreis der Stadt. Ehe sie indessen in Pandaris einritten, besuchten sie einen wohlhabenden Kaufmann namens Guido, der draußen, einige Meilen vor der Stadt, im Grünen wohnte und ein geheimer Freund des alten Herzogs war. Ein mit dem Kaufmann eng befreundeter Unterführer des Prinzen hatte diesen guten Rat gegeben. Die beiden Gäste wurden mit offenen Armen empfangen und erfuhren nun aus verläßlicher Quelle, wie es zu dem schändlichen Verrat gekommen war, und wie weit die Hunnen ihre Angriffsabsichten schon vorangetrieben hatten.

„Herzog Cäsario war ein gütiger Herrscher", erzählte der Kaufmann beim Mahle, „aber er achtete in seiner Rechtschaffenheit so lange nicht auf das Treiben seines Vetters, bis es dann zu spät war. Piscaro konnte ungestört mit den Hunnen verhandeln und sich deren Hilfe für den geplanten Umsturz versichern. So wurde dieser lasterhafte Mann zum Tyrannen von Pandaris, der sich mit einer hunnischen Leibwache umgeben muß, um nicht vom eigenen Volke erschlagen zu werden. Keiner darf seine Stimme gegen ihn erheben, da schon die leiseste Bemerkung, wenn sie von einem Verräter gehört wird, mit Folter und Tod endet."

„Trotzdem", so fuhr der Kaufmann fort und senkte seine Stimme sogar im eigenen Hause, „haben sich in der Stadt beherzte Männer zusammengefunden, die sich die Liberatoren nennen und in aller Heimlichkeit die Befreiung vorbereiten. Diese Männer wissen schon von Euch, und Ihr werdet sie wohl bald kennenlernen."

Am anderen Morgen mischten sich Eisenherz und Jago unter das Landvolk, das Obst und Gemüse in die Stadt brachte. So konnten sie, als Händler verkleidet, unbehindert das Stadttor durchschreiten. Überall in den von Steinbogen überwölbten Straßen standen bewaffnete Hunnen, an denen sich das Volk scheu vorbeidrückte.

Auf dem Wege zum Palaste vernahmen die Freunde Hornsignale und laute Rufe. Ein kriegerischer Zug kam die Straße gezogen. „Piscaro reitet aus!“ warnte Jago, aber da schlugen die Söldner schon rücksichtslos rechts und links in die auseinanderstiebende Menge. „Kniet nieder, Hunde, und ehret euren Herzog!“

Dieses Vorgehen ließ den Prinzen erkennen, daß Guido nicht zuviel behauptet hatte, als er erzählte, wie Piscaro in der Stadt regiere. Um keinen unnötigen Zwischenfall herbeizuführen, sprang er zwar auch zur Seite, blieb aber doch stolz erhobenen Hauptes stehen, denn er meinte, daß sich eine solche Unterwürfigkeit, wie sie von den Knechten Piscaros da verlangt wurde, für einen Königssohn und Ritter der Tafelrunde auch in der gefährlichsten Lage nicht gezieme.

„Kniet nieder, Herr!" flüsterte Jago, der sich ein wenig allzu gefügig sofort in den Staub geworfen hatte.

„Kniet nieder, Herr!" flüsterten auch die Bürger, die hinter dem Prinzen lagen. „Ein schrecklicher Tod erwartet jeden, der dem Herzog nicht die Ehre erweist."

Doch da erschien der falsche Herzog schon selber hoch zu Roß, umgeben vom Ring seiner Leibwache, und schwenkte einen parfümierten Wedel vor seiner Nase, wie wenn es ihm lästig sei, mit dem gemeinen Volke die gleiche Luft atmen zu müssen. Eisenherz stand immer noch in voller Höhe da und flüsterte verächtlich: „Das Pferd, das er reitet, ist mehr wert als der ganze liederliche Kerl!"

Es konnte nicht ausbleiben, daß das trübe Auge des Tyrannen dem Blick des Jünglings begegnete, der da hochaufgerichtet inmitten der geduckten Menge verharrte. Insgeheim zitterte Piscaro vor diesem Blick; da er sich aber inmitten seiner Garde sicher fühlte, ließ er seiner Wut freien Lauf. „Brecht dem Burschen die Beine", brüllte er die Söldlinge an, „dann wird ihm das Knien leichter fallen!"

„Wie gut, daß du mich an meine Beine erinnerst", rief der Jüngling und rannte weg. Der Prinz war zwar flinker als seine Verfolger, geriet aber unversehens in eine

Sackgasse, aus der es kein Entkommen mehr zu geben schien.

Nun wurde es Ernst: die Söldner mußten gleich um die Ecke biegen. Eisenherz griff zu seiner einzigen Waffe, dem im Gewande versteckten Dolche. In diesem Augenblicke wurde er rücklings gepackt und in einen Torweg gezogen. Der Prinz schnellte herum und wollte zustoßen, aber eine dunkle Stimme beruhigte ihn: „Liberatoren ... kommt, Prinz Eisenherz, bei uns seid Ihr sicherer als da draußen!" — Der Fremde brachte seinen Gast in eine Küche, von wo aus sie durch einen Kamin in das Nachbarhaus, dem geheimen Versammlungsplatz der Liberatoren, gelangten.

Die Männer, die sich hier trafen, waren zu jedem Opfer bereit, wenn es darum ging, den Unterdrücker zu beseitigen, aber es fehlte ihnen an Entschlußkraft. Ein jeder sagte zwar: „Wir werden Piscaro töten! Cäsario muß befreit werden! Die Hunnen müssen unsere Stadt verlassen! Wir werden den Paß wieder schließen!" Keiner wußte jedoch, wie das alles zu machen sei. Eisenherz sagte das gleiche, war jedoch der einzige, der auch den Mut zur Tat fand. Er verkleidete sich als Hunne, bat seine Freunde, die Waffen bereit zu halten, und begab sich in die Stadt, wo er alsbald erkannt, ergriffen und vor den haßglühenden Piscaro geschleppt wurde.

„Du kennst die Liberatoren? Nenne sofort ihre Namen!“ Aber Eisenherz dachte nicht daran, so schnell zu willfahren, und wurde deshalb in den Kerker gesteckt, wo er durch ein Mauerloch zur Nachbarzelle eine Verbindung mit Herzog Cäsario bekam. Das Fenster war jedoch zum Abhören eingerichtet.

Um mehr zu erfahren, ließ Piscaro den Prinzen auf die Folterbank schleppen. „Deine Stunde hat geschlagen, und meine Rache wird süß sein", höhnte der Tyrann. Plötzlich gab es einen hörbaren Ruck, und Eisenherz schrie: „Ich will gestehen, aber nur Euch allein unter vier Augen." — Piscaro schickte seine Folterknechte weg und griff zum Dolche. „So, wir sind allein. Sprich!" Im selben Augenblicke faßten

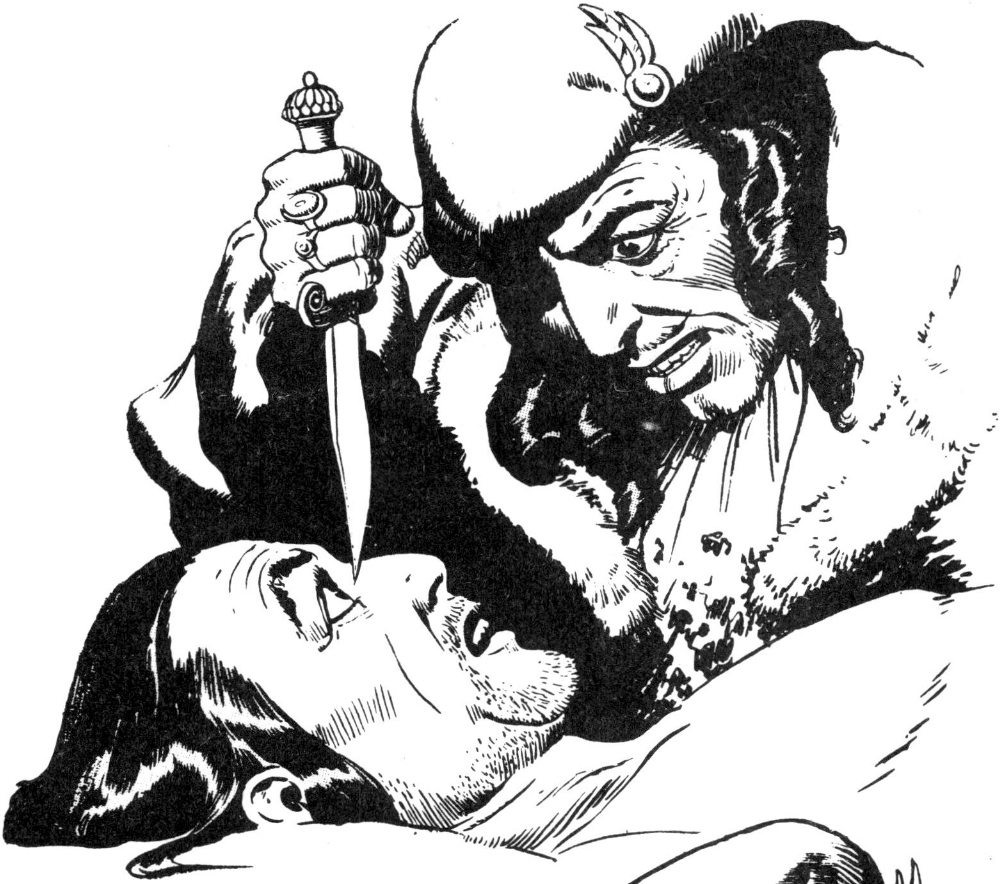

Piscaro zückte den Dolch: „Sprich!“

Aber Eisenherz griff zu.

zwei harte Fäuste nach dem Tyrannen . . . Als Piscaro erwachte, glich er nicht mehr sich selber. Seine langen Locken waren abgeschnitten, und sein Gesicht starrte vor Schmutz. Auf dem Leibe trug er die Lumpen des Prinzen, der dafür das Gewand des falschen Herzogs angezogen hatte. „Deine Streckbank hat mir nichts gebrochen", sagte der Jüngling. „Den Knacks habe ich mit meinen Fingern und Zähnen gemacht, und der Schrei war nur gespielt." Ehe er den Kerker verließ, flüsterte er in die Nebenzelle hinein: „Habt Zuversicht, Ihr seid bald frei!"

Eisenherz schickte den Tyrannen mit einem Kinnhaken für einige Zeit zur Ruhe und verließ dann den Kerker. Die Gesellen draußen verbeugten sich untertänig. Vorher schon hatte der heimtückische Piscaro befohlen, den Gefangenen zu töten, wenn dieser erst alles gestanden habe. Das geschah nun, aber die Folterknechte brachten im Halbdunkel den Falschen um. Ein wunderliches Schicksal hatte also gefügt, daß ein Verräter an der eigenen Tücke zugrunde gehen mußte.

Der verkleidete Prinz begab sich in die Räume des Tyrannen und rief nach dem Hauptmann der Palastwache. „Hole Cäsario und lasse ihn bei mir an die Wand ketten! Ich werde ihn selber noch einmal verhören." — Als der Befehl ausgeführt war, verriegelte Eisenherz alle Türen und befreite den fassungslosen Herzog von seinen Ketten. „Der Palast wimmelt noch von Piscaros Kreaturen. Wißt Ihr einen Rat, wie wir uns mit Euren Freunden vereinen können?" Der Herzog wußte keinen, dafür hatte aber der Prinz einen Gedanken. „Ich hab's!" rief er. „Wenn wir schon nicht hinauskommen können, so sollen Eure Freunde wenigstens hereinkommen!" Er kettete Cäsario zum Scheine wieder an und rief die Wachen. „Mein teurer Vetter hat mir die Namen der Liberatoren genannt. Heute nacht heben wir sie aus und bringen alle ins

Zeughaus. Keinem soll aber, bei meinem Zorne, vorläufig ein Haar gekrümmt werden, wir werden sie hinterher dann einzeln foltern. Los jetzt!"

„Ihr seid mehr als kühn, Herr Eisenherz", meinte der Herzog, als sie wieder allein waren, „aber ich erkenne die Nützlichkeit Eures Planes. Auf eine andere Weise könnten wir uns kaum mit meinen Freunden vereinen. Ein unmittelbarer Angriff auf den befestigten Palast hätte allzu viele Blutopfer gekostet und wäre am Ende vielleicht doch erfolglos geblieben."

Während dann Pandaris schlief, streiften die Schergen durch alle Gassen, durchsuchten die Häuser, rissen die ahnungslosen Liberatoren aus ihren Betten und schleppten sie in Ketten weg. Der Jammer der Betroffenen war groß, denn alle dachten, ihr letztes Stündlein habe nunmehr geschlagen. Ein Rätselraten um den Verräter, denn nur Verrat konnte doch hier gewaltet haben, begann in der Stadt.

Als der Tag anbrach, wurden die Gefangenen, die zunächst auf dem Palasthof eingepfercht blieben, in das Zeughaus geführt. Wenn Piscaro, oder der Mann, den alle für Piscaro hielten, auch befohlen hatte, daß den Liberatoren nichts zuleide getan werden dürfe, so ging es doch nicht ohne derbe Püffe ab, bis alle im Zeughaus untergebracht waren. Die Männer standen allein in der düsteren Halle, wo Waffen und Rüstzeug aller Art aufgestapelt lagen . . ., genug, um ein kleines Heer damit auszustatten. Aber was sollten die Waffen in dieser Lage? Die Liberatoren empfanden die Wahl ihres Gefängnisses wie einen Hohn und riefen: „Tod dem falschen Herzog! Tod den Hunnen! Und Tod dem Verräter, dem wir diese Schmach verdanken!"

Eisenherz und Cäsario beobachteten das alles von ihrem Fenster aus, konnten den Freunden im Augenblicke aber nichts ersparen; sie wußten zwar, worauf sie am Ende hinauswollten, doch die Gelegenheit zum Handeln war immer noch nicht gekommen. Wie schon oft, so half auch dieses Mal das Glück dem Tapferen. Völlig

unerwartet erschien der Foltermeister, um seinen Bericht über den vergangenen Tag zu erstatten. Dem Prinzen fiel auf, daß der Mann eine grobe Ähnlichkeit mit dem Herzog hatte, und das brachte ihn wieder auf einen Einfall.

Der Knecht lächelte hämisch, als er den Mann ansprach, den er für Piscaro hielt. „Mein Herzog, der Befehl ist ausgeführt. Das Prinzlein verhauchte sein Leben als Feigling. Vor lauter Angst wurde er noch verrückt und behauptete frech, gar nicht er selber zu sein. Wißt Ihr, was der Bursche uns weismachen wollte?“ Der Mann schob eine Pause ein und wieherte vor Vergnügen. „Er sei Herzog Piscaro . . . hahaha!“

In des Prinzen Augen stieg ein gefährliches Funkeln. „Narr", fuhr er auf. „Getötet hast du Piscaro; ich aber bin Prinz Eisenherz!"

Der grausame Tölpel ahnte, was ihm bevorstand, und versuchte zu fliehen. Dazu war es jedoch schon zu spät. „Es ist eine erfreuliche Tatsache", meinte Cäsario nach der kurzen Auseinandersetzung, „daß ich diesem Scheusal einigermaßen ähnlich sehe. Nun wollen wir uns schnell in einen Foltermeister verwandeln." Der Herzog bekleidete sich mit dem Gewande des an die Wand geketteten Knechtes und lächelte über die Ironie des Schicksales, die ihm selber die Maske eines Henkers und dem Prinzen die Nachahmung eines Verräters erlaubte.

Während all dies auf höchst absonderliche Weise geschah, irrte Jago mit seinem Eselein durch die Gassen und versuchte erfolglos, etwas Genaueres über das Schicksal seines geliebten Herren zu erfahren. Schließlich ließ er sich mutlos auf den Stufen des Domes nieder und wartete auf irgendeinen Zufall.

Und dieser Zufall kam! Im Lager am Paß machte man sich nämlich Gedanken um das Ausbleiben des Prinzen. Gernot, ein junger Botschafter, erhielt den Auftrag, nach Pandaris zu reiten und Eisenherz zu suchen. Er erreichte auch ungefährdet die

Stadt, wo er dann den Gaukler fand. „Mein lieber Freund“, klagte Jago, „unser Prinz sitzt gefangen in Piscaros Kerker.“ — Mit dieser Kunde galoppierte Gernot zurück. Die Männer wollten sofort aufbrechen, um Pandaris zu stürmen. „Nein“, riet Gernot, „wenn wir den Paß verlassen, gefährden wir alles, was der Prinz bisher erreicht hat.“ Die anderen taten, als sähen sie das ein, und so dachte Gernot, daß es nicht darauf ankomme, wenn er selber heimlich nach Pandaris zurückkehre. Um so mehr war er überrascht, als er auf dem Wege Tristan, Gawain, Besaro, Vondermann und De Gatin traf, die genau so gedacht hatten. — Eisenherz ahnte nicht, daß so viel Hilfe

Besaro

Vonderman

De Gatin

Gernot

nahte, und trieb seine eigenen Befreiungspläne unentwegt weiter. Während die Liberatoren noch gefangen im Zeughaus lagen, überlegte er schon, wie der Hauptschlag gegen die Anhänger des falschen Herzogs zu führen sei. Zunächst galt es jedoch, unauffällig in eine Verbindung mit den Eingeschlossenen zu kommen. Eisenherz bat den Herzog, sein Gesicht unter der Kapuze des Foltermeisters zu verbergen, und ließ dann die Palastwache rufen. Die Männer erschienen auf der Stelle. „Wir gehen jetzt ins Zeughaus!" gab ihnen der Prinz bekannt.

Von diesen Gesellen zweifelte keiner daran, daß nunmehr die letzte Stunde der Liberatoren geschlagen habe, und alle freuten sich auf das Gemetzel. Wenn es die Wachen auch eilig hatten, zu ihrem grausamen Vergnügen zu kommen, so ließen sie die befohlene Vorsicht doch nicht außer acht und bildeten auf dem Weg über den Hof einen dichten Sicherungsring um Eisenherz und Cäsario. Durch diesen Dienst wurden sie abgelenkt, und das war gut so. Hätten sie den Herzog erkannt, so wäre dieser gewiß ihr erstes Opfer gewesen. Vor dem Tore des Zeughauses ließ der Prinz halten und sprach zu dem Anführer der Wache: „Liegen die Gefangenen alle in Ketten? Sind sie nach Waffen durchsucht? Gut, dann öffnet! Ich werde mich zuerst allein mit ihnen unterhalten. Der Foltermeister begleitet mich. Ihr bewacht indessen das Tor und laßt niemanden eintreten, bevor ich rufe."

Als die beiden in der Halle standen, warfen sie die fremden Gewänder ab und zeigten sich den Freunden. Cäsario hatte seine liebe Not, den aufkommenden Jubel zu dämpfen. Die Gefangenen wurden von ihren Ketten befreit und angewiesen, sich aus den Vorräten des Arsenals mit Waffen zu versehen. Wie dann alle kampfbereit waren, befahl Eisenherz den Wachen draußen, sich an der Südmauer des Palastes aufzustellen; damit wollte er einen Kampf unmittelbar vor dem Zeughaus vermeiden. Später konnten die Söldner von weitem beobachten, wie ein Zug gewappneter Krieger aus dem Tore schritt. Die beiden vordersten schienen ihnen zwar eine gewisse Ähnlichkeit mit Herzog Cäsario und Prinz Eisenherz zu haben; sie hatten aber keine Lust, sich den Zug ohne Befehl genauer anzusehen. Im Palaste selber hob alsbald ein großes Reinemachen an, so wie es Pandaris bis dahin noch nicht erlebt hatte.

Um die nämliche Stunde, da der Palast vom Schwertschlag widerhallte, stieß Jago am Stadttor auf Gawain, der mit den anderen herbeigeeilt war. Die Männer drangen sofort zum Palaste durch, wo die gröbste Arbeit aber schon getan war. Noch in der gleichen Nacht wurde auch der letzte Hunne aus der Stadt vertrieben.

Die Schatten der Steppenreiter und ihrer Kreaturen, die so lange über Pandaris geschwebt hatten, waren nun wieder verflogen, und die Stadt konnte aufatmen.

Bei dem Siegesfest, das Cäsario zu Ehren des Prinzen gab, erfuhr dieser mit leichtem Schrecken, daß schon mehr als 4000 Hunnen über den Paß gezogen seien. Wenn auch die Hälfte in Pandaris ums Leben gekommen sein mochten, so blieben doch immer genug, um eine ernste Gefahr für den Hauptpaß zu bilden. Eisenherz war fest entschlossen, seine Hunnenjäger von dieser Drohung zu befreien, und der Herzog kam ihm dabei entgegen. „Solange ich lebe, wird kein Hunne mehr über diesen Paß kommen“, versprach er. — „Wir müssen aber auch die Hunnen vertreiben, die schon in meinem Rücken stehen“, versetzte Eisenherz. „Bitte gebt mir fünfhundert Krieger, dann wird das bald geschafft sein.“ Diesem Wunsch entsprach der Herzog gerne.

Anderntags kam dann der Abschied von der befreiten Stadt, der so herzlich war, daß Eisenherz ihn nie mehr vergessen konnte. Die Menschen standen auf den Straßen und Balkonen, um dem Prinzen noch einmal dafür zu danken, daß er sie von dem Joche der Hunnen erlöst hatte. Es war ein Jubel ohnegleichen, und die Glocken läuteten dazu von allen Türmen. Um keine Zeit zu verlieren, unterrichtete

Eisenherz seine Unterführer schon während des Rittes über seine Pläne, und das erwies sich als gut. Hunnische Späher entdeckten nämlich den Heerzug, und dann sah sich der Prinz plötzlich einer waffenstarrenden Schlachtreihe gegenüber, die sofort angriff. Der junge Feldherr war aber bei König Arthur in eine gute Schule gegangen. Auf seinen Befehl hin formten die Krieger einen spitzen Keil und griffen

selber an. Der Keil bohrte sich in die feindliche Reihe hinein, teilte sich dann nach beiden Seiten und brachte die Hunnen, denen diese Art des Angriffes bis dahin unbekannt geblieben war, in eine heillose Verwirrung. Im Getümmel der Schlacht traf Eisenherz auf den feindlichen Anführer. Es kam zu einem Kampfe, der bald entschieden war. Der Hunne hatte alle seine Krieger eingesetzt, aber nur wenige konnten

„Wir können, wir können!“

entkommen. Was auf dieser Seite des Passes am Leben blieb, das waren nur kleine Gruppen, die sich nach der vernichtendenNiederlage genau so scheu verborgen hielten, wie sich die Bewohner des Landes vor kurzer Zeit noch vor ihnen selber verborgen halten mußten. Damit hatten Cäsarios Krieger ihren Dienst erfüllt; sie nahmen Abschied und kehrten nach Pandaris zurück, um dort mit dafür zu sorgen, daß keine weiteren Hunnen über den Nebenpaß kämen. Der Prinz jedoch begab sich zum Hauptpaß. Als er das Lager auf Sichtweite erreicht hatte, mußte er sich zuerst die Augen reiben, denn da standen jetzt viel mehr Zelte als vorher.

Während seiner Abwesenheit hatte sich das buntscheckige Heer, in dem der Ritter neben dem Hirten stand, unerwartet vermehrt. Eisenherz verfügte jetzt über siebentausend Mann und freute sich zuerst über den Zuwachs. Doch die Freude wich bald der Sorge, denn alle diese Leute wollten auch essen. Die von den Hunnen erbeuteten Vorräte gingen aber schon zur Neige, und dem Lager drohte der Hunger!

In der folgenden Nacht erging sich Eisenherz allein in der Nähe der Zelte; die Verantwortung bedrückte ihn. Entließ er sein Heer sofort, so stand der Paß, und damit Europas ganzer Süden, den Hunnen wieder offen. Hielt er seine Männer aber zusammen, dann war es nur eine Frage der Zeit, bis der Hunger sie besiegte. Ohne den Zuwachs hätten solche Sorgen überhaupt nicht aufkommen können.

Als der Tag zu grauen begann und einen Blick ins Tal erlaubte, kam ein Vorposten atemlos herbeigestürzt. „Herr Prinz, die Hunnen krabbeln wie die Ameisen in ihrem Lager; sicher wollen sie angreifen!" Das war keine gute Nachricht. Eisenherz dachte darüber nach, wie es zu machen sei, daß siebentausend hungrige Krieger über zwanzigtausend ausgeruhte und satte Hunnen siegen könnten. Aber er hatte keinen richtigen Einfall, bis er dann selber auf das tatsächlich wie ein Ameisenhaufen wimmelnde Lager schaute, in das gerade ein großer Verpflegungstroß ein zog. „Wenn wir nur auch so leicht hineinkommen könnten", meinte Jago.

„Wir können, Jago, wir können!“ rief Eisenherz plötzlich und warf vor Freude die Arme hoch. „Jetzt habe ich einen Plan! Rufe sofort den Kriegsrat zusammen!“

Was der Prinz wollte, war äußerst gewagt, aber die verzweifelte Lage forderte

eben verzweifelte Maßnahmen. Die Unterführer wackelten bedenklich mit den Köpfen und wollten sich nicht so recht überzeugen lassen.

Inzwischen gingen die Angriffsvorbereitungen der Hunnen weiter. Karnak, dessen Kopf auf dem Spiele stand, ließ keine Vorsichtsmaßnahme außer acht. Sein Ausgangslager war gut bemannt und stark befestigt. An Lebensmitteln hatte er mehr als genug. Wochenlang waren seine Krieger für den Kampf im Gebirge geschult und durch die Aussicht auf reiche Beute aufgestachelt worden, den Feind von der Paßhöhe zu fegen. Nun brannten sie darauf, endlich auch auf diesen Feind losgelassen zu werden. Karnack musterte sein Heer noch einmal und fand, daß es bereit sei.

Anderntags brachen die Hunnen schon im Morgengrauen auf. Trompeten klangen, Lanzen wurden geschwungen und Schwerter gegen die Schilde geschlagen. Das alles sollte den Kampfgeist der Krieger, der doch ohnedies schon wild genug war, noch mehr entflammen. Langsam schob sich der riesige Heereswurm das Tal hinauf und tastete auch alle Nebenschluchten ab, damit er gewiß in keinen Hinterhalt gerate.

Um diese Zeit trat Eisenherz vor seine Männer hin und sprach unbewußt einen Satz, den er so ähnlich schon einmal gehört hatte. „Freunde! Vor uns steht der Hunne, hinter uns der Hunger! Heute wollen wir uns an dem Letzten, was wir haben, noch einmal satt essen; morgen werden wir tot sein . . . oder gerettet!“

Die Feinde konnten den Weg bergauf an einem Tage nicht ganz schaffen. In der Nacht, während sie rasteten, zogen die Männer des Prinzen auf einem anderen, nur

den Einheimischen bekannten Pfade zu Tal; die vordersten waren wie Hunnen gekleidet und führten Packpferde mit sich. Karnak fand den Paß leer und ahnte nicht, daß

vor seinem Lager inzwischen ein hunnisch aussehender Troßzug erschienen war und Einlaß gefunden hatte. Nach einem kurzen Kampfe zwischen „Hunnen“ und Hunnen

saß Eisenherz im Lager, während Karnak, nur mit dem Notwendigsten ausgestattet, in den Bergen hing. Die Rechnung des Prinzen ging auf! Ein Gefangener mußte Karnak eine Botschaft überbringen, worinnen stand: „Aus seinem Lager, das einst das Deine war, grüßt Dich Prinz Eisenherz. Sollte Dich hungern, so wird er Dich gerne zum Essen einladen!“ Beim Lesen des Briefes lief Karnak bläulich an. Dann griff er zum Schwert und schlug den Boten wortlos nieder.

Die Wut des Hunnen kannte keine Grenzen; er war getäuscht worden und hatte den ersten Waffengang verloren. Pech! Aber das konnte auch dem besten Feldherrn gelegentlich widerfahren. Dieser Brief jedoch war eine Schmach, die ausgelöscht werden mußte. Karnak wußte jetzt, wie verwegen sein Gegner war. Fraglich war nur noch, ob das Prinzlein auch im offenen Kampfe etwas tauge, aber das würde sich bald herausstellen. Zunächst hatte der Milchbart freilich viele Vorteile. Er saß in einem befestigten Lager . . . und wie gut es befestigt war, wußte niemand besser als Karnak selber. Er verfügte über große Vorräte; auch das wußte Karnak. Der Hunne schwor sich, seinem Gegner, so ihm dieser in die Hände falle, den schrecklichsten Tod zu bereiten, den je ein Mensch erlitten habe. In dieser Stimmung gab er seinem Heere den Befehl zum Angriff auf das eigene Lager.

Eisenherz konnte beobachten, wie die Hunnen von den Bergen herabströmten und später in der Talaue eine Schlachtordnung bildeten; er hatte in der Zwischenzeit aber auch nicht geschlafen und befahl nun, daß sich ein jeder an den ihm vorherbestimmten Platz begebe. „Unser Freund Karnak hat Sehnsucht nach seinem Lager. Noch ist er uns zwar der Zahl nach überlegen; dafür können wir jedoch im Schutze der Wälle fechten. Empfangt also den Gegner so, wie er es verdient hat!"

Karnak trieb seine Männer gegen die festen Erdwerke. Hunderte fielen unter den Streichen der Verteidiger, doch über ihre Leiber stiegen gleich die nächsten. Nach jedem abgeschlagenen Angriff schallten über das Schlachtfeld die Flüche des Hunnen, der sich seines Kopfes nun gar nicht mehr so sicher war und immer wieder neue, sinnlose Stürme entfesselte. Daß ihn jeder Mann, der dabei sein Leben lassen mußte, auch dem eigenen Tode näher bringe, erkannte Karnak in dieser Stunde noch nicht; er ließ das Gemetzel erst abbrechen, als die Nacht herniedergesunken war und die Finsternis ein Weiterkämpfen ohnehin verbot.

Die Nacht verlief ruhig, aber der Morgen dämmerte trotz all seiner Stille wie eine unausgesprochene Drohung über beiden Heeren herauf. Von ihrem Lager aus konnten die Hunnenjäger beobachten, wie die Feinde ihre Wunden verbanden und die Waffen wieder in Ordnung brachten. Dieses ganze Verhalten deutete darauf hin, daß Karnak über kurz oder lang erneut angreifen werde. Zudem verfügte er ja auch nicht mehr über die Vorräte, die eine längere Belagerung erforderte. „Wenn sie abermals angreifen“, so sagte Eisenherz zu seinen Unterführern, „dann werden sie noch verzweifelter kämpfen, denn Hunger macht wild. Aber seid unbesorgt, ich weiß jetzt, wie wir sie endgültig bezwingen und vernichten können.“

Wenige Stunden danach sprang das Lagertor auf. Die Hunnenjäger ritten hinaus und bildeten eine Schlachtordnung.

Karnak wollte zuerst nicht glauben, was seine Augen sahen. Als aber kein Zweifel mehr bestehen konnte, daß sich der Gegner zu einem Angriff bereitstellte, schnaufte er vor Freude. Das war ja das beste, was ihm widerfahren konnte, denn in der offenen Feldschlacht hatte seine Reiter bis dahin noch keiner besiegt. Der Hunne war überzeugt, daß das kluge Prinzlein den Fehler bald mit dem eigenen Blute zu bezahlen habe, und freute sich über die geringe Zahl der Gegner. Er hatte mehr erwartet, aber da stand ja nur eine dünne Reihe von Berittenen, hinter der noch einige Fußknechte steckten. Seine Männer würden nicht viel Federlesens machen. Karnak, der das Spiel schon gewonnen sah, gab also den Befehl zum Angriff.

Die beiden Heere stürmten aufeinander los, und alles kam zunächst genau so, wie Karnak es erwartet hatte. Die Kavallerie des Prinzen ließ es noch nicht einmal zu einem richtigen Zusammenprall kommen, sondern machte schon vorher kehrt und wandte sich zur Flucht. Die Hunnen, diese wildesten Reiter der Erde, gaben ihre festgefügte Schlachtordnung auf und verwandelten sich in einen brüllenden Haufen, der nur noch darauf bedacht war, dem fliehenden Feinde vollends den Garaus zu machen. Plötzlich stand ihnen aber das vorher noch so verachtete Fußvolk mit Lanzen und zugespitzten Pfählen im Wege. An dieser Mauer, hinter der auch noch des Prinzen Bogenschützen warteten, brach sich der Ansturm. Unter den gelbgesichtigen Horden entstand eine unbeschreibliche Verwirrung. Die vorderen Reihen wurden aufgespießt oder sanken unter den Pfeilschüssen, die wie eine Wolke auf sie einfielen.

Des Prinzen Reiter stießen in die verwirrte Masse

Die hinteren Reihen prallten auf und gerieten in eine Unordnung, die ihnen die Bewegungsfreiheit nahm. In dieses Knäuel stieß der Prinz mit der Kerntruppe seiner Reiter hinein, die er bis dahin in einer Geländefalte versteckt gehalten hatte. Was folgte, war kurz, aber blutig. Die Hunnen, denen bislang der Ruf der Unbesiegbarkeit angehaftet hatte, waren nun plötzlich Sterbliche wie alle anderen auch und starben ... wie alle anderen auch. Haufenweise wurden sie zusammengemäht, und selbst der Versuch zur Flucht konnte ihnen nicht mehr helfen.

Eisenherz hatte sich immer im dichtesten Kampfgewühl aufgehalten und jeden angenommen, der sich ihm stellte. Nun aber, da die Schlacht entschieden war, widerte es ihn an, dem schrecklichen Gemetzel beizuwohnen, das unter den Fliehenden begann. Gewiß, die Hunnen hatten Ströme von Blut mitleidlos vergossen, und es war nur eine gerechte Strafe, daß sie jetzt selber bluten mußten. Der Prinz war sich jedoch zu gut dafür, nach dem Kampfe auch noch den Henker zu spielen.

Karnak, der Schreckliche, lag erschlagen wie so viele andere auf dem blutgetränkten Rasen. Als Eisenherz den Toten fand, sann er lange nach. Vor seinen Augen erschienen grüne Weiden, auf denen Vieh gemächlich graste, und stille Dörfer, in denen Menschen glücklich werkten. Ach, dachte der Prinz, wenn doch nur überall Frieden wäre. Aber dann raffte er sich auf. Zunächst war jedenfalls bewiesen, daß die

Hunnen nicht unbesiegbar waren und auch nicht ungestraft fremde Länder berauben und verwüsten durften.

Am Abend ließ sich Eisenherz zwei Gefangene bringen und überreichte ihnen auf der Schwertspitze eine versiegelte Botschaft. Vor ihm stand eine Truhe, groß genug, um eines Mannes Kopf zu bergen.

„Ich will euch das Leben schenken, wenn ihr diese Botschaft und die Truhe zu Kalla Khan nach Ungarn bringt." Die beiden waren nur allzu gerne bereit, den Auftrag zu übernehmen, und bestiegen sofort die herbeigeholten Pferde. —

Der Große Khan hatte wenig Freude an dem grausigen Inhalt der Truhe, am meisten ärgerte er sich aber über den Ton des Briefes, den ihm Eisenherz da geschrieben hatte: „Du hast gelobt, den Kopf deines armseligen Karnaks auf den Pfahl zu stekken, so dieser versage. Ich möchte Dich der Mühe entheben, lange nach diesem Kopfe suchen zu müssen. Bitte schicke mir auch Deine anderen Feldherrn, damit ich sie Dir auf die gleiche Weise zurücksenden kann. Die Macht der Hunnen ist jetzt für immer gebrochen!" — Der Große Khan wußte, daß der Schreiber recht hatte, und versank in dumpfes Brüten.

„Für mich ist dieser Krieg
beendet, aber ihr habt
noch einiges zu tun.“

Während der Khan von solcher Sorge bedrückt wurde, erholte sich Eisenherz von den Anstrengungen der letzten Monate; er bat seinen Kriegsrat zu sich und sprach: „Für mich ist dieser Krieg beendet, aber ihr habt noch einiges zu tun. Was an Hunnen übriggeblieben und lebend entkommen ist, muß jetzt vollends verjagt werden. Wir wollen auch den Paß so stark wie möglich befestigen und eine Regierung einsetzen, die für Ordnung im Lande sorgt. Außerdem muß die Beute gerecht unter alle verteilt werden, die zum Siege beigetragen haben. Das sind jetzt eure dringlichsten Aufgaben für die nächsten Wochen."

„Und du?" fragte Herr Gawain lächelnd.

Eisenherz lächelte zurück, gab aber keine weitere Antwort. Statt dessen griff er zu dem Angelzeug, das er sich in den letzten Tagen selbst gebastelt hatte.

Gawain und die anderen verstanden, daß es den Prinzen in die Einsamkeit ziehe, und erhoben keinen Einwand.

Der Kampf, der sich nicht vermeiden läßt, ist gut für Krieger. Nun aber, da die Hunnen geschlagen waren, träumte Eisenherz von sprudelnden Bächen und von dem Winde, der friedlich durch einsame Wälder rauscht. Er vertauschte seine Rüstung mit einem einfachen Gewand und wanderte ganz allein in die schöne Bergwelt hinein. Mit jedem Schritt, den er tat, fiel eine Sorge von ihm ab wie ein herbstliches Blatt; er dachte über das Abenteuer nach, das ihm in der Höhle der Zeit begegnet war. Die Zeit hatte ihren Sieg damals nicht ausgenützt, und Eisenherz empfand wieder einmal freudig, wie gut es doch sei, noch so jung und stark zu sein.

Einige Tage lang wanderte der Prinz, wohin es ihm gerade gefiel. War er müde, so rastete er; war er hungrig, dann angelte er aus einem der kühlen Bergbäche so viele köstliche Forellen, wie er brauchte. Seine Gefährten waren das prasselnde Lagerfeuer, die Sonne, der Mond und die Sterne. Die Nächte aber verbrachte er unter einem Dach, das er jeden Abend aus Ästen und Zweigen aufs neue errichtete.

Während sich Eisenherz in seiner bescheidenen Art erholte, drang die Kunde von seinem entscheidenden Siege auch zu den Ohren der Großen Europas. Viele von denen, die sich bis dahin nicht um ihn gekümmert hatten, wollten ihm jetzt beistehen und schickten ihm ihre Gesandten, die befugt waren, jegliche Hilfe anzubieten.

Im Lager wurden sie aber nur vom Kriegsrat des Prinzen empfangen; Eisenherz selber war fort, und niemand wußte im Augenblick, wo er sich aufhielt.

Einer der Abgesandten machte sich zum Sprecher der anderen und erklärte: „Mein königlicher Herr und mit ihm noch viele andere Fürsten bieten Prinz Eisenherz ihre Heere an, damit er diese nach Pannonien führe und die Hunnen vollends aus Europa vertreibe. An Nahrung, Waffen und anderem Rüstzeug fehlt es uns nicht; wir brauchen nur einen kühnen Feldherrn, der unsere Heere zum Siege führt. Nach allem, was geschehen ist, müßte das Prinz Eisenherz sein."

„Seht!" fuhr der Edelmann dann mit erhobener Stimme fort. „Prinz Eisenherz hat sich als glänzender Stratege erwiesen und uns mit seinen Taten an die bedeutendsten Feldherrn erinnert. Wenn er unsere vereinigten Heere nach Pannonien führt und die Hunnen vollends vertreibt, so wird er in einer Reihe stehen mit Alexander dem Großen, mit Perikles, Scipio Africanus, Julius Cäsar, Hannibal und . . ."

„Verzeiht, edler Herr", unterbrach ihn Tristan, „aber da kommt der große Feldherr gerade zurück. Am besten, Ihr unterhaltet Euch mit ihm selber."

Aller Augen folgten dem weisenden Arme des Ritters. Gleich darauf gab es bei den Gesandten manches Stirnrunzeln und sogar Rufe des Unwillens, denn im Zelteingang stand nicht etwa ein glänzender, waffenstarrender General, sondern nur ein verzauster, sonnengebräunter Jüngling, der eine kleine Last Forellen bei sich trug.

„Wenn Ihr Scherz mit uns treiben wollt, so ist die Zeit dafür schlecht gewählt", brummte der Gesandte, der den Prinzen vorher so gepriesen hatte.

„Verzeiht abermals, edler Herr", gab Tristan gelassen zurück, „aber der junge Fischer ist tatsächlich unser Prinz, von dem Ihr so viel erwartet."

Eisenherz, der nun in aller Form den fassungslosen Gästen vorgestellt wurde, zeigte voller Stolz seinen Fang vor, der ihm wesentlich mehr zu bedeuten schien als die neuen Kriegspläne gegen die Hunnen. Die Gäste nahmen dieses Verhalten recht unterschiedlich auf; der eine tat befremdet, der andere gekränkt, so mancher war aber auch dabei, der sich herzlich mit dem Prinzen freute.

Schließlich kam der Jüngling aber doch auf die Sache, wegen der die Besucher erschienen waren; er sprach dabei mit der höfischen Sicherheit, die ihm aus seiner prinzlichen Erziehung zugewachsen war.

,,Nun, meine Herren, ich kenne die hohe Bedeutung eurer Mission und fühle mich durch das Vertrauen geehrt. Ich weiß aber auch, daß jeder unnötig entfesselte Krieg nur die Voraussetzungen für einen künftigen Krieg schafft. Hier, unter meiner Hand", sagte er und berührte einen dicken Lederband auf dem Tische, ,,liegt das Buch der Weltgeschichte, in dem ich schon so manche Stunde bei Fackellicht gelesen habe. Viele glorreiche Siege sind darin verzeichnet, aber nirgends auf diesen Blättern finde ich eine gewaltsame Eroberung, die auch auf die Dauer gehalten wurde. Alexander und Cäsar haben sich zu ihren Zeiten die Welt gefügig gemacht . . ., was ist aus ihren Reichen geworden? Wo blieben Babylon, Persien, Karthago, Ägypten und Assyrien, die durch ihre Eroberungskriege dem Anschein nach einstmals so mächtig wurden? Sie haben alle nur das schwelende Feuer des Hasses gelegt, das jahrelang insgeheim weiterglühte, bis sich die Kriegsfackel dann eines Tages aufs neue daran entzündete. Nein, meine Herren, ich werde einem unnötigen Feldzug niemals meine Hilfe leihen. Wenn ich schon zum Schwerte greife, dann nur, um das Recht und die Freiheit wirklich zu wahren!"

,,Aber ich habe euch einen besseren Vorschlag zu machen", fuhr der Jüngling nach einer lastenden Pause fort. ,,Eure Völker bleiben vor künftigen Hunneneinfällen so lange bewahrt, wie dieser Paß und einige andere gehalten werden können. Zu eurem eigenen Wohle bitte ich euch, den Verteidigern der Pässe großzügige Hilfe zu gewähren. Dadurch erreicht ihr mehr als durch einen Kriegszug nach Pannonien, von dem ihr ohnedies nicht wissen könnt, wie er schließlich endet."

Einige der Gesandten waren auch nach dieser langen Rede noch nicht so ganz davon überzeugt, daß der Prinz recht habe; am Ende gelobten sie aber doch alle im Namen ihrer Fürsten, daß die Pässe mit gemeinsamen Kräften und unter allen Umständen gehalten werden sollten. Eisenherz verpflichtete noch jeden einzelnen persönlich durch Handschlag und konnte nun die Gewißheit haben, daß wenigstens der Süden Europas vor den Hunnen verschont bleibe

Als dann die Gesandten das Lager wieder verlassen hatten, sprach Eisenherz zu Tristan und Gawain: „Liebe Freunde, ich glaube, wir haben unser Werk hier getan und können nun daran denken, unseren Abschied zu nehmen. Wer immer an der gleichen Stelle bleibt, ist wie ein Baum, der Wurzel schlägt, alt und knorrig wird und nichts gewahrt von alledem, was sich sonst noch auf dieser schönen, unruhigen Welt begibt. Vorwärts also, wir reiten zu neuen Zielen!"

Eisenherz sagte den Gefährten seiner letzten Wochen Lebewohl, und so mancher rauhschalige Krieger fuhr sich dabei verstohlen mit dem Handrücken über die Augen um eine Träne wegzuwischen, die er nicht wahrhaben wollte. Die drei Freunde aber wappneten sich und zogen von dannen. Tristan ritt mit gesenktem Haupte, denn er träumte von der schönen Isolde. Der immer frohgemute Gawain dagegen trabte lächelnd dahin; er freute sich an der herrlichen Gotteswelt, und aus seinen Augen schauten ebenso die Lebenslust des Kindes wie der Ernst des Mannes. Der Prinz jedoch blickte schon wieder in die Zukunft; aufrecht und kühn saß er in seiner strahlenden Jugend im Sattel und war entschlossen, ein jegliches Abenteuer zu bestehen, das ihm die Vorsehung über den Weg schicke.

So verschieden gestimmt, ritten die Freunde also weiter nach Süden, wo Rom, die Ewige Stadt, ihrer harrte.

Im Mittelmeer

Auf einem schmalen Pfad, unweit eines behäbigen Dorfes am Südrand der Alpen, verhielten drei Reiter, um Wichtiges miteinander zu beraten. Es waren Prinz Eisenherz und seine Gefährten, die Ritter Gawain und Tristan.

Alle drei waren gut bewaffnet, gut beritten, ebensogut genährt und dem äußeren Anschein nach auch recht zufrieden mit der Welt und sich selber. Für solche Zufriedenheit hätte es in der Tat mancherlei Gründe gegeben: Attila, der Hunnenkönig, den man damals die Geißel Gottes nannte, war tot. Seine Reiterhorden, in langen, gnadenlosen Jahren der Schrecken von fast ganz Europa, lagen nun besiegt und zurückgeschlagen an der unteren Donau. Mit den Hunnen war auch die ständige Lebensangst gewichen. Die Menschen Europas, die das Lachen und Fröhlichsein fast schon verlernt hatten, atmeten wieder leichter und hofften auf einen langen Frieden. Trotz diesen glückhaften Umständen waren die drei Freunde aber doch weit davon entfernt, auch im Herzen wirklich zufrieden zu sein, denn für sie mußte nun bald die Stunde der Trennung schlagen.

Eisenherz hatte schon früher erklärt, daß er unbedingt nach Rom weiterreiten werde, und seine Gefährten aufgefordert, ihn dorthin zu begleiten. Tristan wäre wohl gerne bei seinem Prinzen geblieben, aber er sehnte sich auch nach Britannien, wo die schöne Isolde auf ihn wartete, und wollte deshalb doch lieber heimwärts ziehen. Ähnlich stand es mit dem allzeit vergnügten Gawain, den Ritterspflichten nach Camelot, der Burg König Arthurs, zurückriefen.

Nun hielten die Freunde also auf der staubigen Straße, die in südlicher Richtung zur Ewigen Stadt hinführte, und Eisenherz wiederholte seinen Vorschlag. Als die anderen immer noch die Köpfe schüttelten, kam ihm ein wahrhaft großartiger Gedanke. Er unterdrückte ein Lächeln und sprach mit gut gespieltem Ernst: „Meine lieben Kameraden, glaubt ihr denn nicht, daß ich etwas zu jung bin, um so ganz allein das große Rom zu besuchen?“

Tristan schaute den Prinzen verwundert an. „Was? Zu jung? Vor einem Monat bist du noch der Häuptling der Hunnenjäger gewesen. Da hast du dich nicht zu jung gefühlt, mein Lieber. Und jetzt plötzlich solche Bedenken?“

„Aber die Straße nach Rom wird von Räubern bedroht, die schlimmer als die Hunnen sind. Ich brauche unbedingt den Schutz deiner Lanze, Freund Tristan!“

„Mag sein“, brummte dieser, „aber . . .“

„Und dann Rom selber“, wandte sich der Prinz listig an Gawain. „Dort wohnen, wie ich hörte, glutäugige Mädchen, die einem jungen Manne gefährlicher als selbst die Räuber werden können. Wie soll ich mich da ohne dich zurechtfinden?“

„Eigentlich richtig“, nickte Gawain. „Ich möchte schon helfen, aber . . .“

„Wenn ihr zwei jetzt von mir geht, so verurteilt ihr mich entweder zum sicheren Tod durch die Räuber oder aber zu einem gebrochenen Herzen!“

Bei diesen Worten fingen die anderen schallend zu lachen an und beteuerten, daß ihre in Kampf und Gefahr gehärtete Freundschaft zu kostbar sei, um so leichthin aufs Spiel gesetzt zu werden. Man wolle also den Jüngling nach Rom geleiten und über ihn wachen, bis er dort eine sichere Obhut gefunden habe.

Mit diesem Entschluß kehrte den Kameraden auch die gute Laune wieder; sie ritten ins Dorf hinein, wo sich ein Gasthaus befand, in dem sie die Nacht verbringen wollten, um die Reise dann erst anderntags fortzusetzen.

Ihr nächstes Abenteuer begann schon in dem Augenblick, da sie die Taverne betraten, doch wurden sie das erst viel später gewahr. Außerdem hätte der neue Zwischenfall auch vermieden werden können, wenn der unternehmungslustige Herr Gawain nicht auf den Gedanken gekommen wäre, sein Glück im Würfelspiel zu versuchen. Aber das soll alles hübsch der Reihe nach erzählt werden . . .

Nachdem die Pferde versorgt waren, führte der Wirt seine Gäste in die Schlafkammern, wo sie sich erfrischen konnten. Bald darauf ließen sich die Ritter in der behaglichen Gaststube zu einem ausgiebigen Mahle nieder, dem sie wacker zusprachen. Als alle satt und zufrieden in ihren Sesseln lehnten, trat der Wirt an den Tisch und vertraute ihnen augenzwinkernd an, daß noch drei andere vornehme Herren im Hause seien. Eisenherz schien es, als habe der Wirt das Wörtchen „vornehm" besonders betont und vielleicht auch ein wenig dazu gelächelt; er machte sich aber zunächst keine weiteren Gedanken darüber.

Ein wenig später traten dann die erwähnten Gäste in die Stube und ließen sich an einem runden Tische zum Würfelspiele nieder, wobei es gleich recht lebhaft zuging. Je nachdem das Glück dem einen oder dem anderen hold schien, stießen sie laute Rufe der Freude oder des Ärgers aus. Mit der zunehmenden Dauer des Spieles stiegen die Einsätze und auch die Lautstärke der Ausrufe. Zu diesem Zeitpunkt erhob sich Herr Gawain, den es nach einer Erregung dürsten mochte, und gesellte sich mit einer

höfischen Verbeugung zu den Spielern. Damit war der Gimpel, auf den diese doch nur gewartet hatten, endlich auf den Leim gegangen. Für die drei zweifelhaften Edelleute begann das Spiel nun erst richtig ernst zu werden.

Eisenherz beobachtete die Vorgänge am runden Tisch sehr aufmerksam. In der Zeit, da der Gaukler Jago noch sein Gefährte gewesen war, hatte er von diesem fast alle Schliche der Falschspieler gelernt. So wurde ihm bald klar, daß sich Gawain in den Händen von Gaunern befand und noch viel mehr verlieren werde, als er schon verloren hatte. Die Betrüger aber waren zu gerissen, um sich auf frischer Tat ertappen zu lassen. Es war sicher auch unmöglich, den leichtsinnigen Ritter vom Spieltisch wegzubringen. Gawain dachte ja wohl immer noch, daß sich das Blatt bald wenden und er seinen Verlust dann aufholen werde. Unter diesen Umständen mußte sich's der Prinz überlegen, wie dem Freunde anders zu helfen sei.

Vor dem Schlafengehen befahl Eisenherz dem Stallburschen, ihn sofort zu wecken, wenn sich die Schelme zum Verlassen des Hauses anschicken sollten.

Der neue Tag hatte kaum gegraut, als der Bursche den Fensterladen aufstieß und hereinrief: „Herr, sie haben mir befohlen, die Pferde zu satteln!" — Eisenherz weckte Tristan und stellte sich mit ihm vor dem Hoftor auf.

Die Betrüger hatten schon gemeint, sie könnten die Taverne mit Gawains Geld (und, wie es sich jetzt zeigte, auch mit dessen Pferd und Rüstung) ungehindert verlassen; nun aber wurde ihnen der Weg unversehens von zwei grimmig dreinschauenden Rittern verlegt. Die Spieler taten zwar ein wenig empört, hatten aber keine Lust zu einem aussichtslosen Kampfe mit den Gewappneten und ließen sich widerstandslos in den Hof des Gasthauses zurückdrängen.

Eisenherz rief nach Gawain. Als der Ritter erschien, mußte er sich von dem Prinzen wie ein kleines Kind behandeln lassen. „Haben dir die bösen Männer dein Spielzeug weggenommen? Ei, dann müssen wir es aber schnell zurückholen!“ Danach wandte er sich an die Spieler: „Und jetzt, meine verehrten und überaus schmierigen Freunde, wollen wir ein neues Spielchen beginnen. Setzt eure Börsen gegen die meine, ich möchte einmal genau so würfeln, wie ihr es getan habt.“

Und Eisenherz gewann! Die günstigen Zahlen fielen bei ihm wie von einem Magneten angezogen. Als Gawain die Zusammenhänge endlich begriff, zog er das Schwert, vergaß aber dabei, daß die Wirtin gerade Waschtag hatte, und verhedderte sich in die Wäscheleinen. Bei einem Schritt nach rückwärts, der ihm Raum verschaffen sollte, stolperte er so unglücklich über eine Holzbank weg in einen Waschkübel hinein, daß

er sich aus eigener Kraft nicht mehr daraus befreien konnte. Als die von dem Lärm auf dem Hof angelockte Wirtin erschien, rief ihr der Prinz im Scherze zu, daß man einen Wäschedieb erwischt habe, worauf die rüstige Frau sogleich den Besen nahm und auf den in ihre Bettücher verwickelten Ritter losdrosch. Zu guter Letzt griff

der etwas einfältige Stallbursche zum Beile, um Gawain von seinem peinlichen Anhängsel zu befreien, und das wurde ein so schmerzhafter Vorgang, daß der Ritter fürs erste nicht mehr sitzen, geschweige denn reiten konnte. Die Falschspieler mußten ihre Beute herausrücken und einige Stunden lang nützlichen Stalldienst verrichten; danach durften sie weiter ungeschoren ihres Weges ziehen.

Drei Tage später, als Gawain endlich wieder ans Reiten denken konnte, wurde der Aufbruch durch einen seltsamen Zwischenfall erneut verzögert. Eisenherz war gerade im Dorf, als die Bauern in eine auffallende Erregung gerieten. „Der Riese! Der Riese!" riefen sie ängstlich durcheinander. Als sich der Prinz umschaute, konnte er zu seiner Verwunderung nirgends einen Riesen entdecken, dafür aber kam ein zierlich aufgeputzter Zwerg die Straße entlang, zog eine Pergamentrolle aus dem Gürtel und las daraus vor, was an Lebensmitteln und anderen Gütern abgeliefert werden sollte.

„Lasset das alles durch einen gesunden, männlichen Sklaven zu uns bringen, sonst wird euch mein Herr, der mächtige Riese, in seinem Zorne heimsuchen.“ Nach dieser Erklärung ging der Zwerg seinen Weg gelassenen Schrittes zurück.

Eisenherz erfuhr, daß der Riese zweimal im Jahre einen solchen Tribut durch den Zwerg eintreiben lasse. „Schon manch ein braver Ritter hat versucht, den Schrecklichen zu erschlagen, aber keiner von ihnen ist je zurückgekehrt.“

„Dann will ich dieses Mal an Stelle des Sklaven gehen und euch von dem Unhold erlösen“, gelobte der Prinz. Eisenherz machte sich entgegen allen Bedenken der Bauern mit zwei schwerbeladenen Rossen auf den Weg und hielt dabei seine Waffen unter dem Mantel verborgen.

Der Pfad, der nach einiger Zeit in eine tiefeingerissene Bergschlucht hineinführte, war zu beiden Seiten von Pfählen begrenzt, an denen eingebeulte Schilder und Helme hingen. Der Prinz bekam das Ge-

Der Prinz fühlte sich von unsichtbaren Augen beobachtet und nahm sein Schwert fester in die Hand.

fühl, von unsichtbaren Augen beobachtet zu werden, und warf einen verstohlenen Blick nach rückwärts. Da sah er nun undeutlich vor dem ohnedies schon so phantastischen Hintergrund eine noch phantastischere Gestalt stehen. Es war zweifellos ein Mann, aber ein Mann, wie er sonst nur in einem Alptraum vorkommen kann: ein ungeschlachter Riese, dessen Anblick das Blut fast zum Stocken brachte. Der Prinz mußte allen Mut zusammenraffen, um seine Selbstbeherrschung zu wahren; er nahm den Schwertgriff fester in die Hand und wunderte sich nur, daß ihn der Riese noch nicht angegriffen hatte. Daneben fiel ihm aber auch auf, daß die Pferde ganz ruhig blieben. Zu dieser Beobachtung paßte eine andere: die Tiere der Wildnis nämlich, die Hasen und Hirsche und Rehe, die sonst den Menschen fliehen, drängten sich zutraulich um die Füße des knorrigen Mannes!

Die Schlucht wurde enger; schließlich war sie nur noch ein Spalt zwischen den Felsen. Der Prinz gelangte zu einem offenstehenden Tor und dachte sich, daß hier das eigentliche Reich des Riesen beginne. Trotzdem schritt er mutig voran. Während der Riese das Tor verschloß, trieb Eisenherz die Pferde zu schnellerem Gang an. Bald darauf mündete die Schlucht in ein fruchtbares Tal. Der Prinz beschleunigte seinen Lauf noch mehr, bis er einen kleinen Wald erreichte, wo er die Pferde weiterjagte, sich selber aber versteckte. Der Riese nahm sich nicht die Mühe, den vermeintlichen Sklaven erst lange zu suchen, denn er war überzeugt, daß dieser bald Hunger bekommen und sich dann schon von selber melden werde. Sorglos ging er auf sein Haus zu, das mitten im Talgrunde stand. Als er sich dem Gebäude näherte, rannte ihm ein Rudel von Hunden entgegen, fast als ob es ihn zerreißen wolle. Aber die Tiere leckten ihm nur die Hände und die Füße. Der Prinz, der auch das beobachten konnte, wurde immer nachdenklicher.

Dem Riesen stürzte ein Rudel von Hunden entgegen.

Als der Riese in seinem Hause verschwunden war, suchte sich Eisenherz zuerst einen Fluchtweg, ehe er weiteres unternahm. Seiner Meinung nach mußte das Tal noch einen anderen Zugang oder Ausgang haben als nur die Schlucht. Mitten durch die Aue floß ein starker Bach. Der Prinz folgte dem Wasserlauf, fand dabei aber bloß heraus, daß dieser jäh in einen unzugänglichen Abgrund stürzte. Ein Weiterkommen war hier unmöglich, und als ebenso unmöglich erwies es sich auch, die glatten Felshänge zu überwinden, die das Talbecken auf allen Seiten begrenzten. Bei seinem letzten Versuch, die Wände zu durchklettern, sah Eisenherz tief unter sich im Scheine der Abendsonne große Herden von Schafen und Rindern im fetten Grasland weiden. Auf den Feldern gingen die Sklaven des Riesen ohne Aufsicht ihrem Werke nach und schienen soweit zufrieden zu sein.

Der Prinz machte sich auch darüber mancherlei Gedanken. Wie kam es denn nur, daß der Riese draußen in den Dörfern so gefürchtet war, während in seinem eigenen Reiche alles ganz friedlich zuging?

Bald nach Sonnenuntergang holte sich Eisenherz aus dem Walde einen starken Ast, den er zu einer Kletterstange zurechtstutzte. In der Dunkelheit schlich er sich dann ans Haus des Riesen hin und stieg mit Hilfe der Stange zum Sims eines beleuchteten Fensters hinauf, aus dem ein Gewirr von Stimmen drang. Der Jüngling spähte vorsichtig hinein, und seine Augen nahmen dabei ein Bild auf, das sein Verstand kaum zu fassen vermochte.

Der Riese saß in einer großen Halle beim Mahle, und rings um ihn schmausten die seltsamen Gefährten und Gäste seiner Einsamkeit. Da waren Bucklige und Krüppel, Zwerge und Schwachsinnige, Blinde und Taube, lauter Menschen also, die der liebenden Fürsorge mehr als gesunde Leute bedürfen.

Dieser Anblick und alles, was er schon zuvor beobachtet hatte, enthüllten dem Prinzen das Geheimnis des Riesen nach der einen wie nach der anderen Seite hin. Er kletterte zurück und überlegte.

In der Frühe des nächsten Tages stellte sich Eisenherz offen vor dem Hause auf und rief laut nach dem Riesen. Dieser stieß alsbald das Tor auf und kam heraus. Dabei begleiteten ihn seine Freunde, die Krüppel und die Hunde, die ohne seine Gastfreundschaft heimatlos gewesen wären. Der Riese mochte glauben, der neue Sklave sei nunmehr zur Unterwerfung bereit, aber Eisenherz zog plötzlich seinen Bogen hervor, legte einen Pfeil an und zielte — nicht etwa auf den Riesen selber, o nein, das hatte er sich gut überlegt, er zielte nur auf einen der Hunde.

Der Riese schaute zuerst verwundert, gleich aber auch voller Sorge drein und sprach schließlich: „Wenn du schon töten willst, Fremder, dann töte mich und nicht die arme Kreatur. Ich habe dieses Tal zu einem Paradies für alle gemacht, die draußen in der Welt leiden müssen, gleichgültig, ob es Menschen oder Tiere sind. Bitte störe den Frieden nicht und gehe, doch wahre unser Geheimnis."

Der Prinz senkte darauf die Waffe und bat den Riesen, er möge ihm mehr von sich und seinen Freunden erzählen.

„Als Kind war ich zuerst wie alle anderen Kinder auch."

„Später verhöhnten mich meine Spielkameraden auf das grausamste."

„Fremde entliefen meinem Anblick."

Sie ließen sich also nieder, und der Riese berichtete: „Als Kind war ich zuerst wie alle anderen Kinder auch. Aber bald begann ich so zu wachsen, daß mich die Spielkameraden deshalb grausam verhöhnten und gar von sich stießen. Selbst die eigene Mutter vergaß ihre Liebe und nannte mich ein abscheuliches Ungeheuer. Als ich diese Qualen nicht länger ertragen konnte, lief ich weg, um in der Fremde den Frieden zu finden, doch da wurde alles nur noch schlimmer. Die Menschen flohen

vor meinem Anblick wie vor einer Bestie, obwohl ich doch bis dahin noch niemand etwas zuleide getan hatte. Ganz plötzlich wandelte sich meine Scham in Haß. So wie die Menschen meiner fluchten, so begann ich nun, der Menschen zu fluchen. Meiner schrecklichen Waffe und meiner Stärke war keiner gewachsen; ich konnte mir mit Gewalt nehmen, was ich brauchte. Schließlich fand ich dieses Tal und machte es zu einem Hort für alle, die draußen unschuldig verfolgt werden."

Der Riese senkte fast demütig das Haupt und bat noch einmal: „Bitte, störe den Frieden unseres Tales nicht und lasse mich weiter für meine Freunde sorgen.“

Eisenherz antwortete gütig: „Ich habe geschworen, das Land von seinem Übel zu erlösen, und will meinen Schwur auch halten . . ., allerdings auf meine Art. Schau“, der Prinz deutete auf die Felder und die großen Herden. „Du bist doch reich genug! Öffne das Tal deinen Nachbarn! Vertausche ihre Furcht gegen Freundschaft! Gib die Sklaven frei! Höre auf, ein Schrecken zu sein, und mein Schwur ist erfüllt!“

Der Riese versprach es nach kurzem Bedenken und ließ zuerst die Sklaven frei, die sofort johlend davonliefen, ohne sich weiter um die Felder und Herden zu küm-

mern. „Niemand will eben freiwillig hier arbeiten“, murmelte der Riese, der seine Tat schon bereute. Eisenherz bestieg ein Pferd und holte die Flüchtenden ein. „Kehrt zu eurem Werk zurück. Beim Riesen habt ihr Obdach und Brot; er will euch künftig auch gerechten Lohn geben. Von der Freiheit allein kann niemand leben, und Hunger ist der schlimmste Sklavenmeister. Erobert also eure Freiheit, indem ihr sie verdient!“ — Die meisten der Freigelassenen besannen sich und kehrten um. Als Eisenherz sah, daß alles geordnet war, verließ er das Tal und trabte ins Dorf zurück. „Das Ungeheuer ist nicht mehr“, verkündete er dort. „An seine Stelle trat ein Mensch, vor dem sich niemand zu fürchten braucht. Behandelt ihn mit Achtung als Nachbarn und Freund, so wird er's mit Gleichem vergelten. Damit ist meine Aufgabe erfüllt, ohne daß Blut vergossen werden mußte.“

In der Taverne stellte der Prinz fest, daß Herr Gawain schon wieder in den Sattel steigen konnte, ohne vor Schmerzen stöhnen zu müssen. Also wurde die Reise nach Rom endlich fortgesetzt. — Nach einigen Tagen erblickten sie von einem Hügel aus zum erstenmal den blauen Spiegel der Adria. Während sie diese Aussicht noch bewunderten, entdeckten sie einige Kaufleute, die sich hinter einem Felsen verborgen hielten. Sie ritten hinzu und fragten nach dem Grunde dieses Verhaltens. Die Männer

Die Ritter beschlossen,
gleichzeitig zu schießen.

Im Tale lagerten
versprengte Hunnen.

deuteten ängstlich auf einen Hunnen, der offenbar als Wachtposten auf einem Nachbarhügel stand. Daraus konnte geschlossen werden, daß irgendwo in der Nähe noch mehr versprengte Hunnen lagern mußten. Somit war wieder einmal Gefahr im Verzuge. Große Gefahr sogar, denn es war anzunehmen, daß die Hunnen in ihrer bedrängten Lage noch rücksichtsloser mit dem Leben und Gut anderer Menschen umspringen würden, als dies ohnehin schon in ihrer Art lag.

Die drei Ritter mußten zugeben, daß die Kaufleute allen Grund zur Vorsicht hatten. Um der Gefahr zu begegnen, war es notwendig, zunächst einmal den Wächter unauffällig zu beseitigen, was nur durch einen Pfeilschuß geschehen konnte. Die Ritter beschlossen, gleichzeitig zu schießen. Sie näherten sich dem Hunnen, soweit es unbemerkt ging, und spannten die Bogen. Die drei Pfeile richteten sich auf das gemeinsame Ziel und schnellten auf ein leises Zeichen des Prinzen hin im gleichen Augenblick von den Sehnen. „Hätte er uns zuerst gesehen, wäre es uns genauso gegangen", meinte Tristan entschuldigend, als der Hunne fiel.

Von dem Hügel aus bot sich ein Überblick. Unten im Tale lagerten tatsächlich versprengte Hunnen, und talaufwärts weideten ihre Pferde. Auf den zum Meere hin abfallenden Hängen standen weitere Posten, die nach der Küste schauten, wo eine Gruppe von Männern dabei war, irgendeine Arbeit zu verrichten. Die wirklichen Zusammenhänge konnte Eisenherz noch nicht erkennen; er war aber überzeugt, daß es die Hunnen auf die Männer am Strande abgesehen hatten.

Die kleine Schar stieg vorsichtig in den Talgrund hinab.

Die Herde wurde von einer Panik ergriffen und stürmte talabwärts.

„Jetzt, meine lieben Freunde", meinte Gawain, „quält mich eine zwar nebensächliche, aber doch auch etwas lästige Frage. Wir sind nur zu dritt, die Hunnen dagegen sicher nicht weniger als ihrer hundert. Wie können wir diesen kleinen Unterschied ausgleichen, ehe es zum Kampfe kommt?"

Der Prinz überprüfte das Gelände noch einmal in aller Ruhe; dann huschte ein Lächeln über sein Gesicht. „Was würdest du sagen, wenn es mir gelänge, die Pferde der Hunnen zu veranlassen, auf unserer Seite zu kämpfen?"

„Nicht schlecht", spottete Tristan. „Der Prinz von Thule wird also einen Zauberstab nehmen und die Pferdchen in gewaltige Krieger verwandeln?"

Eisenherz nickte. „So ähnlich. Den Hunnen dürfte das Herz in die Hosen fallen, wenn sie von ihren eigenen Rossen niedergetrampelt werden."

„Höchst vergnüglich", bemerkte Gawain, „aber wie willst du das schaffen?"

Der Prinz setzte seinen Plan nun in allen Einzelheiten auseinander. Die Kaufleute mußten dürres Reisig für Fackeln zusammensuchen und wurden auf Packpferde gesetzt; sie erhielten auch die genaue Anweisung, wann die Fackeln zu entzünden seien. So vorbereitet, stieg die kleine Schar vorsichtig durch den oberen Talgrund hinab. Als sich die Männer der friedlich grasenden Herde näherten, gab Eisenherz das verabredete Zeichen zum Anzünden der Reisigbündel. Dann galoppierten sie alle mit geschwungenen Fackeln und Mänteln und unter gellenden Rufen auf die Herde los, die sofort von einer Panik ergriffen wurde und talabwärts raste, wobei sie alles unter ihren Hufen begrub, was ihr im Wege war.

Die wenigen Hunnen, die diesen Ansturm gesund überstanden, waren so entsetzt, daß sie keine Gegenwehr mehr wagten. Eisenherz überließ sie ihrem Schicksal und wünschte den Kaufleuten viel Glück für die Weiterreise. Er selber und seine Gefährten machten sich an das Einfangen der Herde, die am Talausgang schon wieder ruhig graste und sich willig an die Küste treiben ließ.

Am Ufer der Adria trafen sie die bis vor kurzem noch von den Hunnen bedrohten Männer. Ihr Anführer, der die Vertreibung beobachtet hatte, erklärte, daß sie selber zum Stamme der Veneter gehörten, der seine Heimatstadt Aquileja verloren habe und nun dabei sei, auf den Lagunen der Adria eine neue Stadt ins Meer hineinzubauen, die von Feinden nicht angegriffen werden könne. Schon bisher seien sie von den Hunnen nur noch belästigt worden, wenn sie landeinwärts gehen mußten, um Steine und Holz für ihre Bauten zu holen. Die Ritter bewunderten den Wagemut dieser friedliebenden Bürger, schenkten ihnen die Hunnenpferde und gaben ihnen

auch guten Rat für die Befestigung der Stadt. Nach einigen Tagen ritten die Freunde weiter, ohne zu ahnen, daß sie der Gründung Venedigs beigewohnt hatten, das später zur mächtigen Rivalin Roms heranwachsen sollte.

Die Straße, der sie folgten, mußte einmal sehr gut gewesen sein, jetzt aber war sie zerfallen. Eines Morgens tauchten in der Ferne die schimmernden Marmortürme von Ravenna auf, das damals in der Geschichte Italiens immer größere Bedeutung gewann. Als sie das Stadttor durchritten, näherte sich ihnen ein prunkvoll gekleideter Orientale und bat eindringlich um Hilfe.

Der Edelsteinhändler ritt auf seinem Esel voran.

„Verzeiht, edle Herren", so sagte er, „ich habe Euch als Ritter von der Tafelrunde erkannt, die überall helfen, wo Unrecht geschehen ist. Ich bin Edelsteinhändler und wurde der Hälfte meines Gutes ausgerechnet von den Männern beraubt, die ich für guten Lohn angeworben hatte, damit sie mich beschützen. Meine ungetreuen Diener lauern jetzt nicht weit von hier an der Straße, die ich weiterziehen muß, und wollen mir auch noch den Rest abnehmen. Bitte helft mir."

Hierauf erwiderte Tristan: „Unsere Waffen sind immer bereit, einer gerechten Sache zu dienen. Aber", so fügte er warnend hinzu, „wir sind ebenso auch bereit, dir den Kopf abzuschlagen, wenn du uns etwa täuschen solltest."

Der Orientale beteuerte, nur die reine Wahrheit gesprochen zu haben. „Ich werde Euch zeigen, wo die Räuber im Hinterhalt liegen. Kommt!" Damit bestieg er seinen Esel und lenkte ihn der Straße entlang in die Nähe eines schilfbewachsenen Sumpflandes. „Schaut!" rief er und zeigte auf eine Stelle im Dickicht. „Dort, wo sich die Halme bewegen, da halten sie sich verborgen."

Eisenherz stieg vom Pferde und drang mit gezogenem Schwert in den Schilfwald ein, wo er schon nach wenigen Metern auf einen Lagerplatz stieß. Vier zerlumpte Gestalten sprangen auf und flohen Hals über Kopf in den Sumpf hinein. Offenbar glaubten sie, daß ihnen der schwergewappnete Ritter nicht folgen könne, ohne befürchten zu müssen, im schwammigen Grunde zu versinken. Darin hatten sie sich jedoch getäuscht. Eisenherz wollte zwar nicht in den Sumpf geraten, aber er hatte seine Jugend in den Küstensümpfen Britanniens verbracht und wußte, wie man sich auch in einem solchen Gelände gefahrlos bewegen kann. So ließ er sich also zwei Lederschilde reichen, die er an seine Füße band. Auf diesen breiten Sohlen konnte er ohne Gefahr über den trügerischen Boden gleiten und sich den viel weniger beweglichen Dieben nähern. Diese waren von dem Geschehen so überrascht, daß sie sich ohne Widerstand ans feste Land treiben ließen.

Eisenherz drang in den Schilfwald ein . . .

und band sich zwei Schilde an die Füße.

Herr Gawain strahlte und prahlte vor Stolz. „Unser junger Prinz", so erzählte er dem Orientalen, „ist sonst sehr liebenswürdig. Wenn es aber ernst wird, summt es in ihm wie in einem Bienenkorb. Dann fliegen aus seinem Kopfe ganze Schwärme von Plänen heraus, und geht es gar ans Dreinschlagen, so wütet er wie ein Heer von Dämonen. Hm, ich möchte bemerken, daß ich sein Lehrmeister gewesen bin."

Die Diebe erwarteten ängstlich ihr Urteil. Zuerst wurden sie gezwungen, die glitzernde Beute herauszugeben. Gierig prüfte der Händler jeden einzelnen Stein. Als er festgestellt hatte, daß nichts fehlte, ließ er sich auf die Knie nieder und dankte den Göttern seiner fernen Heimat mit erhobenen Armen für ihre Hilfe. Danach schlug er jedoch andere Töne an und sprach: „Nach den Gesetzen dieses Landes wird jedem auf frischer Tat ertappten Diebe die rechte Hand abgehackt. Ich verlange, daß diese Strafe sofort vollzogen wird."

Tristan dachte ein wenig nach, bevor er antwortete. „Es stimmt, daß die Männer schuldig sind, aber dieser Tag ist doch zu schön, um ihn mit Blutvergießen zu verbringen. Darum wollen wir die Burschen durch die Moskitos bestrafen lassen. Zieht euch aus!" Die letzten Worte galten den Wegelagerern, denen nichts anderes übrigblieb, als ihre Kleider abzulegen und halbnackt in den Sumpf hineinzuwaten. Einige Pfeilschüsse sorgten dafür, daß das auch schnell genug ging. Bis an die Knie im Schlamme stehend, hatten sie alle Hände voll zu tun, um sich mit ausgerissenen Schilfbüscheln der blutdürstigen Insekten zu erwehren.

Der zuerst etwas enttäuschte Orientale zeigte sich am Ende doch noch recht befriedigt über die Art der verhängten Strafe. Zuletzt fiel ihm ein, daß er neben den Göttern auch seinen irdischen Helfern einigen Dank schulde, den er nun wortreich nachholte. Bei dieser Gelegenheit erkundigte er sich über die weiteren Ziele der Ritter. Als er hörte, daß diese nach Rom wollten, bat er, sich anschließen zu dürfen, da er für ein längeres Stück den gleichen Weg vor sich habe.

„Für uns", antwortete Eisenherz, „ist die Welt eine große Straße, auf der jeder mit uns reiten darf, der nichts Böses sinnt. Ihr seid also willkommen."

Es war in der Tat ein wundervoller Tag. Die liebe Sonne strahlte aus einem Dom von reinstem Blau auf die Erde nieder. Während sie durch diese schöne Welt dahin-

ritten, stimmte Gawain zu seiner Laute ein Liedchen um das andere an, und seine Freunde sangen so recht aus vollen Herzen mit.

Vor einer halbzerstörten Brücke stieg Eisenherz aus dem Sattel und entzifferte auf einem Steine die verwitterte Inschrift „RUBICON". Dann erklärte er feierlich: „Hier, an dieser Stelle, hat der große Cäsar vor langen Zeiten einmal überlegt, ob er umkehren oder an der Spitze seiner Legionen nach Rom weiterreiten sollte, wo ihn ein ängstlicher Senat nicht haben wollte. Cäsar zog schließlich doch im Triumphe in Rom ein, während der Senat es vorzog zu fliehen."

„Du redest daher wie ein guter Schüler", unterbrach ihn Gawain. „Stünde Cäsar aber heute an unserer Stelle, so würde er den Rubicon auf dieser baufälligen Brücke bestimmt nicht überqueren. Wenn's drauf ankommt, wird sie vermutlich nicht einmal mehr das Gewicht eines leichtfüßigen Flohes tragen."

Da Gawain recht hatte, beschlossen die Freunde, den nicht sehr tiefen Fluß oberhalb der Brücke zu durchreiten, und empfahlen dem Edelsteinhändler, dasselbe zu tun. Sie nahmen an, daß der Orientale diesen Hinweis ohne weiteres befolgen werde; als Eisenherz aber von der Mitte des Flusses aus nach rückwärts schaute, war von dem Händler und seinem Esel nichts zu sehen. Tristan deutete schmunzelnd zur Brücke hinauf. Mag sein, daß der Orientale seine Kleider schonen wollte oder befürchtete, der Esel könnte im Wasser störrisch werden, jedenfalls versuchte er, den Fluß eben doch auf der baufälligen Brücke zu überqueren. Das Grautier, das in solchen Dingen mehr Vernunft als sein Herr be-

„Gebt acht!" rief Eisenherz warnend hinauf.

Der ganze Mittelteil der Brücke brach plötzlich in sich zusammen.

sitzen mochte, verweigerte schon am Ende des noch aus Steinen bestehenden Brückenteiles den Gehorsam und scharrte mit seinen Vorderhufen mißtrauisch über die morschen Bohlen des Mittelstückes. Der Händler schlug ihm ungeduldig die Fersen in die Flanken und sparte auch nicht mit Peitschenhieben.

„Gebt acht!" rief Eisenherz warnend hinauf. „Die Balken sind morsch!"

Der Orientale nickte überlegen, gerade als wolle er sagen, daß er selber am besten wissen müsse, wie er sich zu verhalten habe.

„Laß den Narren doch ziehen", empfahl Tristan. „Mir tut nur der arme Esel leid, der von alten Römerbrücken nicht eben viel zu halten scheint."

Im gleichen Augenblick kam von oben ein Schreckensschrei. Der Edelsteinhändler hatte sein Tier doch noch gezwungen, das Holzwerk zu betreten, und nun gaben die Balken nach. Der Esel schlug in seiner Todesangst um sich, doch das beschleunigte nur das Verhängnis. Der ganze Mittelteil der Brücke brach so plötzlich in sich zusammen, daß es dem Händler auch mit Gewalt nicht mehr gelang, sein Langohr zurückzureißen. Beide stürzten mit den Trümmern in die Tiefe, wo die Wasser den letzten Aufschrei von Mensch und Kreatur erstickten.

Der Prinz drehte sein Pferd herum. Unter der Brücke war ein tiefes Loch ausgespült, in das der Unglückselige nun hineintrieb. Eisenherz mußte ihn unter eigener Lebensgefahr herausholen, während der Esel sich selber helfen konnte.

Daheim, in seiner Bücherei, verwahrte der Jüngling ein Pergament, auf dem geschrieben stand: „Wenn Wasser die wärmende Flamme des Lebens gelöscht zu haben scheint, so kann es ein Funke wieder entzünden. Behandle die Lungen wie einen Blasebalg, dann wird die Flamme aus der glimmenden Asche aufs neue entstehen."

Als Knabe hatte der Prinz an der Küste Britanniens mehrmals Gelegenheit gehabt, einen verunglückten Fischer oder Seemann nach dieser goldenen Regel ins Leben zurückzurufen. Nun behandelte er auch den Orientalen danach. Eisenherz, Tristan und Gawain wechselten so lange miteinander in der Arbeit ab, bis sich der Händler schließlich regte und verwundert die Augen aufschlug.

Ein wenig später konnte er sich schon aufrichten. Als seine Gedanken wieder einigermaßen klar waren, sagte er: „Ihr habt mich gerettet, obwohl ich ein Fremder bin, dessen Leben Euch wenig bedeuten kann. Habt Dank!" Während er so sprach, fingerte er zögernd in seiner Ledertasche herum und holte schließlich drei kleinere Diamanten heraus. „Jeder soll einen haben", murmelte er, aber sein Gesicht ließ erkennen, wie schwer er sich von seinen Schätzen trennte.

„Ihr aber", so wandte er sich an den Prinzen, „bekommt noch ein besonderes Geschenk." Er zog ein Halsband aus scharfkantigen Eisenscheiben hervor. „Laßt Euch vom äußeren Schein nicht täuschen, edler Herr. Wer diese Zauberkette trägt, kann nicht lange in Fesseln gehalten werden."

Eisenherz lächelte milde und sprach: „Mein starker Arm und das ‚Singende Schwert' bewahren mich vermutlich besser vor Ungemach als dieser Tand." Das war leichthin gesagt, aber der Prinz konnte ja nicht in die Zukunft sehen.

„Wer diese Kette trägt, kann nicht in Fesseln gehalten werden."

Auf der Flaminischen Straße ritt Rom mit Britannien.

Als sie die Stadt Arminum erreicht hatten, die heute Rimini heißt, trennte sich der Orientale mit einem flüchtigen Lebewohl von den Rittern. Eisenherz und seine Freunde empfanden selber freilich auch keinen sonderlichen Abschiedsschmerz und ritten vergnügt in die Gassen der regsamen Hafenstadt hinein.

Die Ritter wollten sich in einer Schenke erfrischen, aber ehe sie noch richtig saßen, kamen von draußen laute Rufe. „Aetius und seine Legionen kommen!" Die Freunde horchten auf, denn sie kannten diesen Namen. Aetius war der römische Feldherr, der viel dazu beigetragen hatte, daß Attila mit seinen Hunnen in der erbitterten Schlacht auf den Katalaunischen Feldern gezwungen wurde, seinen Zug nach Gallien abzubrechen.

Die Rufe auf der Straße wurden lauter, und nun waren auch schon Pferdegetrampel und der Marschtritt von Soldaten zu hören. Die Ritter schauten durchs Fenster und sahen den Feldherrn vorbeireiten, dessen Gesicht von schwerer Sorge bedrückt zu sein schien. Zu solcher Sorge hatte

Aetius mancherlei Grund, denn er wußte selber am besten, daß der Zusammenbruch des Römerreiches auch durch seinen letzten Sieg nicht mehr aufzuhalten war. Dabei konnte er in diesen Stunden eines äußerlichen Triumphes allerdings noch nicht ahnen, daß der Sand in seinem eigenen Stundenglas schon am Verrinnen war und ein baldiger Tod seiner harrte.

Der Feldherr bezog in der Nähe ein Nachtquartier, wo ihn die drei Ritter zu besuchen beschlossen. Dabei ergab sich rasch ein herzliches Einvernehmen zwischen dem eleganten Römer und den rauhen Männern aus dem Norden.

„Valentinian", so erzählte der Feldherr noch spät in der Nacht, „will mir einen Triumphzug bereiten, aber ich mißtraue dieser Ehre, denn der Kaiser ist schwach und fürchtet, das Volk werde mir seine Liebe allzu deutlich zeigen."

„Wir können uns denken", lächelte Eisenherz, „daß Valentinian auch von unserem Besuch nicht entzückt sein wird. Als seine Gesandten das letztemal in Britannien waren, um Tribute einzuholen, mußten sie sich von König Arthur mit leeren Taschen heimschicken lassen. Das dürfte man in Rom kaum vergessen haben."

„Laßt uns doch zusammengehen und unsere Kräfte vereinen", bat Aetius.

„Wenn wir sterben müssen, dann nur nach Gegenwehr", meinte Tristan.

„Einer für alle, und alle für einen!" sprach Gawain und lupfte den Becher. —

Auf der Flaminischen Straße ritten sie anderntags weiter, und dabei hörten die Legionäre ihren Feldherrn seit langem wieder einmal lachen.

An der Tiberbrücke trennten sie sich.

Die vier Männer waren so gut gelaunt, daß sie nicht merkten, wie ihnen die Meilen unter den Hufen der Pferde dahinschmolzen. Fast plötzlich, so kam es ihnen vor, sahen sie das gewaltige Rom auf seinen sieben Hügeln vor sich liegen. Der Marmor der Paläste, Springbrunnen und Torbögen schimmerte rötlich in der Abendsonne. Eisenherz verhielt vor lauter Bewunderung den Atem. Und doch empfand er auch eine leise Wehmut über all diese reife Pracht; er verglich sie mit einer voll erblühten Rose, die nicht mehr schöner werden, sondern nur noch welken kann.

Vor der großen Tiberbrücke trennten sich die Ritter von ihrem neuen Freunde, den der Triumphzug durch die Stadt erwartete; sie selber aber betraten Rom am Schluß der Marschkolonne als Fremdlinge.

An den Straßenrändern standen Edelleute und Plebejer, Freie und Sklaven nebeneinander; in dieser Stunde des Jubels gab es keine Standesunterschiede mehr. Rom hatte noch einmal einen Sieg errungen und huldigte nun seinem großen Feldherrn, so wie es von alters her Brauch war.

Ein unausgesprochener Befehl war gegeben.

„Heil dir, Aetius! Ave, wir grüßen dich! Heil! Heil!" brauste es auf, wo sich der Feldherr zeigte.

Im ummauerten Garten seines Palastes hörte auch Valentinian diesen Jubel und wurde darüber krank vor Mißgunst und Furcht. Wenn er sich selber draußen zeigte, verstummte das Volk und verharrte in wortlosem Haß, bis er wieder verschwunden war. Er aber hielt sich immer noch für den mächtigsten Herrscher unter der Sonne, in dessen Blut der Ruhm des ewigen Roms weiterlebte.

Die Günstlinge des Kaisers sorgten dafür, daß sich das Gift in dessen Seele noch weiter ausbreitete. Einer flüsterte ihm zu, Aetius habe den schändlichen Ehrgeiz, die Macht im Reiche mit Gewalt an sich zu reißen. Ein anderer deutete dunkel an, daß die Verschwörung schon im Gange sei, und der dritte sprach gar von den Legionen, die der Feldherr gegen den Kaiser aufgewiegelt habe. Der vierte indessen legte die Hand an den Griff seines Schwertes und fragte nur, ob der Herrscher etwas befehlen wolle. Valentinian verstand sofort, was diese Frage bedeutete, und nickte tückisch. Damit war ein unausgesprochener Befehl gegeben. Gedungene Mörder verteilten sich alsbald über die ganze Stadt, um dem Feldherrn aufzulauern . . .

Die Mörderschar fiel über die Warner her.

Es dämmerte schon, als Eisenherz und Tristan nach einem Tage voller Schauen ihrem Quartier zustrebten. Gawain, den die marmorne Schönheit der Bauten weniger fesselte als das Leben in den Gassen, war seine eigenen Wege gegangen.

„Schau doch", sagte Tristan plötzlich, „ist das nicht Aetius?"

Es war tatsächlich der Feldherr, der einige Schritte vor ihnen ganz langsam und allein dahinging. Eisenherz schien es, als sei Aetius von schwerer Sorge bedrückt. Und damit hatte er recht. Von der Grenze war die Nachricht gekommen, daß die Hunnen wieder einen Einfall planten, aber Valentinian, der seinem Feldherrn neuen Ruhm nicht gönnen wollte, hatte sich eigensinnig geweigert, daran zu glauben.

Während Eisenherz und Tristan noch ihre Schritte beschleunigten, tauchten aus den Schatten der Häuser bewaffnete Gestalten auf, die sich von hinten an den Feldherrn heranschlichen. „Habt acht, Aetius!" rief der Prinz, worauf sich der Römer umdrehte und zum Schwert griff.

Die Mörderschar fiel über die Warner her, erhielt aber von allen Seiten sofort weiteren Zuzug, der sich auf Aetius stürzte.

So verhauchte der große Feldherr sein Leben unter den Schwertstreichen bezahlter Mörder, und mit ihm schwand die letzte Hoffnung auf eine Rettung des Reiches. Den Rittern, die ihrem Freunde nicht mehr helfen konnten, widerfuhr nun Absonderliches. Der Anführer des Mörderhaufens rief nämlich seinen Leuten zu: „Verhaftet die Fremden, sie haben unseren Feldherrn erschlagen!"

„Die Fremden haben unseren Feldherrn erschlagen."

Auf dem Wege zum Gefängnis hätten die Ritter mancherlei Möglichkeit zur Flucht gehabt, aber so leicht wollten sie ihren Gegnern die Dinge doch nicht machen. Als sie dann später in ihrem gut eingerichteten, für Edelleute bestimmten Gefängnis standen, meinte Eisenherz, es sei doch zu dumm, daß die Zauberkette des Orientalen nur gegen Fesseln, nicht aber auch gegen Fenstergitter helfe.

Anderntags erhob sich draußen auf dem Gang ein heftiger Lärm, und gleich darauf wurde der fröhliche Gawain durch die Türe geschoben. —

In den folgenden Wochen, die müde dahinschlichen, konnten sich die Ritter nur durch ihre Kampfspiele etwas Abwechslung verschaffen.

Schließlich wurden die Freunde vor das Tribunal des Kaisers gebracht. Valentinian, der wie eine giftige Kröte dasaß, wandte sich an seine Höflinge: „Nicht genug, daß uns die Briten den Tribut verweigern, jetzt schicken sie auch noch ihre Mörder nach Rom. Verbrennt alle drei bei lebendigem Leibe!“

Während der Kaiser das Urteil sprach, lächelte er böse vor sich hin; gleich darauf sprang ihm aber die nackte Furcht ins Gesicht. Valentinian starrte wie gelähmt auf die Türe, wo mit den Wächtern etwas für ihn Unerklärliches geschah.

Der Prinz folgte diesem Blick und erkannte sofort auch die Ursache des Schrekkens. Die Wächter waren von furchtlosen Männern überwältigt, und nun stand unter der Türe mit brennenden, haßerfüllten Augen der Tod für Valentinian. Die Freunde des erschlagenen Feldherrn waren gekommen, um dem Kaiser, dessen Schuld ihnen allen bekannt war, Gleiches mit Gleichem zu vergelten.

Valentinian öffnete den Mund zu einem Schrei, doch der gefror ihm in der Kehle. Die Rächer drängten herein, und die Höflinge flohen gleich erschreckten Kaninchen, ohne auch nur die geringste Gegenwehr zu wagen.

In seiner Todesangst fing Valentinian nun doch noch zu schreien an, bis ihn dann der erste Schwertstreich traf. Der Schrei verging in einem Wimmern, und schließlich verstummte auch dieses . . . So endete der Mann, der geglaubt hatte, die eigene Schwäche durch feigen Meuchelmord vertuschen zu können.

Eisenherz flüsterte seinen Freunden zu: „Man wird uns vielleicht auch diese Bluttat in die Schuhe zu schieben versuchen. Wir wollen deshalb lieber dem Beispiel der mutigen Höflinge folgen und jetzt den Schauplatz räumen.“ — Sie erreichten unangefochten ihr Quartier, wo sie die Pferde, das Gepäck und auch zwei Diener zurückgelassen hatten. Als dann später das Stadttor hinter ihnen lag, drehte sich Tristan um und sagte: „Du hast recht gehabt, Eisenherz. Man will uns tatsächlich auch für den neuen Mord belangen; die Häscher sind schon hinter uns her!“

Die Ritter gaben ihren Pferden die Sporen und jagten weiter, um erst auf einer schmalen Steinbrücke anzuhalten, wo sie die Verfolger erwarten wollten. Die Söldner, die glauben mochten, mit den paar Fremden leichtes Spiel zu haben, erlitten in diesem Engpaß eine vernichtende Niederlage. „Nun haben wir aber wirklich ganz Rom zum

Feind“, meinte der Prinz hinterher. „Wir müssen die Knechte entlassen und versuchen, uns einzeln durchzuschlagen.“ So geschah es. Gawain wählte die Straße nach Westen, zum Meere hin, während Tristan nach Norden reiten wollte. Dem Prinzen blieb der Weg nach Süden, von dem er nur ungefähr wußte, wohin er führte. Die Freunde umarmten sich, und Tristan ritt als erster davon.

Irgendwo mußte Tristan den Tiber überqueren, dessen nächste Brücke in Rom lag. Also ritt er keck nach dort zurück. Als er die geschlagenen Söldner überholte, räumten diese vorsorglich die Straße, versäumten aber nicht, dem Davonreitenden ihre spätere Rache anzukündigen. In einer Vorstadt fand der Ritter dann auch Menschen, die bereit waren, dem vermeintlichen Mörder Valentinians zu helfen.

Ebenso unangefochten ritt Gawain zunächst auf seinem Weg nach Westen dahin. Die Gefahr begann für ihn erst, als er, ohne die Wächter zu beachten, durch das Stadttor des Seehafens Ostia galoppierte. Zu dieser Zeit hatte sich auch dort schon

die Kunde verbreitet, daß der Kaiser erschlagen und die Mörder geflohen seien. Aber Gefahr war für den Leichtherzigen nur süßer Wein. Er trieb sein Roß rücksichtslos durch die Menge am Hafen und spähte nach einem Schiff, das bereit war, in See zu stechen. Und er fand auch gleich eines. Die Seeleute hatten schon die Haltetaue gelöst und stießen sich mit Stangen von der Hafenmauer ab. Gawain sprang im letzten Augenblick hoch zu Roß unmittelbar vom Kai aus an Bord.

Noch ehe sich der Kapitän von seinem Staunen erholen konnte, hatte ihm der Ritter schon eine ansehnliche Summe für die Überfahrt nach Massilia, dem heutigen Marseilles, angeboten. Der Seemann vermutete jedoch richtig, daß sein ungestümer Gast auf der Flucht vor den Häschern sei, und versuchte, ihn zu erpressen. ,,Massilia geht nicht'', antwortete er also. ,,Wir segeln nach Korsika.''

,,Massilia'', wiederholte Gawain geduldig. ,,Korsika'', beharrte der Kapitän. ,,Und auch das nur, wenn Ihr meinem Preis zustimmt, der Euch, ich gebe das zu, vielleicht ein wenig hoch vorkommen wird.''

,,Bloß das Dreifache vom Üblichen, was?'' spottete Gawain belustigt.

,,Vielleicht, aber das ist immer noch erträglicher, als langsam zu Tode gefoltert zu werden, wenn ich Euch in Korsika dem Statthalter übergebe.''

Gawain zog sein Schwert aus der Scheide und blickte auf. Der Kapitän schaute in ein gefährlich funkelndes Augenpaar, das ihn an einen Tiger erinnerte, den er einmal gesehen hatte. ,,Massilia'', sprach der Ritter ganz sanft und milde lächelnd. Darauf erhielt er seinen Willen ohne weiteren Widerspruch. —

Bald nach dem Abschied von seinen Freunden hörte Eisenherz lauten Hufschlag hinter sich. Er dachte zuerst an Gawain oder Tristan, doch dann erkannte er den

schwarzbärtigen Boldero, einen der Knechte, die er in Rom in seine Dienste genommen hatte. Trotzdem war der Prinz froh, wieder einen Gefährten zu haben. —

Sie ritten mehrere Tage lang gegen Süden, bis Boldero entdeckte, daß die Wachtürme einander mit großen Spiegeln Lichtzeichen gaben. „Das gilt sicher Euch", meinte der Knecht. In der Tat war die Straße auch schon beim nächsten Turme gesperrt. Eisenherz und Boldero wichen nach den Hügeln aus und ritten von da an fast nur noch bei Nacht. Aber selbst im Dunkeln mußten sie sich oft genug ihren Verfolgern entziehen. So kamen sie schließlich in die Nähe des Vesuves, dessen Feuerschein ihnen während der Nacht den Weg nach Neapel wies.

Im Morgengrauen wollten sie zwischen den Felsen am Fuße des Vulkanes ein Lager aufschlagen, wurden dabei aber durch Hornsignale und laute Rufe gestört. Die Verfolger hatten sie entdeckt!

Eisenherz und Boldero sprangen in den Sattel, doch die Soldaten waren auch nicht langsamer und erhielten zudem noch Verstärkung mit ausgeruhten Pferden.

„Boldero", sagte Eisenherz, als sie sich vorübergehend der Sicht entzogen hatten, „wenn wir zusammenbleiben, können wir der Gefangenschaft nicht entgehen. Reite du mit den Pferden allein weiter. Die Römer werden dich verfolgen und schließlich laufen lassen, wenn sie entdecken, daß du nicht der Rechte bist." — Der Knecht verstand und sprengte davon.

Aus seinem Versteck hinter einem Felsblock beobachtete Eisenherz, wie die Häscher ihre Jagd fortsetzten. Als die Meute vorüber war, stieg er in die Hänge des Vesuves hinein, wohin ihm die Reiter, wie er glaubte, nicht folgen konnten.

Mit Boldero kam alles, wie es der Prinz vorausgesehen hatte. Die Soldaten holten ihn ein, gaben ihm in ihrer Enttäuschung einen Puff oder auch zwei und ließen ihn dann wieder laufen. Hinterher strich sich der Knecht vergnügt den struppigen Bart. Mit zwei ausgezeichneten Pferden und den gutgefüllten Satteltaschen war es ihm jetzt endlich möglich, einen schon von Jugend an gehegten Traum zu verwirklichen. Nun konnte er in das große Geschäft einsteigen, für das in jenen Tagen kaum eine Gefahr bestand. Er beschloß also, sich einige Gefährten zu suchen und eine Räuberbande zu gründen.

Vom Hange des Vesuves aus sah Eisenherz zu, wie die Soldaten mit Boldero verfuhren. Er rechnete immer noch damit, daß sie die Suche nach ihm selber nun aufgeben würden; diese Erwartung erfüllte sich jedoch nicht. Die Häscher ahnten wohl die Zusammenhänge und kehrten zum Fuße des Berges zurück, wo sie von den Pferden stiegen und die Verfolgung unberitten fortsetzten.

Dem Prinzen blieb nichts mehr übrig, als immer weiter den Berg hinauf zu fliehen und sich immer näher in den Bereich des Kraters zu wagen. Irgendwie mußten die Soldaten ihn dabei gesichtet haben, denn sie kamen zwar langsam, doch beharrlich näher. Die Männer waren jetzt überzeugt, daß der Fliehende entweder in ihre Hände fallen und auf dem Scheiterhaufen sterben werde oder aber in den Krater hinabsteigen müsse, um dort ein ähnliches Schicksal zu erleiden.

In der Dämmerung sah sich Eisenherz schon auf den Kraterrand zurückgedrängt. Schauernd starrte er in den Rachen des Vulkanes hinein. Was er da sah, war eine wahre Teufelsküche, in der dichte, giftige Schwaden brodelten. Aus der Mitte dieses tödlichen Rundes erhob sich ein kleiner Kegel, der den Dampf wie ein Kochkessel ausspie. In der Tiefe bahnten sich glühende Ströme ihren Weg durch die Schatten. Niemand, weder Mensch noch Tier und auch nicht das geringste Pflänzlein, konnte in einer solchen Hölle bestehen.

In dieser Nachbarschaft also mußte Eisenherz mit brennenden Augen und gepeinigten Lungen die Nacht verbringen. Als es hell wurde, besetzten die Söldner den Kraterrand und zwangen den Prinzen damit zu weiterem Rückzug.

Auf ein Hornsignal hin kletterten die Jäger von allen Seiten in den Krater hinein und schlossen so den Ring um ihr Wild immer enger. An einer Stelle des Kessels wogten Rauch und Dampf besonders dicht, und dorthin wurde Eisenherz von seinen Verfolgern nun unerbittlich gedrängt.

Das Innere des Kraters war eine Hölle.

Eisenherz versteckte sich hinter einer Basaltsäule.

Harter Stein schlug gegen Eisen.

Der Umzingelte konnte hören, wie auch die Söldner beim Eindringen in die schwefeligen Dämpfe würgten und keuchten; er barg Nase und Mund, so gut es ging, im Saume des Mantels und duckte sich, schon benommen, hinter eine seltsam geformte Basaltsäule, deren Ecken und Kanten so scharf wie Messer waren. Dabei stieß seine tastende Hand auf ein loses Stück Lava, gerade groß genug, um einem entschlossenen Manne als gefährliche Waffe zu dienen. Der Prinz wußte nun genau, was er zu seiner Rettung tun konnte.

Einer der Söldner, der von den beizenden Schwaden selber schon halb blind war, stolperte näher: da schlug ein Stein gegen Eisen, aber das Geräusch verging im Grollen des Vulkanes, ohne daß es außer dem Prinzen noch einem anderen aufgefallen wäre . . ., auch dem am Kopfe getroffenen Söldner nicht, denn dieser ging auf den Wurf hin lautlos zu Boden. Eisenherz beugte sich über ihn.

Angetan mit dem Mantel und dem eingebeulten Helme des Söldners, beteiligte sich der Gejagte nun selber zum Scheine an der Jagd und näherte sich dabei ganz allmählich dem Kraterrand, den er unangefochten erkletterte. Als er dann in Sicherheit war und den Berg hinunterrannte, suchten die Männer im Teufelskessel immer noch nach einem, der sich ihrem Zugriff längst entzogen hatte.

Tief unten, in der Bucht von Neapel, lagen viele Schiffe, und mit einem davon wollte der Prinz das gefährliche Land verlassen. Um die bewachten Tore Neapels zu meiden, suchte und fand Eisenherz schon vor der Stadt am offenen Strande zwei

Fischer, die ihn gegen Geld und gute Worte zu einem auslaufenden Segler hinruderten. Das Schiff war für Syrakus auf Sizilien bestimmt. Als Eisenherz nach kurzem Verhandeln seine Börse hervorholte, um die Überfahrt zu bezahlen, stieg beim Anblick der vielen Goldstücke ein begehrlicher Glanz in die Augen des Kapitäns. Der Schiffer flüsterte später mit seiner Mannschaft und gab bekannt, daß er den Fahrgast beiseite schaffen wolle. Am Abend des anderen Tages wandte er sich dann mit betonter Freundlichkeit an den Prinzen und sagte: „Die Nacht verspricht kühl zu werden, und ein feuriger Wein wird uns allen guttun. Bitte erweist mir die Ehre, einen oder auch

zwei Becher mit mir zu leeren." — „Gerne", nickte der Prinz, der das gestrige Getuschel zwischen dem Kapitän und seinen Männern sehr wohl bemerkt hatte und deshalb hinter der plötzlichen Freundlichkeit nichts Gutes vermutete. Sie begaben sich also in die unter Deck gelegene Kajüte des Schiffsherrn, wo dieser zwei große Becher füllte. Eisenherz dachte, es könne kaum etwas schaden, wenn er die Becher unauffällig hinter dem Zipfel seines Mantels vertausche. „Auf eine lange Gesundheit", sagte der Kapitän, obwohl er in dieser Stunde doch schon nach dem Leben des anderen trachtete. Beide tranken tief und durstig.

Als der Seemann an seiner zunehmenden Müdigkeit erkannte, daß er das dem Gast zugedachte Schlafmittel selber getrunken hatte, war es schon zu spät; gleich darauf begann er zu schnarchen. Der Prinz borgte sich von dem Schlafenden das Kopftuch und den Mantel und ging an Deck. Eine Stimme flüsterte, ob es soweit sei. Eisenherz nickte. Im besten Glauben, daß wirklich alles in Ordnung sei, schleppten die Seeleute ihren eigenen Kapitän an die Reling. Erst im letzten Augenblick, da sie den Körper schon ins Wasser werfen wollten, entdeckten Sie die Täuschung und wandten sich gegen den Prinzen. Der aber hatte schon das Schwert gezogen.

Im letzten Augenblick entdeckten die Seeleute den Tausch.

Der Prinz hatte jedoch schon zum Schwert gegriffen.

Angesichts dieser klaren Haltung weigerten sich die beiden Missetäter nicht, ihren Kapitän in die Kajüte zurückzubringen und ihn dort festzubinden. Der Prinz versuchte, den Ohnmächtigen mit einem Kübel Wasser aufzuwecken, aber das Mittel war wohl zu stark gewesen. Eisenherz brach deshalb zunächst einmai einen Stuhlfuß ab und gab den beiden Gesellen eine handgreifliche Belehrung über die Gastfreundschaft auf hoher See. Dieser Unterricht wurde allerdings dadurch etwas zu früh abgebrochen,

Der Kapitän ließ sich auch durch einen Wasserguß nicht aufwecken.

Die anderen bekamen Unterricht über die Gastfreundschaft auf hoher See.

daß ein dritter Seemann die Türe aufstieß und hereinrief: „Herr, ein Sturm kommt auf!" Als der Warner den gebundenen Kapitän und die ächzend am Boden liegenden Gesellen sah, zog er sich ängstlich zurück.

Der Prinz folgte ihm an Deck und merkte erst jetzt, wie ernst die Dinge standen. Die Wasser trieben schon wie gläserne Berge vor dem heulenden Sturm, und es war hohe Zeit, den Schiffern klare Befehle zu erteilen.

Eisenherz stieg an Deck des sturmumbrausten Schiffes.

Er ergriff den Befehl und schickte die Seeleute auf ihre Posten.

Das rauhe Seemannshandwerk, das Eisenherz als Knabe in den gefährlichen Gewässern des Nordmeeres zwischen Britannien und Skandinavien gelernt hatte, tat ihm nun gute Dienste. Weil er befürchtete, daß der Orkan die Masten des unter voller Segellast gehenden Schiffes brechen könnte, ließ er alle Leinwand raffen, bis auf ein kleines Sturmsegel, das gerade noch ausreichte, um das Boot steuerfähig zu erhalten. Das leichte Schifflein hob und senkte sich mit den Wellen, die zuweilen auch krachend über das Deck fegten und alles mit sich rissen, was keinen festen Halt hatte. Die paar Männer an Bord erstickten fast in der fliegenden Gischt und waren auch sonst vielen Gefahren ausgesetzt, gegen die es kein Wehren gab. Da zudem noch stockfinstere Nacht herrschte, glichen sie führerlosen Blinden, die nicht sehen, was vor ihnen liegt, und jeden Augenblick damit rechnen müssen, daß der nächste schon ihr letzter sein werde.

Im Dämmerlicht des aufkommenden Tages entdeckte Eisenherz durch den hochgewirbelten Wasserstaub hindurch, daß das Schiff in eine Meerenge zwischen zwei felsigen Küsten hineingerissen wurde. Es lag nun schon im Bereich von Scylla und Charybdis, einem berüchtigten Felsen und einem ebenso gefährlichen Meeresstrudel, gegen die schon Herkules und Odysseus bestehen mußten. Eisenherz erkannte, wie unentbehrlich gerade jetzt genaue örtliche Kenntnisse waren, um zu verhindern, daß sie entweder am Felsen zerschellt oder vom Strudel verschlungen wurden. Er schleppte also den Kapitän aus der Kajüte an Deck, wo er ihn schonungslos aus seinem immer noch anhaltenden Schlaf weckte. Als der Kapitän die Gefahr endlich begriffen hatte, band ihn der Prinz zur Sicherheit an einen Mast und übergab ihm dann wieder den Befehl über Schiff und Mannschaft.

Nun erwies es sich, daß der Kapitän nicht nur ein Halunke, sondern auch ein tüchtiger Seemann war. Er steuerte sein Schiff sicher durch die Schrecken der Meerenge, aber bald darauf drohte eine neue Gefahr. Der Ätna, Siziliens gefürchteter Vulkan, begann Feuer zu speien; es gelang jedoch, das Boot aus seinem Bereich zu bringen, ehe Schlimmeres geschah.

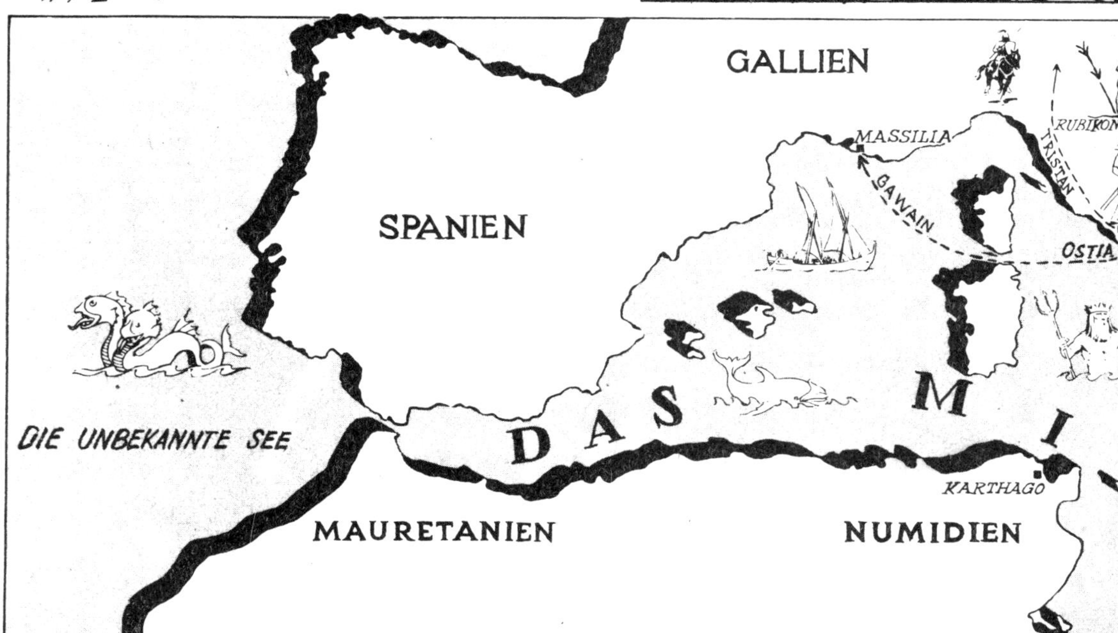

PANNONIEN
Vesuv
Scylla und Charybdis
GEFANGEN von
ANGOR WRACK
FLUCHT aus der SKLAVEREI
DIE NEBEL-INSEL
ALETA
BERENICE
EUPHRAT
ALEPPO
ANTIOCHIA
DAMASKUS
See von GALILÄA
JAFFA
JERICHO
JERUSALEM
TOTES MEER
NIL
T E L M E E R

Allmählich glättete sich das Meer. Während Eisenherz auf die nahe Küste schaute, entdeckte er einen stattlichen Dreiruderer, der in einer Bucht vor Anker lag und dessen Mannschaft gerade dabei war, seine Schäden auszubessern.

Nach dem Sturm war eine solche Windstille eingetreten, daß der Segler des Prinzen nur noch ganz langsam mit der Strömung trieb. Drüben, auf der Galeere, wurden Boote zu Wasser gelassen, die rasch näher kamen. „Das kann bedeuten, daß sie Ruderskiaven brauchen", warnte der Kapitän, aber an ein Entkommen ohne Kampf war bei dieser Flaute nicht zu denken. Die Männer des Dreiruderers erkletterten den kleinen Segler von allen Seiten und stellten die Besatzung vor die Wahl, sich entweder zu ergeben oder in Stücke gehauen zu werden.

Eisenherz gab die Antwort mit dem „Singenden Schwert" und rief auch seinen Gefährten zu, daß sie sich wehren sollten. Da diese jedoch viel weniger mutig waren und selbst das Leben eines Ruderskiaven noch dem sofortigen Tode vorzogen, gaben sie ihren ohnedies nur schwachen Widerstand bald auf. Der Prinz stand schließlich allein auf den Planken und schlug sich, so gut es in der Enge ging, nach allen Seiten. Die Piraten, die bis dahin noch keinem solchen Kämpfer begegnet waren, ließen einen Augenblick lang verblüfft von ihrem Opfer ab, aber nur, um gleich darauf noch heftiger anzugreifen. So mancher bekam die Klinge des Prinzen zu kosten, am Ende aber siegte doch ihre Zahl über den Mut und die Stärke des einzelnen. Eisenherz wurde zu Boden gerissen und entwaffnet.

Angor Wrack, der Herr des großen Schiffes, hatte sich den Namen eines Seekönigs zwar selber verliehen, aber er lebte auf seiner Galeere tatsächlich wie ein König, der keine anderen Gesetze als seine eigenen kennt. Damit mußte sich jeder abfinden, der dem Piraten in die Hände fiel. Die Neigung, sich mit orientalischer Pracht zu umgeben und alle angenehmen Seiten des Lebens in vollen Zügen zu genießen, rundete das Bild dieses selbstherrlichen Mannes ab.

Eisenherz und die anderen Gefangenen erfuhren vor dem reichgeschmückten Throne des Piraten, daß sie von nun an Ruderslaven seien. Angor Wrack schaute sich das Häuflein etwas gelangweilt an, bis sein Blick auf den Prinzen fiel. „Dieser Bursche da", so wandte er sich an den neben ihm stehenden Kapitän seines Schiffes, „ist seinem ganzen Aussehen nach bestimmt kein Seemann."

„Das weiß ich nicht", antwortete der Gefragte, „aber seine Gefangennahme kam uns teuer zu stehen. Hier, dieses Schwert haben wir ihm abgenommen."

Angor Wrack blickte lange auf die kunstvoll geschmiedete Klinge. Dann zog er seinen Dolch, entfernte damit die Leinenbänder am Griff der Waffe und enthüllte so die kostbaren Edelsteine des „Singenden Schwertes".

„Das ist ja das Schwert eines Königs", rief Angor bewundernd aus. „Wo hast du es gestohlen, Bursche?"

„Das Schwert ist mein", erwiderte der Prinz gelassen, „und eines Tages werde ich ihm dein Räuberblut zu trinken geben."

Angor, dem bei diesen Worten die Zornesröte ins Gesicht stieg, gab ein Zeichen, und bald darauf fand sich Eisenherz, der Ritter von der Tafelrunde, als Sklave unter Sklaven an der Ruderbank angekettet wieder.

„Die Kette des
Orientalen!“
überlegte
der Prinz.

„Eine schöne Zauberkette!" spottete der Prinz mit sich selber. „Ich trage sie und muß die Fesseln dennoch dulden." Trotzdem fuhr er einmal mit dem rauhen Rand des mittleren Kettengliedes spielerisch über das Eisen, und siehe da: es schnitt! Aber die Zeit für eine Flucht war noch nicht gekommen. Das Schiff schwamm auf hoher See, wo Angor jedes Fahrzeug plündern ließ, das ihm gerade in die Quere kam. Eines Tages erspähte der Prinz dann durch die Ruderluke eine Küste und erfuhr von seinem Nachbarn, daß man vor Griechenland liege. Kleine Boote brachten frisches Wasser. Bis dahin hatte Eisenherz seine Ketten so weit durchgefeilt, daß er sie leicht zerbrechen konnte. In der Dämmerung geschah es dann.

Der Sklavenaufseher wurde das Opfer eines Ringergriffes; eine halbnackte Gestalt sprang über Bord und bemächtigte sich des kleinsten der Boote. Mit diesem Fahrzeug ruderte der Prinz unter einem Hagel von Pfeilen in die Klippen hinein, wo das Wasser so tückisch war, daß die größeren Boote nicht folgen konnten.

Die Nacht setzte der Jagd dann ohnedies ein Ende. Am andern Morgen war die Galeere verschwunden und mit ihr leider auch das „Singende Schwert“, das nun am Gürtel des Seekönigs hing. In dieser Stunde schwor sich Eisenherz, daß er die Waffe zurückholen werde, möge auch kommen, was da wolle. Fürs erste hatte er jedoch andere Sorgen, denn er besaß weder Waffen noch Lebensmittel. Die Küste selber war unwirtlich, aber im Meere draußen lagen grüne Inseln, wo er Hilfe zu finden hoffte. Während der Prinz hinüberruderte, stimmte er ein fröhliches Liedchen an. Gewiß, er hatte vieles verloren, aber geblieben waren ihm seine Jugend, seine Kraft und die ganze herrliche Welt. Aus dieser guten Laune wurde er jäh herausgerissen. Gleich auf der ersten Insel, die er betreten wollte, begegneten ihm die Bewohner mit Feindschaft; sie hatten von Piraten und Sklavenjägern schon so viel Schlimmes erfahren, daß kein Fremder mehr an Land durfte.

Und so erging es ihm von Insel zu Insel, bis der Prinz schließlich vor Hunger und Durst in eine tiefe Ohnmacht fiel. Das Boot trieb führerlos mit dem Wind und den Wellen. Irgendwie mußte es dabei an einer Küste aufgelaufen sein. Als Eisenherz im Dämmerschlaf einmal die Augen aufschlug, sah er über sich das Antlitz einer jungen Frau, das er nicht mehr vergessen konnte! War das nur ein Traumbild? Wo anders denn als in einem Traum konnte es so viel Schönheit geben?

An diese Begegnung erinnerte sich der Prinz erst, als er weit draußen auf der hohen See, gestärkt und fieberfrei, wirklich aus seiner Ohnmacht erwachte. Zuerst zweifelte er an seiner Erinnerung, aber dann entdeckte er, daß sein Boot beladen war. Er fand Wasser, Lebensmittel, einen Mantel und . . . einen Zettel!

„*Kein Fremder darf unsere Insel lebend betreten, aber du bist zu jung, um schon zu sterben. Gehe, doch kehre nie zurück. Alela, Königin der Nebelinseln.*"

Also war dieses betörende Antlitz doch Wirklichkeit gewesen. Wo aber lagen die Nebelinseln? Eine magische Gewalt trieb

den Prinzen durch das Ägäische Meer und zu den Inseln, auf denen einst die Helden des alten Hellas gelebt hatten. Er konnte einfach nicht davon ablassen, das Mädchen wiederzufinden, das ihm so seltsam begegnet war.

Diese Suche dauerte wochenlang, und Eisenherz ging dabei vorsichtig jedem größeren Schiff aus dem Weg. Die feindseligen Bewohner der Inselgruppen hinderten ihn immer noch am Betreten einer Küste. Dafür traf er aber draußen auf dem Meere des öfteren Fischer an, die freundlicher waren und ihm mit dem Notwendigsten halfen. Seine Frage nach den Nebelinseln konnten sie allerdings nur ganz allgemein beantworten. „Irgendwo in dieser Richtung“, sagten sie, „und weit, weit weg.“ So blieb dem Prinzen nichts anderes übrig, als eben weiterzusuchen, wenngleich er dabei oft fast den Mut verlor und das Boot einfach treiben ließ.

Eines Tages riß ihn ein Geräusch aus dem Halbschlaf hoch. Er hatte das Näherkommen eines Sklavenjägers zu spät bemerkt und konnte nun nicht mehr ausweichen. Sein Boot, das schon fest im Griffe der Enterhaken lag, wurde an die Schiffswand herangezogen. Der Prinz tat, als sei er seinem Schicksal hoffnungslos ergeben, und ließ sich an Bord ziehen. Durch diese List wurden die Piraten so getäuscht, daß sich Eisenherz mit zwei, drei überraschenden Faustschlägen einen Weg zum Kapitän

bahnen konnte, dem er sogleich die Spitze seines Messers an die schweißige Kehle setzte. „Willst du lieber am Leben bleiben oder in zwei Stücke geschnitten werden?“ — Der Kapitän entschloß sich fürs Weiterleben.

„Dann befiehl deinen Leuten, nach den Nebelinseln zu segeln!“

Die Mannschaft zeigte keine Lust, die eigene Haut für die Befreiung ihres Anführers aufs Spiel zu setzen, und steuerte in der vom Kapitän befohlenen Richtung. Während des Tages und besonders auch in der folgenden Nacht hatte der Prinz nur noch aufzupassen, daß er der Herr an Bord blieb. Bald nachdem es hell geworden war, sah er aus dem Morgennebel eine wundersame Stadt aufsteigen, deren Kuppeln und Türme in der silbrigen Luft zu schwimmen schienen. „Wir haben die Nebelinseln erreicht, aber anlegen darf ich dort nicht“, sagte der Kapitän.

Der Jüngling befahl dem unfreiwilligen Gastgeber, zwei Boote auszusetzen. Damit fuhren sie beide los, und der Kapitän durfte erst umkehren, als sie aus dem Bereich der Bogenschützen auf dem Schiffe waren. Während Eisenherz allein in den Frühdunst hineinsegelte, hörte er noch ein höhnisches Lachen hinter sich, doch blieb

ihm zum Nachdenken nicht mehr viel Zeit. Voraus erhob sich ein dumpfes Rauschen; der Prinz war unversehens in die Gewalt eines Strudels geraten, der ihn nun immer schneller anzog.

Eisenherz warf das nutzlos gewordene Segel kurzerhand über Bord und griff zu en Rudern, um gegen die Natur zu kämpfen. Die Riemen ächzten unter seiner verweifelten Kraft, aber jeder Augenblick, den er sich zum Verschnaufen gönnen mußte, rachte ihn dem saugenden Abgrund wieder näher. Das Brüllen kam immer lauter us dem aufgerissenen Rachen des Strudels, der nun einem schrecklichen Meeresngeheuer glich, das seiner Beute sicher ist.

Ein Wächter auf den Zinnen der Stadt beobachtete den Zwischenfall und schlug larm. Bald füllten sich die Plattformen der Türme und die Terrassen der Häuser nit Männern und Frauen, die alle einem Schauspiel beiwohnen wollten, das sie schon ft gesehen hatten und dessen Ausgang sie nur allzugut kannten, denn es nahm jedesnal das gleiche Ende. Anfangs gelang es den Opfern unter Aufbietung aller Kräfte zuweilen noch, ein kleines Stückchen Raum gegen den Strudel zu gewinnen. Aber mmer kam auch mit tödlicher Sicherheit der Augenblick, da sie müde wurden und achlassen mußten. Eine Weile konnten sie dann das Boot vielleicht noch auf gleicher Höhe halten, bis sie selbst das nicht mehr schafften. Zoll um Zoll und immer schneller zog der Wirbelstrom die Beute in seinen blauschwarzen Schlund hinein, in dem sie schließlich kopfüber verschwand.

Das Opfer aber, das jetzt im Strudel trieb, war aus einem anderen Holze geschnitzt. Als die Lage schon aussichtslos schien, kämpfte es immer noch unentwegt gegen den Mahlstrom an. Vor diesem Anblick wandelte sich die Neugier der Zuschauer in eine herzliche Anteilnahme für den Mann, dessen Kraft sie bewunderten. Schließlich, als sie erkannten, daß Eisenherz wider alle Erfahrung doch noch gegen den Strudel gesiegt hatte, jubelten sie ihm lauten Beifall zu.

Doch davon merkte der Prinz selber freilich nichts mehr. Er wußte auch nicht, daß der Wirbelstrom nur noch ganz langsam im Kreise ging. Eisenherz war nämlich über seinen fast übermenschlichen Anstrengungen ohnmächtig geworden.

Von den Klippen hechteten sonngebräunte Gestalten ins Meer und schwammen zum früheren Mittelpunkt des Strudels hin, wo sich der Ohnmächtige in seinem Schifflein jetzt fast auf der Stelle drehte. Sie zogen das Boot ans Ufer und gaben dem Geretteten die erste Hilfe. Der Prinz wurde wie ein Wunder bestaunt, denn seit Menschengedenken war es vor ihm noch keinem anderen gelungen, dem Mahlstrom

ı trotzen. Da ernstere Schäden nicht ɔrzuliegen schienen, ließ man den Jüngng zunächst einmal schlafen, solange wollte, und brachte ihn erst dann zu amorack, dem König der Insel, damit er iesem seine Geschichte erzähle.

Vom König erfuhr der Prinz, daß die nsel Tambelaine heiße und von den Nebelıseln weit entfernt liege. Der Sklavenändler hatte also offenbar gelogen, um ıch den unbequemen Gast vom Halse zu chaffen. Nun bat Eisenherz um ein Schiff ach den Nebelinseln.

Lamorack hörte gelassen zu. Die Jahre ıatten sein Haar zwar gebleicht, aber sein /erstand war immer noch messerscharf. ,Wenn der Vater dieses Jünglings, der Köıig von Thule, reich ist und weit entfernt vohnt, so werde ich ein hohes Lösegeld verlangen. Sollte er aber mächtig sein ınd nahe wohnen . . . nun, wozu habe ich :wei heiratsfähige Töchter?"

Diese Überlegungen konnte der König einem Gast natürlich nicht gerade ins Gesicht hinein sagen. Er umging deshalb lie Bitte um ein Schiff und sprach: „In wenigen Tagen werden meine Töchter von einem Besuch aus Athen zurückkehren. Bitte, erweist mir die Ehre, an den Empfangsfeierlichkeiten teilzunehmen."

Da der Prinz diese diplomatische Einladung nicht umgehen konnte, ohne seine Aussicht auf ein Schiff zu schmälern, gab er sich fürs erste zufrieden. —

Die Schönheit der Königstöchter wurde auf Tambelaine und auch auf den anderen Inseln des Ägäischen Meeres in vielen Liedern besungen, aber Eisenherz fand später, bei der Heimkehr der Prinzessinnen, daß diese Lobpreisungen noch lange nicht an die Wirklichkeit herankamen.

Thetis, die Dunkle, war wie eine Sternennacht. Ein Blick in ihre Augen wärmte dem Greise das Herz und raubte dem Jüngling den Frieden. Die Dichter hatten es leicht, ihre Schönheit zu besingen.

Von ganz anderer Art war Ariadne, ihre Schwester. An ihr war alles Licht, Lachen und trällernder Gesang. Man sagte ihr nach, daß ihrem Tanzschritt der Frühling folge, dessen Lieblingstochter sie sei, und daß ihr die Sonne selber die Farbe des Haares geliehen habe.

König Lamorack

Prinzessin Thetis

Prinzessin Ariadne

Trotz seinen Lumpen und den Kettenmalen an den Gelenken wurde Eisenherz vom ersten Augenblick an wie ein fürstlicher Gast behandelt, denn Lamorack zweifelte nicht daran, daß der Jüngling wirklich der Sohn eines Königs war. Man hatte dem Prinzen kostbare Kleider gegeben und ihm auch seine Bewegungsfreiheit gelassen; das alles konnte ihn aber nicht darüber hinwegtäuschen, daß er im Grunde genommen eben doch nur ein Gefangener war. Er sann deshalb schon vom ersten Tage an nach Mitteln und Wegen zu einer baldigen Flucht. Im Hafen erfuhr er, daß die Nebelinseln ostwärts lagen und der Wirbelstrom zweimal täglich durch den Wechsel von Ebbe und Flut ausgelöst werde.

Diese ersten Vorbereitungen zur Flucht wurden dann unterbrochen durch die Ankunft des Schiffes, das die Prinzessinnen aus Athen heimbrachte.

Der Jüngling, der die Landung von seinem Fenster aus beobachten konnte, wurde bald darauf zum König gerufen. Nun durfte er die beiden Prinzessinnen auch aus der Nähe sehen. Da sie ihm über alle Maßen gefielen, beschloß er, sich mit ihnen anzufreunden. In seinem Innersten dachte er dabei freilich, daß ihm vielleicht auch von dieser Seite her einmal eine Hilfe zur Flucht kommen könnte.

Der Prinz hatte die Landung vom Fenster aus beobachtet und wurde bald darauf zum König gerufen. Nun konnte er die Prinzessinnen auch aus der Nähe sehen.

Im Schwimmbecken hallte das Wasser von ihrem Gelächter wider.

Die drei Königskinder verstanden sich von Anfang an so gut und waren so unbefangen fröhlich miteinander, daß sie nicht merkten, wie ihnen die Tage und Wochen im Fluge vergingen. Wenn sie sich im Schwimmbecken des großen Gartens tummelten, hallte das Wasser von ihrem Gelächter wider, und wenn sie mit dem Bogen auf die Scheibe schossen, wurde jeder Pfeil von einem Scherzwort begleitet. Manchmal saßen sie auch nur beieinander, um einem Dichter oder Sänger zu lauschen. Natürlich wurde bei diesen Gelegenheiten fleißig getändelt, aber der Prinz vergaß darüber nie seine Erinnerung an Aleta und hielt sich wohlweislich zurück. Die Mädchen verhätschelten ihn deshalb um so mehr, und Eisenherz mußte immer wieder lächeln, wenn er daran dachte, wie sehr ihn sein Freund Gawain um diese Lage beneiden würde, so er das alles sehen könnte. — Hätte es auf Tambelaine freilich nur eine einzige Königstochter gegeben, entweder die dunkle Thetis oder die blonde Ariadne, dann wäre dem Prinzen das Ausweichen schwerer gefallen. So aber konnte er seine Freundschaft gleichmäßig auf beide verteilen.

In einer lauen Nacht, da Eisenherz den Schlaf nicht finden konnte, stand er am Fenster und schaute auf das Meer hinab, über das von Osten her ein leichter Wind blies. Dem Prinzen fiel es ein, daß dieser Hauch von den Nebelinseln komme, und seine Sehnsucht wurde übermächtig. Schon am anderen Tag fing er an, Lebensmittel zu sammeln und in einer Höhle am Fuße der Klippen zu verbergen.

Eine Woche später zeigte sich im Hafen eine ungewohnte Regsamkeit. Alle Boote wurden frisch bemalt und mit Wimpeln geschmückt. König Lamorack gab feierlich bekannt, daß die Zeit des Perlenfischens gekommen sei, und das war ein Festtag für ganz Tambelaine.

Die Flotte glich in ihrer Farbenpracht einem Schwarm bunter Vögel.

Am Morgen, als der Wirbelstrom zur Ruhe gekommen war, verließ die Flotte den Hafen und glich dabei in ihrer Farbenpracht einem Schwarm bunter Vögel. Da die Perlenfischerei einen guten Teil von Tambelaines Reichtum ausmachte, hatte das Volk allen Grund zum Fröhlichsein. Über den Muschelbänken opferte der König dem Meeresgott Poseidon die mitgebrachten Blumengewinde, und dann gab Hektor, der junge Kapitän der Flotte, mit einem Hornstoß das Zeichen zum Beginn des Tauchens. Thetis und Ariadne schlüpften lachend aus ihren Oberkleidern und sprangen kopfüber

in die Tiefe. Eisenherz wollte es ihnen gleichtun, mußte aber unter dem Spott der Mädchen mit Ohrensausen und Nasenbluten an Bord zurückkehren, weil er den hohen Wasserdruck nicht gewohnt war. Später, nach Stunden, beobachtete er auf der Heimfahrt, wie sich Ariadne und der junge Hektor mit versonnenen Blicken anschauten. Das alles sah nicht so aus, als ob sich die beiden erst seit heute zugetan seien, aber der Prinz unterdrückte eine Bemerkung, denn er dachte, daß ihm vielleicht auch Hektor einmal zur Flucht verhelfen könne.

Die Flotte fuhr unter vollen Segeln, weil sie den Hafen noch vor dem Erwachen des Mahlstromes erreichen mußte. Nur ein kleines Boot, dessen Mannschaft den Tag mit allzuviel Wein gefeiert hatte, blieb zurück. Als die Gezeiten dann wechselten, erkannten die Leichtsinnigen zu spät, in welcher Gefahr sie schwebten. Der Strudel griff unbarmherzig nach seinen Opfern und gab sie erst in der Nacht wieder heraus.

Nachdem Eisenherz zuerst beim Bergen der Toten geholfen hatte, schwamm er später noch einmal allein hinaus, um nach dem Boote zu suchen. Er fand das stark beschädigte Fahrzeug und verbarg es in der Höhle unter den Klippen. Wenn der Kahn auch arg zerschlagen war, so hoffte der Prinz doch, ihn bald soweit ausbessern zu können, um darauf die Flucht über das Meer wagen zu dürfen.

Einige Tage danach stieß Eisenherz an einer abgelegenen Stelle des Gartens auf eine bitterlich weinende Ariadne. Als er sie besorgt nach der Ursache der bei ihr sonst so ungewohnten Tränen fragte, erfuhr er von einer Tatsache, die ihn an alte Rachepläne erinnerte.

„Mein Vater", so schluchzte das Mädchen, „hat mich Angor Wrack zur Frau versprochen, und nun ist der Mann, den ich nicht lieben kann, auf dem Wege nach Tambelaine, um mich von hier wegzuholen."

Als der Prinz den Namen seines Feindes so unerwartet vernahm, zuckte er zusammen. Angor Wrack! Das war der Pirat, der ihn zum Rudersklaven gemacht und ihm das „Singende Schwert" geraubt hatte. Nun würde er ihm wieder begegnen!

Eisenherz wußte sofort, was zu tun war, und sagte: „Wenn mein Gefühl mich nicht trügt, so liebst du doch Hektor?"

Die blonde Prinzessin nickte schluchzend und gestand, daß sie arm und mittellos bis ans Ende der Welt wandern würde, wenn sie dadurch dem Seekönig entkommen und Hektors Frau werden könnte. „Das läßt sich vielleicht einrichten", meinte Eisenherz und erzählte von dem verborgenen Boote, das er so mühsam für seine eigene Flucht wieder seetüchtig gemacht hatte. Dann suchte er den jungen Hektor auf und weihte ihn in alles ein. Das glückliche Paar konnte die Insel schon vor dem kommenden Morgen verlassen.

Inzwischen strebte Angor Wrack in ungeduldiger Eile auf Tambelaine zu. An seinem Gürtel hing das „Singende Schwert", aber an den Sklaven, dem er es einst genommen hatte, dachte er schon längst nicht mehr.

Nach langer Reise näherte sich die Galeere endlich ihrem Ziel. Der Seekönig konnte bereits die Umrisse von Tambelaine erkennen und freute sich, die liebliche Braut bald in seine Arme schließen zu dürfen. Hätte er freilich gewußt, daß Ariadne auf der Flucht vor ihm selber in dem winzigen Fischerboot saß, das da auf zwei oder drei Bogenschußweiten an seinem Dreiruderer vorbeitrieb, so wäre seine Stimmung wohl eine ganz andere gewesen. Während Angor die Rudersklaven zu noch größerer Eile antreiben ließ, verschwand hinter seinem Rücken das Boot mit der holdseligen Last in den blauen Wassern der Ägäis . . .

Doch nun zurück zu Eisenherz. Als er den Liebenden so selbstlos zur Flucht verholfen hatte, schaute er dem Schifflein noch lange nach. „Und sollte mich, was in dieser Nacht geschah, auch mein Leben kosten", murmelte er, „so konnte ich es dennoch nicht lassen." Dann kletterte er über die Klippen zurück und freute sich auf das Gesicht des enttäuschten Freiers.

Während er über die Brustwehr stieg, flüsterte ihm aus dem Dunkeln eine leidenschaftliche Stimme zu. „Welch eine Närrin ist doch Ariadne!" Eisenherz erkannte die Stimme von Thetis. „Meine Schwester flieht; ich aber wäre glücklich, die Braut eines so kühnen und starken Helden zu sein."

„Dein kühner und starker Held wird bald eine Leiche sein, es sei denn, er bringe mich vorher um", versetzte Eisenherz trocken und schritt davon.

„Verteidige dich!
Ich werde jetzt
mein Schwert
zurückholen!“

Vom Hintergrund des Thronsaales aus verfolgte Eisenherz den prunkvollen Empfang, der Angor bereitet wurde. Der Pirat ließ kostbare Geschenke vor dem Throne niederlegen, und Lamorack begrüßte ihn wie einen Sohn. Als die Höflichkeiten ausgetauscht waren, bat Angor, seine Braut sehen zu dürfen.

Der König befahl einem Diener, die Prinzessin zu verständigen, doch dieser kehrte erst nach langer Zeit und mit der unverständlichen Nachricht wieder, daß die Braut geflohen sei. Lamoracks Zorn kannte keine Grenzen, denn er hatte sich von einer Verbindung mit dem mächtigen Seekönig nicht nur weiteren Reichtum, sondern auch eine Stärkung seines kleinen Inselreiches versprochen. Nun wurden alle Krieger aufgeboten, um die Insel nach der Verschwundenen zu durchsuchen.

Während der so entstandenen Aufregung holte sich Eisenherz aus den verlassenen Quartieren der Soldaten neue Waffen, denn er glaubte, daß für ihn nun die Stunde gekommen sei, einen Schwur zu erfüllen. Er wollte sein Schwert wiedergewinnen und dem Seekönig zugleich alle Schmach heimzahlen, die dieser dem Rudersklaven einstmals angetan hatte.

Der Prinz traf seinen Feind in der Halle. „Angor Wrack", so rief er ihm zu, „du wirst Ariadne niemals besitzen. Ich selber habe ihr zur Flucht mit dem Manne verholfen, den sie wirklich liebt, und jetzt werde ich dir auch noch das Schwert abnehmen, das du mir gestohlen hast!"

Als Angor Wrack seinen ehemaligen Sklaven wiedererkannte und so sprechen hörte, wurde er zornesrot und zog das „Singende Schwert" aus der Scheide. Dieser edlen Waffe hatte Eisenherz nur sein minderes Soldatenschwert entgegenzusetzen, aber er focht mit solcher Wucht und Leidenschaft, daß der Kampf lange Zeit unentschieden hin und her wogte. Die Streiche des Prinzen hätten einen Ochsen fällen können, Angor Wrack aber überstand sie, ohne zu wanken. Trotz aller Gewandtheit wurde Eisenherz schließlich gegen ein Steingeländer gedrängt; er verlor das Gleichgewicht und stürzte in einen tieferliegenden Saal, wo er ohnmächtig von den Dienern des Königs entwaffnet wurde.

Nach diesem Zwischenfall ließ sich Lamorack den Prinzen vorführen und sprach voller Zorn: „Was du getan hast, ist ein Verbrechen wider die Gastfreundschaft, für das du mir büßen sollst.“ — Eisenherz wurde in die unterste Halle geschleift, wo man ihm ein langes Seil durch den Ledergürtel schob. Einige Knechte entfesselten ihn und reichten ihm ein Messer. Dann wurde eine kreisrunde Platte aus dem Fußboden gehoben, die den Zugang zu einer Zisterne freigab. Ein Ruck am Seil brachte den Prinzen an den Rand des Abgrundes, und gleich darauf schwebte er über der Tiefe, die durch ein vergittertes Fenster mit dem Meere verbunden war. In dem Wasser am Grunde aber lag ein scheußlicher Krake, der ihn aus kleinen, glanzlosen Augen anstarrte und mit Schlangenarmen nach ihm tastete.

Der Prinz erwartete, daß man ihn jetzt fallen lassen werde, aber vorerst geschah nichts. Seine Peiniger nahmen sich reichlich Zeit. In diesen kostbaren Sekunden blieb Eisenherz nicht müßig; er sah sofort, daß die von schleimigen Algen überzogene Wand der Zisterne viel zu glatt gemauert war, um einer Hand oder einem Fuß auch nur den geringsten Halt zu bieten. Mit dem nächsten Blick stellte er fest, daß die Zisterne keinen anderen Ausgang hatte als das Loch in der Decke und das von dem Kraken bewachte Gitterfenster zum Meere hin. Dann entdeckte er aber doch einen Gegenstand, an dem sich seine Hoffnung beleben konnte.

Hoch an der Zisternenwand war ein Eisenring eingelassen, der trotz seiner Rostschicht ziemlich fest aussah. Der Prinz pendelte hinüber, griff danach und bekam den Ring zu fassen. Im gleichen Augenblick wurde das Seil aus seinem Gürtel gezogen und die Öffnung in der Decke verschlossen. Als der Jüngling nun ganz allein in der dämmerigen Grube hing, überkam ihn eine böse Erkenntnis: Lamorack hatte den Ring wahrscheinlich in der Absicht anbringen lassen, daß die Verurteilten ihn entdecken und sich in ihrer Todesnot an ihn klammern sollten, bis ihre Kräfte versagten und das Ungeheuer in der Tiefe am Ende doch noch seine Opfer bekam.

So schnell verzagte aber der Prinz auch in dieser Lage nicht. An einer Hand hängend, löste er seinen Gürtel und befestigte ihn so am Ring, daß eine Sitzschlinge daraus wurde, die ihm Kräfte sparte und die Hände frei ließ.

Dann erinnerte er sich des Messers, das man ihm offenbar nur gelassen hatte, damit er einen aussichtslosen Kampf mit dem Kraken beginne und so sein Sterben verlängere. Jetzt aber wußte der Prinz einen besseren Gebrauch von der Waffe zu machen! Die ganze Nacht über bearbeitete er mit der Klinge den Mörtel, und als der Morgen kam, war schon der erste Stein aus den Fugen gelöst. Noch einmal zwei Nächte später bewegte sich in der Halle, dicht neben dem Eingang zur Zisterne, eine der Bodenplatten, bis ein Spalt offenstand, durch den sich ein dolchbewaffneter Arm schob.

Erschöpft entstieg der Prinz seiner Höhle.

Gleich darauf wurde die Platte vollends hochgedrückt. Erschöpft und mit Staub überzogen, entstieg der Prinz seiner Höhle und schlich sich geräuschlos wie ein Schatten aus der Halle. Im Hofe stillte er zuerst seinen quälenden Durst an einem Springbrunnen, dann kletterte er über die Klippen zum Meere hinab. Der Wirbelstrom ging noch so lebhaft, daß vor einer Stunde an kein Weiterkommen zu denken war. Als sich das Wasser soweit beruhigt hatte, schwamm Eisenherz hinaus und machte sich aus dem vom Strudel angesammelten Treibgut ein Bündel zurecht, in dessen Schutze er sich vom Ebbstrom ins Meer hinaustragen ließ.

Der Prinz wollte die Perlenflotte abwarten, die in der Frühe auslief. Als dann das letzte Boot vorüberzog, hörten die Schiffer einen schwachen Ruf; sie holten den Treibenden an Bord und erkannten ihn auch sofort. Doch da war es schon zu spät. Eisenherz hatte eine Lanze ergriffen und verlangte, zum Festland gebracht zu werden. Die Seeleute mußten gehorchen. Unterwegs erfuhr der Prinz eine Neuigkeit: Angor hatte kurzerhand Thetis geheiratet und war mit ihr zu einer Pilgerfahrt nach Jerusalem aufgebrochen. Daraufhin riß Eisenherz das Schiff herum und steuerte es gegen den Willen der Fischer, die sich vor der Reise fürchteten, dem Heiligen Lande zu. Diese

Furcht war begründet, da die Küste Kleinasiens, an der entlang sie segeln mußten als der Schlupfwinkel vieler Piraten galt. Eines Tages war es dann so weit. Ein an Größe und Geschwindigkeit überlegenes Seeräuberschiff legte sich an ihre Seite Eisenherz hatte aber vorgesorgt.

Kaum begannen die Piraten, laut schreiend und mit geschwungenen Waffen au das Schifflein überzusteigen, da fingen dessen Segel schon zu brennen an; die Mannschaft jedoch stürzte sich auf der nichtbedrohten Seite ins Meer. Als der Brand erstickt war, traten die Räuber an die Reling, um dem Wiederauftauchen der Geflohenen zuzuschauen. Des Prinzens Pläne gingen indessen woandershin. Er und seine Männer, die ja geübte Perltaucher waren, schwammen unter den Kielen der nebeneinanderliegenden Schiffe hinweg auf die andere Seite hinüber und bestiegen dort völlig unbeobachtet das Deck des Piraten. Die paar zurückgebliebenen Räuber waren vom Anblick der Vorgänge auf dem eroberten Schiff so gebannt, daß sie im Handstreich

überwältigt werden konnten. Die Piraten auf dem Perlfischerboot drüben merkten das alles erst, nachdem sich die nicht mehr zusammengehaltenen Schiffe schon auf Rufweite voneinander entfernt hatten. Als sie gewahr wurden, daß sie auf einem Boot mit halbverbrannten Segeln und unzureichender Verpflegung sozusagen ausgesetzt waren, erfüllten sie die Luft mit Gebrüll und gräßlichen Drohungen; sie wollten einfach nicht einsehen, daß auch ein Räuber gelegentlich einmal beraubt werden kann. Der Prinz, der den ganzen Streit nicht angefangen hatte, kümmerte sich indessen wenig um dieses Geschrei und segelte mit dem Schiff und seiner vermutlich recht kostbaren Ladung einfach weiter.

Über dieser Beute, die sich hinterher dann wirklich als überaus wertvoll herausstellte, vergaßen die Gefährten des Prinzen alle Bedenken, die sie zuerst gegen die gewagte Fahrt erhoben hatten. In Jaffa, dem regsamen Hafen des Heiligen Landes, nahm Eisenherz Abschied und ritt, wieder gut ausgerüstet, allein nach Jerusalem

weiter. Unterwegs traf er viele christliche Pilger, die dem gleichen Ziele zustrebten. Durch heißen Sand und unfruchtbare Bergwüsten zogen sie unter der glühenden Sonne dahin, bis schließlich auf einem Hügel vor ihnen die Heilige Stadt auftauchte, in die sie unter Freudentränen und Hosiannagesängen einzogen.

Wie alle Ritter von der Tafelrunde, so besaß auch Eisenherz einen tiefen Glauben. Erhobenen Herzens schritt er durch die engen, von Basaren gesäumten Gassen, auf denen Jahrhunderte vor ihm der Fürst des Friedens gegangen war, von dessen versöhnender Lehre nur so wenige seiner Zeitgenossen etwas wissen wollten. —

Auf der Via Dolorosa hörte Eisenherz hinter sich einen schlecht unterdrückten Schrei. Als er sich umdrehte, stand Thetis vor ihm. Sie hatte ihn für tot gehalten und fragte nun entsetzt, woher er denn komme? Auf seine Antwort, daß er nur erschienen sei, um Angor Wrack das „Singende Schwert" abzunehmen, erbleichte sie und floh in die Menge, ohne zu verraten, wo ihr Gatte zu finden war.

Der Prinz begab sich dann in die Kirche, die über dem Heiligen Grabe errichtet stand, um sein neues Schwert dem Dienste an der Christenheit zu weihen. —

Die Spur eines so bemerkenswerten Mannes wie Angor Wrack ließ sich jedoch leicht finden. Als Eisenherz festgestellt hatte, daß

der Gesuchte nach Damaskus aufgebrochen war, nahm er die Verfolgung auf. De Weg führte durch das heiße Kidrontal ans Tote Meer und dann nordwärts weiter imme am Jordan entlang über Jericho und den See Tiberias.

Der Jüngling war ohne Zwischenfall bis auf wenige Meilen an Damaskus heran gekommen, als er arabischen Sklavenhändlern begegnete. Das war in jener Zeit nicht Ungewöhnliches, aber die Händler behandelten ihre lebende Ware so grausam, da Eisenherz einem der Treiber dessen eigene Peitsche zu kosten geben mußte. Nachden er mit der Streitaxt die Wut der anderen erstickt hatte, liefen die Sklaven nach allen

Seiten davon. Bald darauf ritt der Prinz in Damaskus ein, wo er in den Basaren erfuhr, daß Angor Wrack in die Stadt gekommen sei, um eine Damaszenerklinge zu erwerben. Von diesen berühmten Klingen konnte auch der beste Waffenschmied höchstens drei Stück während seines ganzen Lebens herstellen. Da das Verfahren geheimgehalten wurde, lagen die Werkstätten weit draußen vor der Stadt in der Nähe der Karawanenstraße nach Bagdad. Während sich der Prinz unterrichtete, riefen die Sklavenhändler ihre Stammesgenossen zur Rache auf.

Eisenherz vermutete, daß der Seekönig für seinen Heimweg die Karawanenstraße

benützen werde, und ritt ihm entgegen. Und dann kam Angor Wrack. Äußerlich sah er ruhig aus, aber seine Augen starrten auf Eisenherz, als erblickten sie ein Gespenst. Der Zweikampf begann ohne jeden Wortwechsel und wurde so heftig geführt, daß die Streiter nicht bemerkten, wie sie von zahlreichen Arabern umzingelt wurden. Eisenherz und Angor kämpften, aus vielen Wunden blutend, schon Fuß an Fuß.

als die Araber endlich angriffen und sie fast mühelos überwältigten. Irgendwo in der Wüste fanden sich die Todfeinde in einem Zelte, Rücken an Rücken gefesselt, wieder. Als sie allein waren, flüsterte der Prinz: „Hör zu, Angor Wrack! Meine Halskette hat mich einmal aus der Gewalt eines Seekönigs gerettet und wird uns auch jetzt weiterhelfen. Hebe sie mit den Zähnen so ab, daß ich sie fassen kann."

Angor zog dem Prinzen mit den Zähnen die Kette ab.

Nachdem die Ketten gefallen waren, machten die Gefangenen zuerst ihren Wächter unschädlich und schlichen sich dann hinter das Zelt des Scheichs, in dem ihre Waffen lagen. Bei der Wachablösung erregte ihr Fehlen einen großen Aufruhr, der auch den Scheich herbeilockte. Jetzt konnten sie ihre Waffen nehmen. Eisenherz griff zum

„Singenden Schwert" und überließ dem Seekönig die Damaszenerklinge. „Zuerst diesen Kampf", bemerkte er, „dann unseren eigenen!" Darauf flohen sie. Nach Tagesanbruch entdeckten sie von einem felsigen Hügelzug aus die berittenen Verfolger hinter sich. Die Todfeinde stellten sich Seite an Seite auf und fochten auch dann noch

gegen die Übermacht, als Angor von einem Wurfspeer getroffen wurde. In dieser mißlichen Stunde vernahm Eisenherz während einer Kampfpause lauten Hufschlag hinter seinem Rücken und dachte schon an weitere Feinde. Es nahte aber nur Thetis, die ihrem Gatten gefolgt war, um einen neuen Zweikampf zu verhindern. Eisenherz hob den sich sträubenden Seekönig auf ein Pferd und sagte: „Reitet schnell. Wenn Euch die Araber in der Wüste erwischen, seid ihr alle verloren. Mit meinem Schwert kann ich den Paß auch alleine halten."

Das war indessen zuviel versprochen. Als die Araber im offenen Ansturm nichts erreichten, kletterten sie in die Felsen hinein und warfen von oben her so lange mit Steinbrocken auf den Verteidiger, bis dieser ohnmächtig stürzte.

Beim Erwachen sah Eisenherz in das Gesicht des Scheichs. „Dein Schwert soll uns für die befreiten Sklaven entschädigen. Dich selber aber werde ich zur Buße für meine erschlagenen Stammesbrüder als Sklave verkaufen." — So kam es, daß der Prinz von Thule auf dem Markte in Damaskus zum Verkauf ausgeboten wurde.

Ein Blick in das grimmige Antlitz des Jünglings genügte jedoch, um die ersten Kauflustigen zu verscheuchen. Schließlich erschien Belchad Abu, ein reicher Syrier, von dessen Bauch das „Singende Schwert“ baumelte. Eisenherz lächelte ihm ermunternd zu und ließ sich kaufen, denn er wollte bei seiner Waffe bleiben. — Die Reise ging quer durch die Wüste an den Euphrat, wo des Syriers Pflanzungen lagen.

Der Sklave mußte unter so schlechten Bedingungen arbeiten, daß er fast verzweifelte, bis er dann eines Abends der schönen, aber gelangweilt dreinschauenden Tochter Belchad Abus begegnete, die ihn auf neue Gedanken brachte. In den nächsten Wochen gab er sich doppelte Mühe, so daß er schließlich zum Aufseher des Haushaltes ernannt wurde, und das war genau, was er angestrebt hatte.

Eisenherz ärgerte sic
wenn er sein gutes
Schwert im Besitze d
Fettwanstes sah.

Als die Nacht
gekommen war,
kletterte er auf
Berenices Balkon.

In seinem neuen Amte kam der Prinz oft mit Belchad Abu in Berührung; er ärgerte sich aber jedesmal, wenn er sein Schwert im Besitze des Fettwanstes sah.

Eisenherz erfuhr von einem Kameltreiber, daß sich der Syrier auf eine Reise begeben wolle. Nun galt es zu handeln. Als die Nacht gekommen war, kletterte er auf Berenices Balkon, verschloß der Erschreckten den Mund und redete so, wie er es von Gawain schon ähnlich vernommen hatte: „Höre mich an, o meine Angebetete! Ich bin ein königlicher Prinz, der sein Schwert und sich selbst nur verkauft hat, um in deine Nähe zu kommen. Ich liebe dich; bitte folge mir in meine Heimat."

Solche Worte hatte die etwas einfältige Berenice noch nie gehört. Sie zögerte, seufzte und . . . stimmte zu.

„Vergiß aber nicht“, so fügte der Prinz nach einer Weile und etwas zögernd hinzu, „auch mein Schwert und deine Juwelen mitzunehmen.“

Berenice, die vor Erregung bebte, machte sich sofort reisebereit. Treuergebene Diener holten ihr das Schwert von der Wand und besorgten auch alles, was sonst noch für die gemeinsame Flucht nach Damaskus gebraucht wurde.

Gegen Morgen erreichten sie die erste Oase. Einer der beiden Diener trug Helm und Kettenhemd, die dem Prinzen zu passen schienen; Eisenherz brachte deshalb zuerst den zweiten Mann mit einem Kinnhieb zum Schweigen und nahm sich dann von

dem anderen, was er brauchte. Hinterher trat er vor das Mädchen hin und sprach: „Durch dich, du arme Seidenkatze, habe ich mein Schwert und die Freiheit wiedergewonnen. Deine Juwelen aber sollen der Lohn sein, der mir für die Sklavenarbeit und die dabei empfangenen Peitschenschläge zusteht. Kehre nun heim!“ Der Prinz setzte sich auf den Brunnenrand und sah dem enttäuschten Mädchen nach. In seinem Herzen regten sich aber heftige Zweifel, ob es nicht auch andere Wege in die Freiheit gegeben hätte. Am liebsten wäre er Berenice nachgeeilt, um ihr wenigstens noch ein paar gute Worte zu sagen, aber geschehen war geschehen . . .

Um sicher zu gehen, ritt Eisenherz das Tal des Euphrats hinauf, bis dieses nach Norden umbog. Dann wandte er sich gegen Westen, durchquerte die Steinwüste von Aleppo und erreichte schließlich bei Antiochia wieder das Mittelmeer. Auf der Weiterreise nach Jerusalem wurde er einmal, als er halb schlafend im Sattel hing, durch Waffengeklirr und laute Schreie aufgeschreckt. Vor ihm wehrte ein christlicher Ritter den Angriff räuberischer Drusen ab. Eisenherz klärte die Lage mit dem „Singenden Schwert". Danach lüftete der Fremde seinen Helm.

„Herr Astomore?" rief Eisenherz verwundert, als er den Ritter erkannte. „Wie kommt Ihr denn hierher?" — Astomore erzählte, daß er für den Dienst bei König Arthur zu alt geworden sei; nun wolle er in der Heiligen Stadt den Tod erwarten. Die Ritter umarmten sich und ritten gemeinsam nach Jerusalem weiter. Vor der Grabeskirche verabschiedete sich der Greis; er hatte das Ziel seines Lebens erreicht. Eisenherz schritt sinnend weiter, um den Seekönig aufzusuchen.

Angor Wrack beobachtete von seinem Fenster aus das Kommen des Prinzen mit großer Ruhe. Thetis aber, die neben ihm stand, zitterte an allen Gliedern.

Als der Prinz durch den Torweg schritt, wurde er von vielen Händen ergriffen und vor Angor Wrack geführt. „Herr Eisenherz, meine Frau will nicht, daß ich um dieses

Schwert ein Leben lang mit Euch kämpfe; ich nehme es jetzt zum letztenmal an mich, um damit zu tun, was nötig scheint." Der Seekönig lächelte. „Nun gebe ich es reuevoll an Euch zurück!" Und so wandelte sich Feindschaft in Freundschaft. Der Prinz blieb als Gast bei Thetis und Angor, wurde aber von Tag zu Tag unruhiger und träumte immer häufiger von dem Mädchen, das ihm einmal im Mittelmeer begegnet war. Als Angor erkannte, daß der Freund nicht länger zu halten sei, schenkte er ihm ein Schiff samt Mannschaft und Vorräten. So ausgestattet, stach der Jüngling bei Jaffa in See, um Aleta wiederzufinden.

In dieser Stunde wußte der Prinz noch nicht, daß seine Mannschaft aus dem Abschaum aller Häfen des östlichen Mittelmeeres bestand. Eines Tages verlegte ihnen ein Piratenschiff den Weg. „Achtung!" rief Eisenherz. „Folgt meinen Befehlen!" Er ließ Ruderstangen mit ölgetränkten Stoffbündeln umwickeln und brennend auf den Piraten hinüberwerfen, dessen Niederlage sich dann rasch vollzog.

Sieg und Beute waren errungen, aber die Männer des Prinzen hatten selber auch Blut lassen müssen und murrten darüber, daß ihr Herr eine so wilde Hornisse sei, die sich lieber mit Piraten herumschlage, statt unbewaffneten Kauffahrern ohne eigene Gefahr ihre Habe abzunehmen. Das mußte geändert werden! Aber wie? Die Gelegenheit kam, als Eisenherz einmal eine unbewachte Küste betrat, um sich nach den Nebelinseln zu erkundigen. Als er ohne Erfolg zum Strande zurückkehrte, war ein Sturm aufgekommen und das Schiff verschwunden. Im Glauben, es sei nur abgetrieben worden, machte sich's der Prinz in einer Uferhöhle bequem und wartete; er ahnte ja nicht, daß ihn seine Männer schon vor dem Unwetter verlassen hatten. Inzwischen trieben sie tatsächlich im Sturme umher, fanden aber am Abend, angelockt durch die Lichter eines Dorfes, einen schützenden Hafen.

Was sich dann weiterhin begab, war teuflisch. Die Männer des Ortes kämpften auf dem Meere draußen in ihren Fischerbooten gegen das Unwetter, und das Dorf selber war schutzlos. Als die Meuterer diesen Umstand gewahrten, begannen sie unter den Frauen und Kindern und Greisen grausam zu wüten. Sie rafften an Beute zusammen, was sie nur tragen konnten. Um das Maß ihrer Schandtaten vollzumachen, setzten sie schließlich auch noch die Hütten in Brand. Danach hasteten sie mit der Beute zu ihrem Schiff zurück, denn sie fürchteten sich nun mit Recht vor der Heimkehr der Männer und deren Rache. Doch niemand störte sie. Sie erfuhren auch nicht, daß die Königin der Insel Aleta hieß.

Die Meuterer segelten davon, doch nun griff eine höhere Hand nach ihnen. Ein neuer Sturm schlug sie just an die Küste zurück, wo Eisenherz wartete.

„Wir sind vom Sturm abgetrieben worden und haben uns alle Mühe gegeben, Euch wiederzufinden", heuchelten sie. Eisenherz glaubte ihnen, denn er hielt seine Gefährten immer noch für redliche Leute. Sie segelten weiter, aber das Schicksal folgte ihnen. Abermals erwachte der Sturm und wurde zum Orkan, der ihnen die Masten wegriß und das steuerlose Schiff auf eine Küste zutrieb. In dieser Gefahr packte Eisenherz ein Seil und schwamm damit, nur an einen Balken geklammert, durch die tosende See zu einem der Küste vorgelagerten Riff hin, wo er es befestigte. Infolge dieses Manövers drehte sich das Schiff ungefährdet in das ruhigere Wasser zwischen dem Riff und der Küste hinein. Dann erst riß das Seil. Das Schiff trieb langsam auf den

Eisenherz schwamm mit einem Seil durch die tosende See zu einem Felsen hin.

Strand, und alles schien gut zu sein. Etwas später konnte der Prinz jedoch beobachten, wie bewaffnete Männer aus einer nahen Dorfruine herbeistürmten. Die Seeleute heulten vor Angst auf, denn sie erkannten jetzt, daß sie ein unbegreiflicher Zufall genau an die Stelle ihres letzten Verbrechens zurückgeführt hatte. Da sie ebenso feige wie grausam waren, ließen sie sich ohne Gegenwehr hinschlachten. Eisenherz aber, der nicht wußte, was vorhergegangen war, schob die Schuld an dem Gemetzel auf die Inselbewohner. Von Grauen geschüttelt, verfluchte er das Eiland und alle, die darauf lebten. Daß er eine der Nebelinseln vor sich hatte, deren Königin Aleta war, das wußte er freilich nicht!

Von Grauen geschüttelt, verfluchte der Prinz die Insel und ihre Bewohner.

In der Nacht schwamm er an den Strand und schlief sich im Schilfe aus. Als er erwachte, mußte er zusehen, wie die Erschlagenen an Pfähle gehängt wurden, die längs des Ufers errichtet standen. Der Prinz floh die Stätte des Grauens und hielt

Aleta hörte ein Geräusch und strich sich das Haar aus dem Gesicht.

erst an, als er aus einer Schlucht das Rauschen eines Wasserfalles vernahm. In der Hoffnung auf einen kühlen Trunk ging er in die Schlucht hinein und fand ein Mädchen, das dabei war, sein Haar zu baden. Eisenherz erkannte Aleta.

Sie schaute ihn lange aus ihren ruhigen Augen an. „Ich wußte", sagte sie dann, „daß du eines Tages trotz meiner Warnung zurückkehren würdest."

Als Eisenherz diese, mit bebender Stimme gesprochenen Worte vernahm, geriet sein Herz in wilden Aufruhr, der ihn daran hinderte, die Dinge klar zu sehen. Vor ihm stand Aleta, fast lieblicher noch als in seiner Erinnerung. Drüben am Strande aber hingen seine erschlagenen Gefährten, und Aleta war die Königin des Volkes, das diese Grausamkeit begangen hatte. „Mörderin!" schrie er, dem am eigenen Leben nichts mehr lag, der Königin ins Gesicht und ging müde zu seinem Schilfversteck zurück, wo er weinte, bis ihn der Schlaf von seinem Leid erlöste.

Der Erschöpfte ruhte bis in den anderen Tag hinein. Als er endlich erwachte, entdeckte er auf dem Wasser, dicht vor seinem Lagerplatz, ein starkes Boot. Er watete hinaus und fand es vollbeladen mit allen für eine lange Reise notwendigen Lebensmitteln. Eisenherz gab seinem Herzen einen letzten Stoß. Dann setzte er entschlossen das Segel, um heimzukehren nach Thule und Britannien.